思郁 著

我们都是书的囚徒

IMPRISONED IN BOOKS

金城出版社
GOLD WALL PRESS
中国·北京

图书在版编目（CIP）数据

我们都是书的囚徒 / 思郁著 . — 北京 : 金城出版社 , 2020.3
ISBN 978-7-5155-1809-1

Ⅰ. ①我… Ⅱ. ①思… Ⅲ. ①随笔—作品集—中国—当代 Ⅳ. ① I267.1

中国版本图书馆 CIP 数据核字 (2019) 第 005177 号

我们都是书的囚徒

作　　者	思　郁
责任编辑	李铁武
责任校对	李明辉
责任印制	李仕杰
开　　本	880毫米 × 1230毫米 1/32
印　　张	8.25
字　　数	177千字
版　　次	2020年3月第1版
印　　次	2020年3月第1次印刷
印　　刷	天津旭丰源印刷有限公司
书　　号	ISBN 978-7-5155-1809-1
定　　价	39.80元

出版发行	**金城出版社** 北京市朝阳区利泽东二路3号　邮政编码　100102
发 行 部	(010)84254364
编 辑 部	(010)64391966
总 编 室	(010)64228516
网　　址	http://www.jccb.com.cn
电子邮箱	jinchengchuban@163.com
法律顾问	北京市安理律师事务所　（电话）18911105819

目录

序言：书是生活 …001

第一辑
看书人

做个优雅的爱书人 …006
唯有阅读令人谦卑 …010
夜晚书斋里的“书中书” …014
书籍会引发革命吗 …018
希特勒读什么书 …023
“普通读者”哈罗德·布鲁姆 …028
知识分子的“城之困” …034
无名作家的困惑人生 …038
后现代的巴黎，文学的盛宴 …044
保罗·策兰的爱情故事 …049
麦卡勒斯的孤独 …055
说吧，德黑兰的记忆 …060
饥馑年代的阅读与王小波 …066
约翰·伯格：那个讲故事的人 …071

第二辑
写书人

根本不想摆脱书 …078
那些失落的书 …083
曼古埃尔的书与人 …089
阅读的傲慢与偏见 …094
我们都是书的囚徒 …098
杜拉斯和她的书写世界 …102
写一本书，比世界还宽广 …105
阿赫玛托娃与她的情人们 …109
波拉尼奥的虚构世界 …116
余华写作的“中年危机” …121
杀妻哲学家阿尔都塞 …130
《巴黎评论》中的那些大作家 …135
狄更斯的虚伪 …141

第三辑
卖书人

旧书中的似水年华 …150
遥远的智慧，书籍的光芒 …156

书之爱，吾之爱 … 160
加斯东·伽利玛的出版帝国 … 165
菜鸟驾鸯淘书记 … 171
流动的盛宴，书店的传奇 … 175
独立书店，你的未来在哪里 … 178
书是生意 … 184
爱上图书馆 … 188
出版人：在文化人与生意人之间 … 192

第四辑 书之典

博尔赫斯的格言 … 198
米沃什的记忆 … 203
曼德施塔姆的诗与死 … 207
文学异类布鲁诺·舒尔茨 … 211
当阿伦特遇到海德格尔 … 217
特朗斯特罗姆的“玻璃之书” … 223
为什么要读卡尔维诺，或经典？ … 229
你还喜欢读鲁迅吗？ … 235
昆德拉的流亡 … 240
赫塔·米勒的战栗与恐惧 … 247
明星作家杜鲁门·卡波特 … 252

序 言

书是生活

我对书的最早记忆与阅读的愉悦无关。小时候生活在农村，开始识字后，阅读的欲望乍然膨胀开来，疯狂找寻身边一切关于故事的书籍。那时的农村并没有所谓的文化生活，文学正典更是无迹可寻，所能找到的尽是一些武侠小说之类。印象中最深的一次，夏天的傍晚，家人吃过饭都去串门，我悄悄跑到读高中的姐姐房里找她的书。恰逢父亲回家看到房间的灯亮着，就问了一声。我现在还搞不懂当时出于一种什么样的心理——或许是怕被父亲骂看闲书不好好学习吧，竟然鬼使神差地拉灭了房间的灯，钻到了床底。父亲警觉起来，以为家里进了贼，拿了把扫帚，贴身进门，开灯，扫视，俯身，掀开床帘……

我总觉得有种在阅读与写作的夹缝中生存的尴尬境遇挥之不去，一如当年我趴在床底接触到父亲眼神那一刹那的尴尬。这种阅读的焦虑始于一种少年时苦于无书可读的困窘，所以多年后，我读到王小波在《思维的乐趣》中表述的那种下乡时的精神苦闷——“最大的痛苦是没有书看”——让我仿佛找到了精神上的同类：“傍晚时分，你坐在屋檐下，看着天慢慢地黑下去，心里寂寞而凄凉，感到自己的生命被剥夺了。”这种切身的精神痛苦，至今弥漫在身，让我惶恐不安。王小波在我早年的阅读谱系上占据了一个很重要的地位，不仅仅是因为他对知识的追求让我们体验到一种纯粹智慧的乐趣，更重要的还有通过王小波，我知道了博尔赫斯，知道了卡尔维诺，知道了罗素，也知道了哲学的智慧。罗素有很多名言警句，但流传和影响最广的应该是《罗素自传》序言中写到的：“支撑我人生前进的三大动力是对知识的渴求、对爱情的渴望以及对人类苦难不可遏制的怜悯。”罗素的名言中有关于阅读的：“一本书就是一场巨大的灾难。”我的理解就是，他提醒我们写作时要遵循某种阅读与写作的伦理，学着对自己的书写负责。

也许在以后的人生中我们会读很多的书，就像当年我没有书读的时候会焦虑不安，现在当一本本书越来越多被束之高阁的时候，同样的焦虑不安依然伴随我身。但是，尽管我不停地买书，淘书，书越来越多，但是反而愈发想念年少时读过的那些书。我总是很奇怪，少年时读过那么多的烂书，有些书不但烂，简直烂成了极品，烂到了奇葩的境地，我竟然没有误入歧途，反而由“邪典”堂而皇之步入“正典”殿堂，这该是多小的概率啊。近读诺奖得主帕慕克的妙文《我如何处理掉我的一些书》，他在其中提到，在处理掉他年少时的一些书时，内心中会有一种强烈的羞耻感，而之所以感到羞耻，并非因为心里总是不安地想着书房里竟然会有这样一本烂书，而是因为他知道曾经对这本书过分珍视，以至于花钱购买，还让它在书架上端坐多年，“我并非以这本书本身为耻，而是为自己曾如此重视它而感到羞耻”。也许我们都会经过一个口不择食的阅读阶段，一旦当我们拥有了更加清晰而明了的判断力之后，回首旧事，我们的羞耻感就会油然而生。说白了，这也是一种“影响的焦虑”。我们读过某个作家，然后按图索骥，晋升到了更高级的阅读阶段，进入了一个更为澄明的阅读境界，阅读的熏陶让我们成为一个贪得无厌的读者。我们所有的欲望只有在阅读中才能光明正大地伸展和膨胀开来，阅读是一种名正言顺的贪婪，喜新厌旧是阅读的合法性诉求。

我很喜欢帕慕克的一个说法：我们重新想起读过的某个作家，那并不是因为他把我们引入了一个至今萦绕在我们心头的世界，而是因为他在某种程度上使我们成为现在的模样。在我迄今为止的阅读谱系中，这样的作家寥寥无几，博尔赫斯是最重要的一位。读这样作家的文章会把我们带入一个有待填充意义的地带，而且它暗示出，一切含有形而上学意图的文学作品都像人生一样具有无限的可能性——这正是博尔赫斯意义上的“无限文学的化身”。我从来没有想过把写作当作一种职业，但却无时无刻不想把阅读作为终生的志业。到现在，我买的书越来越多，只能反衬出自己阅读的欲望越来越小，这真是一个奇怪的悖论。买书不是为了阅读，只是为了拥有它们，就仿佛拥有了整个世界，仿佛在混乱的世界中拥有了某种神秘的秩序。

想起《别想摆脱书》中的那句印象很深的话：“我已永无可能在生活里获得平静，除非带着一本书远离人群。”这也许就是我无法停止阅读的原因：书是生活，书已经是生活，书已经是生活的所有。

第一辑

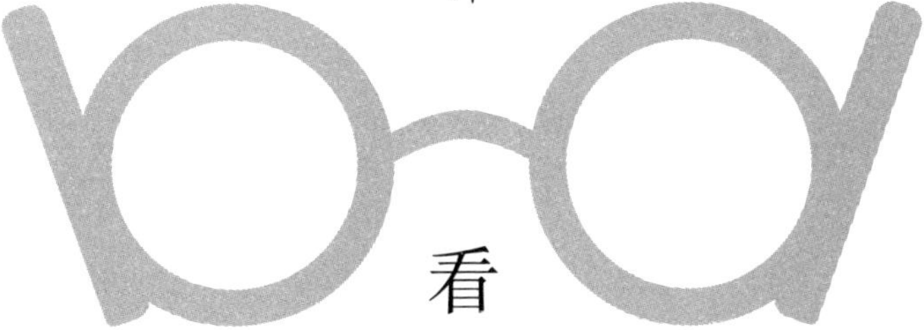

看书人

做个优雅的爱书人

加拿大随笔作家斯坦·珀斯基曾说，对读者而言，必须要有一百万部自传，因为我们似乎在一本接一本的书中发现了自身生命的痕迹。这种观点对作为一个爱书人的我而言，不消说，一定会高举双手赞成的。但生命中总有那么一个小小意外的痛苦时刻。这不，这个看似小概率的事件让我在读美国作家安迪·法迪曼《书趣》的时候就遭遇上了。

这本书还有个很谦虚低调的副标题“一个普通读者的自白”。从看到这个标题的一瞬间就知道，我们和法迪曼一样，发现了那种令人兴奋的“自身生命的痕迹”。唯一有所不同的是，法迪曼是以向英国女作家伍尔芙一系列的《普通读者》致敬的方式，而我们不但从伍尔芙，而且还能从法迪曼的文字中，重新领略这种熟悉的、心照不宣的精神愉悦。

法迪曼用她博学而幽默的笔触写下了她身边一系列与书结缘的故事。与丈夫乔治因书相爱。这种独特的相爱方式的表现在于：过圣诞节的时候双方互赠的礼物是书，稍微有点创意的就是在书的扉页上题上很没创意的句子如“给真正的朋友”“给亲爱的乔治”之类；过生日的时候，乔治会很神秘地七绕八绕地把她带到一个地方渡过他们难忘的一天。不用说，这个神秘的地方自然是书店啦，如果非要较真制造出点与平时不一样的氛围，那就是这个书店是一家她从没有去过的有三十多万藏书的旧书店。

别小看旧书，旧书的魅力无可阻挡。我怀疑，这是因为旧书具有了本雅明所说的独特的“灵韵”，因为很多旧书已经绝版，是孤本和善本；如果偶尔又能发现某位名家的题词之类的，那就更为弥足珍贵了。难怪法迪曼对这样渡过自己的生日如此欣怡，在旧书店里待上七个小时，提上十九磅（一磅≈零点四五公斤）的书，满意而归——顺便说一句，十九磅的书可比一个生日蛋糕重多啦。

话说，两位书虫终于共结连理，皆大欢喜。可是直到结婚五年后，他们才决定把各自的图书汇集在一起，而且期间因为英国文学类图书如何排列合并等问题，他们还产生激烈的争执，甚至有了离婚的念头。更好玩的事情是，图书汇总到最后，有很多复本的图书，他们需要做出决定挑出重复的书，只保留其中一本，然后他们才发现原来双方一直偷偷藏着自己喜爱的书的复本，“以防万一”两口子说不定哪天要散伙。

两口子的书事只能说这么多，再说的话，我自己都忍俊不禁了。岂止这两口子，法迪曼笔下整个家族都可称得上是书虫级的人物！我在脑中发挥想象力再现一个情节：法迪曼和哥哥去看他们的父母，一家人浩浩荡荡去餐厅吃饭，最令全家人感到兴致盎然不是将要吃什么东西，而是不断地发现菜单上单词的拼法错误——一家人都是情不自禁的错字校对员！

既然提到了法迪曼的哥哥，我就再多说两句。这个书虫读书时有个不太好的习惯（其实我自己就习惯这样做，还好意思批评别人！），他读一本书，不论读到哪里，想休息的时候，总喜欢把书“像雄鹰展翅一样”扣放在书桌上。别说，他还有一套振振有词的理论解释：“用电脑来做比喻，把书夹上书签合起来就等于在电脑键盘上按‘停止’键，把书反扣起来就等于按‘暂停’键，两者是不同的。”这样的好处是“什么时候我想看，就立刻把书拿起来”。可惜，这个理论不是时刻都有机会讲给别人听，可以从容地赢得别人的理解和同情。有次，他住旅馆仍然这样做，等他从外面回来的时候，就发现他的书被人合上了，而且收到了旅馆服务员留下的纸条：“先生，您绝不要那样对待书！”

法迪曼家族可不都是一些优雅的爱书人！她哥哥这样扣书倒也无伤大雅——也算给我自己开脱了，可是，有些做法我就无法接受了。

顺便声明下，接下来即将见证开头所说“意外的痛苦时刻”，大量情节涉及虐待书籍，爱书人不宜观看，请慎重阅读。

比如，法迪曼在书中记述了她父亲上飞机前为了减轻纸面平装书的重量，就把他看过的章节撕了下来，扔进垃圾桶——我忍不住想问下老先生，一本书能多重啊，难不成你不撕这几页飞机就超重了？又比如，她丈夫会在桑拿浴室里看书，高湿高温使书页脱落——这个情节有过于夸张的嫌疑，不过，我还是忍不住想问，桑拿浴室里能看清字迹吗？这样装模作样有点走火入魔了吧？还比如，法迪曼说，她一个朋友带着一本《爱伦·坡诗歌小说全集》去半岛旅游，每当有虫子停留在书页上的时候，她就“啪”的一声把书合上，“这样就把书变成鼓鼓囊囊的昆虫展览场”——我有点崩溃地想，敢情这人不但是个虐书狂，还是个虐虫狂，估计她是杀虫有暇，偷得半日闲才去读书的。

法迪曼在书中为这些“不是优雅的爱书人”进行辩解，说爱一个人不止一种方式，爱一本书也不止一种方式。有人主张优雅地爱，爱书的形体、外表和装帧等；而法迪曼家族主张世俗之爱，认为书的词语才是神圣的，而装载词语的纸张等形式都不过是容器而已。因此之故，根据实用主义的原则，法迪曼总结说：“狠命的使用不是不尊重，反而是亲密的表现。”我也从一个普通读者的角度说句公道话：我怀疑，法迪曼混淆了使用和糟蹋之间的界限，就如同一个母亲最容易混淆爱与溺爱之间的界限一样。

爱书和爱人虽然都不止一种方式，但无论你选择什么样的方式，你爱的都是他的整体，身体和灵魂的同一。这样说来，我还是喜欢做个优雅的爱书人。

唯有阅读
令人谦卑

博尔赫斯在一篇关于惠特曼的文章中写道，不断地从事写作，会激发出写作者一种野心，想写出一本绝对之书，一本书中之书，它囊括了一切，如同柏拉图的原型，一个历经千万年而不衰竭的完美客体。这样的图书曾经存在过，在上帝和他的门徒是唯一的叙事者的时代，这样的原型之书就是《圣经》。现代上帝开始隐退，信仰成为了私人事件，原型之书再也不存在了。但是，想要写出原型之书的野心却激励着更多的作家投入到这种妄想式的写作中去。

我们进入了一个读者时代，即是说，每一位读者都是叙事者，写作的隐秘性荡然无存，原型之书只有在个体化的写作中才保留一份意义。我们每一个人都有自己心目中的原型之书，以此作为自我书写的信仰。而我们的阅读，某种意义上是在偷窥另一位写作者的阅读谱系和他的原型之书。

唐诺在《阅读的故事》中提到过一个再熟悉不过的段子，一位老朋友劝他，哪天看到他的文章中没有了数不清的他者话语，没有了马尔克斯，没有了博尔赫斯、卡尔维诺一干人等，开始说自己的话，才算在写作上有所创见。这种观点屡见不鲜，大概对许多人而言，引述别人充其量是借用别人的头脑来思想，我们总不能让别人的嘴替自己说话。但事实上，每个写作者都心知肚明，就算你撇开了那些名字，就算你没有用引号引住那些原话，在写作中传递的思想一多半还是重复前人之见。每个写作者都有自己的阅读谱系，依靠这种谱系才构建起自己的思想大厦，才会在写作之路上有所创见。

当我们阅读时，不仅仅是吸收前人的思想，更重要的是作出甄别，用自己有限的体悟去理解哪位写作者是自己精神上的同类。引述也不仅仅是赞同前人的观点，更重要的是可以领略到那些已经逝去的写作者在不同的时空中对同一个问题作出了相同的判断。这是一种不约而同、心领神会的精神契合，一种跨越时空的神秘合作。因为两人都截然不同，即使生在同一时代也可能是形同陌路，但是死亡、变迁和时间促使一个人了解另一个人，从而使毫无共同点、生活在不同时代的两人合成了一个大写的人，潺潺细流汇聚成大海，我们所有的文学传统就是这样汇聚而成。

唐诺在《阅读的故事》中对朋友的观点作出解释时说，引述，除了美学上的考量，还有一个有意思的功能性上的考虑，即是说，出于一个读者的经验，“我渴望有些好的名字、好的话不断会被看见，放一个叮叮作响的美丽声音在也许哪个不经意的记忆角落里，就像太多人为我做过的那样：我喜欢的我的书写有很多可能的岔路，有列维-施特劳斯所谓的洞窟，或可让某个人如爱丽丝般摔进去，惊异地发现自己到了一个更美丽而且根本不是我提供得起的世界”。这种阅读的经验确实比所谓的创见要愉悦得多。

书写有时可能让人变得自大，唯有阅读永远令人谦卑。因为阅读的经验会时刻提醒我们，那些前赴后继的先驱者成就了现在我们的阅读，而我们也会在阅读中同化为他们中的一分子。博尔赫斯说，每一位作家都创造了他自己的先驱者，而阅读正是让我们发现他们存在的谱系，证明自我写作的存在和坚持下去的意义。从这个角度来说，阅读是另一种形式的写作。

唐诺在《阅读的故事》中写到了关于阅读的各个面向——关于阅读的意义，阅读的困惑，阅读的时间，阅读的记忆，阅读的童年，阅读的专业，阅读的限制，甚至还谈到了阅读的姿态问题。这些关于阅读的方方面面看似琐碎无味，零零散散，外行人会觉得无趣，但是对那些书痴书虫而言，情况又大不相同。我们每个人读的书可能有所不同，但是对拥书在手、藏书在橱、诵书在心的体验却颇多相通之处，这是一种不言自明的乐趣。

再看唐诺在书中不断提及的那些人，马尔克斯、博尔赫斯、卡尔维诺、本雅明、艾柯、纳博科夫、昆德拉、曼古埃尔……这个可以无限续写下去的名单就是他的阅读谱系，他提及的那些书就是他心目中的原型之书。我们以唐诺的阅读作为自我阅读的衡量标准，就会获知自已的阅读谱系中又该新添一部分图书了。阅读在这种借鉴式的关注中逐渐扩展，从而在不断地积累中构建和书写自我的原型之书。

对写作者而言，写作是痛苦的过程。在不为人知的灵魂深处，写作者清晰地知道，一旦他写下那些词汇，它们随即就弃他而去，独立地远游，越过意象的高山和草地，跨入奇幻的大街和混沌的小巷，消失不见。写作者对写下的东西无能为力，不知道在被人阅读的过程中发生什么样的变化。但对阅读者而言，阅读的过程却恰恰相反。阅读中充满了意外的收获，突如其来的惊喜，不期而遇的欣悦，心领神会的美丽。阅读者享受阅读，乐于运用那些从书本中复活的词语。对于阅读者而言，词语是可以触摸的身体，是可以看得见的美女，是肉体的色情，是美丽无比的诱惑。

我不知道别人有什么样的经验，可当我读到有些人的精彩言论的时候，我会不由自主地发抖。我现在还记得，阅读夏多布里昂《墓畔回忆录》的某些章节的时候，仿佛感觉到了生命在血管中的震颤，那种不可企及的愉悦，令人感到一阵阵的眩晕。

博尔赫斯说，阅读是一种经验，就如同你看到一个女子，一见钟情，坠入情网。那是一种千真万确的经验。诚哉斯言，阅读如同恋爱，恋爱当然不同于滥情，不是博爱，不是见者爱之，人见人爱，而是独独钟情于某个人，两三本书而已，那就是你心目中的原型之书。

夜晚书斋里的“书中书”

马拉美曾经说过，世界的存在是为了成就一部书。按照这种有些奇怪的论调继续推理的话，生活在这个世界中的我们所写下的一本本书就该被称作是“书中之书”了。这是个很有趣的叫法，博尔赫斯最喜欢玩这样的游戏了，书里面写到一本书，然后那本书中又讲到一本书，然后又是一本书……永恒复归，就成了一千零一夜的故事模式了。关于书中书，关于书本身，关于书的那些书，这个关于书的本体论的话题竟然成了我近期阅读经验中的一抹奇特的风景。

三联书店出版的那套“新书话”系列，从开始的《卡萨诺瓦是个书痴》到近期的《神保町书虫》，已经是第五本了。书话方面的书并不少见，我稀罕的是这个所谓的“新书话”。

书话本身并没有严格的定义，但是大约感知，书话与那种评介式的书评相比要随意、好玩、抒情，甚至怀旧得多。写了很多书话的钟叔河老先生有句妙语说，把书话当书评等于把情人当老婆了！可见书话式的文字很受推崇。

但是，所谓“新书话”新在何处呢？这套书中并没有详细地说明，但是我发现从书的题目以及书的副标题中可以略窥一二。比如，《卡萨诺瓦是个书痴》的副标题是“关于写作、销售和阅读的真知与奇谈”，《无人读过的书》的副标题是“哥白尼《天体运行论》追寻记”，还有新出的《神保町书虫》的副标题是“爱书狂的东京古书街朝圣之旅”。其他的两本虽然没有副标题，但是，通过《失落的书》和《藏书的乐趣》两个书名，我们也可以约略知道这是关于书的什么方面。我理解的“新书话”新在了从谈论书本身的掌故、历史和人物到开始谈论书之外的收藏、销售、受众、阅读，甚至是关于那些从没有存在过的书的重新想象。从书本身到书之外，话题的开阔是书魅力的自然延伸，是新书话新颖之所在。

几乎与此同时，我又读到了两本有些奇特的小说：一本是英国作家 A.S. 拜雅特所著的《隐之书》（南海出版公司 2008 年 5 月版），英国文学最高荣誉布克奖的获奖作品；另外一本书是乌拉圭作家卡洛斯·M. 多明盖兹著的《纸房子》（上海人民出版社 2008 年 7 月版）。

《隐之书》的奇特之处在于，拜雅特用文学批评的形式写出了一部熔文化寻根、历史悬疑、学术研究于一炉的让人觉得如此荡气回肠且凄美的爱情小说。在小说文本的间隙中，充斥着大量的文学研究、维多利亚诗歌、学术论文等，而且这些竟然在作者的笔下如此熨帖温良，丝毫没有学究气，令人叹为观止。而在多明盖兹的《纸房子》中，更为奇特的地方在于，一个爱书如痴的藏书家布劳尔，因为一本康拉德的小说，为书所困，走火入魔，最终用自己多少年辛苦所得的藏书在海边给自己盖了一个纸房子。书中开篇就是女教授布鲁玛·伦农在旧书铺买了一本《艾米莉·狄金森诗集》，边读边走，才刚读到第二首诗，就在街口被汽车撞倒了。这种开篇即因书而死的故事不仅对小说的继续意义重大，而且也给我们这些整日被书所困的读者蒙上了一层阴影。纸房子宿命般的隐喻很是明显：我们都是书的囚徒，注定终生为书所困，为书走火入魔，乃至为书而死也在所不惜。这是两本关于“书中书”的小说，我甚至可以称之为“书话式小说”。用书和书话的形式演绎一段爱情故事，无论故事是否凄美，结局是否圆满，都不再重要，重要的是小说中的那些书，那些因书发生的一段段故事才是我们真正关心的。

爱书人都说希望有个宇宙图书馆，能涵盖有史以来的人类的所有图书。当然，这种幻想虽然美好但并不实际，其背后是一种征服时间和空间的历史欲望在作祟。但是不得不承认，在一个公共领域基本被遮蔽的时代中，能有一个自己的书斋，能有一个完全属于自己的私人领域，并且在此看似完全封闭的空间中，可以精鹜八极，心游万仞，在新书与古书之间，历史与记忆之间，逝去的哲人与不朽的思想之间毫无阻碍地漫游，这种愉悦已经无言可表。

所以我们有足够的理由羡慕加拿大作家阿尔维托·曼古埃尔了。在新近的《夜晚的书斋》(上海人民出版社 2008 年 8 月版)一书中，他不动声色地炫耀着自己在法国乡村打造的书斋：镶嵌着暗色墙板的房间，光线柔和，座椅舒适，有一个小小的空间容纳写字桌和随手可查的参考书，“我想象中的书架，矮的一格从我的腰部开始，逐渐升高到我伸出手臂用手指够得上为止。根据我的经验，书籍如果高到需要用梯子的程度或者低到强迫读者趴在地板上才看得清楚，那就无法取得人们的注意力了”。藏书家的经验之谈，爱书人的一点点心得都透露出那种让人羡煞不已的得意。

“夜深人静时，我从日常的束缚中解放出来，眼睛和手恣意在整齐的行列中漫游，恢复了混沌状态。一本书出乎意外地呼唤另一本书，跨越不同的文化、不同的时代，建立了亲密关系。一行记忆模糊的文字在另一行文字里找到了回声，理由是什么？在白天仍然说不清楚。如果早晨的书斋象征这个世界一本正经而且相当自以为是的秩序，那么，夜间的书斋似乎就沉浸在这个世界本质上混沌的一片欢乐之中。”白天的书斋是秩序的领域，而夜晚的书斋在黑暗的缝隙里，无言的静默中，收获着灵魂的孤独与智慧的丰盈。

在小说《纸房子》中有个书商曾说起过我们成为书囚的原因：一个是我们“持续购置某些主题的书籍，长此以往，我们难免据此诠释世界”；另外一个是“作为一名读者，说穿了无非只是游荡在别人设定好的风景之中。尽管里头再怎么无限宽广，其中的一树、一石，就连吹拂枝叶的风、因树摇枝动而勾动的愁绪怀思、对于其所赐予的庇荫之感念恩情，人家早都原原本本写在那儿了”。

阅读在这里不过是一种反复的体验，就像神话中西西弗斯的经历一样，是一种永远没有希望的体验，是一种得不到救赎的体验。仔细体味这些话，再回头看看“书中书”这个词，被两本书夹在中间，一个不折不扣的书囚形象跃然纸上。所谓“书中书”不正契合了开篇博尔赫斯提到的永无休止、永恒复归的书的本体论？

书籍
会引发革命吗

罗伯特·达恩顿在《法国大革命前的畅销禁书》中提到了这样一个问题：书籍引起了革命吗？达恩顿提及这个话题的时候意指一种实实在在的流血暴力革命。在我们的习常观念中，法国大革命与启蒙思想运动之间有着千丝万缕的联系，后者为前者提供了思想积淀，尤其是通过阅读我们现在早已熟知的卢梭、伏尔泰、孟德斯鸠、狄德罗等一大批启蒙运动思想家的著作。

尽管达恩顿已经在他的众多细致入微的文化史和阅读史研究中对这种简单的因果论观点提出了异议，但书籍引发革命的观点让我意识到了另外一个层面上的意义：关于书籍本身的革命。现在越来越多的话题集中在电子书代替纸质书上，人们对书籍的未来愈加悲观，它的生命仿佛要走到了尽头，被革命的宿命似乎即将发生。但在遥远的阅读史上，是否也有过类似的阅读革命的发生？

有图书史学者提出一种说法，历史上第一次影响深远的阅读革命发生在十八世纪末。按照这位学者的说法，从中世纪到十八世纪，人们的读书方式一直是以精读为主，因为手头只有那么零散的几本书，比如说《圣经》。而且，他们读书往往是以“说书”的方式进行，识字的人有限，只有通过当众朗读和解读才能深入人心。

但从十八世纪开始，随着印刷业的发展，街头小报的诞生，人们开始接受少数经典以外的新闻、八卦、小说。阅读的方式从精读到泛读，阅读的目的也变得多种多样，阅读的口味也是多样化起来。达恩顿在《拉莫莱特之吻》中提到这种变化时说："到了十九世纪，随着机器造纸、蒸汽印刷机、林诺排字工艺和全民教育的出现，大众性的阅读开始蔚然成风。但这股风气其实在十八世纪末就已初露端倪。这事情最根本的变化体现在可读的东西越来越多样化，而不是泛读取代了精读。"

阅读的多样化意味着思想的大一统局面被打破，人们通过阅读察觉到生活的另类和多样的可能性。当统治者再想靠一本《圣经》和灌输的宗教思想约束人们的头脑时，他们发现了失控的危险。没有人再轻易相信那一套谎言，思想深处的革命蠢蠢欲动，阶级之间的对立冲突时有发生。也正在此时，统治者开始意识到了书籍的危险力量，查禁图书、审查制度、意识形态的钳制成为了庙堂对民间文化审视的常态。

罗伯特·达恩顿不但是研究法国史的著名学者，也是文化史和阅读史研究方面的领军人物，他的《法国大革命前的畅销禁书》和《旧制度时期的地下文学》就是综合研究法国大革命与文化阅读史方面的绝佳成果。

上文提到他对启蒙运动与法国大革命之间简单的因果论调提出了异议，这是因为他发现，我们现在视为法国启蒙思想经典的卢梭和伏尔泰等人的哲学著作在当时并不流行。无论是从书商的角度，还是从普通读者的角度看，大革命前夕，人们的阅读视野中接触到的地下文学以色情文学、丑闻纪事、政治宣传、诽谤作品为主——

当然，这也是当局查禁的主要方向。

我印象深刻的是这样一种说法：当时有位书商因为在店里出售各种禁书和有害文献而被捕。警察审问这位犯人，让他解释在查禁的书信中常用的令人困惑的术语——“哲学物品”，这位书商的回答是：“图书交易中表示所有违禁物品的习惯说法。”哲学书，即专指那些给地下书商带来麻烦而必须谨慎处理的书籍，而不是我们现代意义上卢梭们与伏尔泰们留下的经典之作。

达恩顿在《法国大革命前的畅销禁书》中提到我们对过往书籍的一种误读：“那些书并非如他所想的仅仅是‘哲学’著作，也不单纯是疏于认识政治现实的抽象论文。如同我们所了解的那样，扩散的最广泛的非法文学作品包括揭露丑闻的新闻、社会评论、政治辩论、下流的反教权言论、乌托邦幻想、理论推断、低级色情——这一切杂乱地共居于‘哲学书’这同一标签之下。其主题如此这般汇合起来，相互重叠，以便从各方面挑战旧政权的正统性。这种挑战由于发生在法律允许范围以外，所以毫无节制。另外，它既借助于感情又诉诸理性，利用可以自由支配的各种修辞手段影响一系列反应——义愤、恼怒、蔑视、嘲笑、憎恶。”

在这个十八世纪的语境中，哲学与色情的功能是一样的；而且从某种意义上说，也许色情文学带来的革命性比哲学书籍更为重要，因为它的普及性如此广阔，面向大众——回想一下电影《鹅毛笔》中的萨德，就知道大众对一个色情作家的追捧程度绝不是卢梭和伏尔泰所能比拟的。自由与放荡如此融洽地联系到了一起，乃至随着时间的流逝，革命发生后，一切归于沉寂，那些危险的书籍大多数的命运没有任何改变，依然被查禁、封存、销毁，仅留的愈加晦涩的那一部分登堂入室成为我们今天的哲学经典。

阅读的革命往往是从隐喻的意义发生，然后过渡到粗暴的现实革命。被遮蔽的书籍，被迫害的文学，被灭绝的民族文化，他们的生存，被政治这只看不见的手硬生生攥到手中，风雨飘摇。从十八世纪到二十世纪，如果说书籍多舛的命运从未改变，那其中更为深刻的表现就是它在纳粹与战争的硝烟之中湮没。

在二十世纪三十年代的德国，纳粹分子上台不久，就成立了德国图书馆管理员联合委员会，其目的是，与“文化布尔什维克”作斗争，在德国图书馆里禁止借出布尔什维克书籍、马克思主义书籍，以及犹太人书籍。委员会的首脑人物是沃尔夫冈·赫尔曼博士，他开始鼓吹所谓的“捍卫德国文学的民族性”，先是在报刊上刊登最有威胁性和非德意志精神的作家姓名，随后，这份名单继续扩充和分类，成为了纳粹焚书的主要依据。从 1933 年 5 月 10 日的柏林开始，焚书运动蔓延到德国的每一座大学城。此举没有得到任何一所大学的反对，相反，这项“伟大的创举”其实正是由那些在校的大学生发起的。那些真正懂得知识和书籍命运的人反而懂得如何毁灭它，这也是一种历史的反讽。

在《焚书之书》中，德国作家福尔克尔·魏德曼试图挽救那些被焚烧的书籍，也试图改变其作者被历史遗忘的命运。但是，我们透过这本书看到的，只是一个个作者语焉不详的介绍，以及他们失落的作品的书名和故事的梗概。我们见到这些书，只看到一个简陋的书目。焚烧的书注定不会被寻觅到，只有在想象的空间中，它们的流风遗韵才会被某些人记起。

本雅明说，书籍自有命运。大多数情况下，书籍的命运都是颠沛流离，遗失散落。我们的文学史注定只能书写保留的部分，残缺的部分只留下想象的虚空。写到这里我突发奇想，如果书籍没有承载人类的思想，没有蕴藏革命的危险，它的命运是不是会改变很多？但是，如果书籍没有思想的言辞，没有自由的生命，没有想象的瑰奇，没有憧憬的未来，没有参差多变的可能性，我们要阅读还有何用？

希特勒读什么书

读这本《希特勒的私人图书馆》多少有些讽刺的意味。世人皆知纳粹的暴行，尤其是 1933 年 5 月 10 日发生的大规模焚书运动，导致了德国文学史上出现了一个很久的空白断层。在那次运动中，很多德语作家的著作遭到了焚烧，作家遭受了监禁与迫害，一大批作家纷纷踏上了流亡之路，他们失去了读者，失去了祖国，甚至失去了生命。与此同时，我们却得知这个国家的元首原来是一位嗜书如命的人，他自己的私人藏书多达一万六千册，而且绝非为装饰摆设炫耀之用，他的阅读热情近乎疯狂，几乎每晚读书，让我们这些自诩为书痴者也自叹不如。也许，这才是最大的困扰，正像诗人布罗茨基的那个美好的信念：如果这个世界的主人能更好地阅读，迫使千百万人走上流亡之路的暴政与苦难就会减少很多。但在希特勒身上，我们看到的恰恰让这个信念破灭。读书与暴行之间究竟有着怎么样剪不断理还乱的纠结呢？

美国学者提摩西·赖贝克的《希特勒的私人图书馆》聚焦于希特勒的私人藏书，从中找寻那些“知识改变命运”的文本，探究这些书与他的人生有着怎样的关联，又是怎样影响着他的决策，改变着他的人生。

很显然，在他操纵并改变着整个德国以及世界的命运中间，书籍并不是那个决定的因素，但是从这个颇为隐秘的心理世界中，我们还是能找到一些蛛丝马迹，以此得知希特勒的阅读是如何形塑他的思想与行动的。

当然，这个探究的过程并不容易。希特勒的藏书保守估计有一万六千册，但随着其帝国的陨落，这些书也四散各处。讽刺的是，这个曾经发起焚书运动的人，自己书籍的命运却也同样以不幸告终——大部分作为战利品被瓜分，失落他乡，至今只有一千多本被收集到。赖贝克正是依据这些收藏在美国国会图书馆中的一千二百本私人藏书，完成了这本书的写作。那个受纳粹迫害、在逃亡途中自杀身亡的本雅明曾经说，书籍各有各命运。真是一语成谶，这句话成了希特勒藏书命运的最好注解。

至今，我们已经无法想象希特勒私人图书馆的盛况；但据保存下来的资料可知，他的藏书大致可以分为三类，其中，军事类书籍占据了一半，而且根据他做批注和笔记的习惯看，这也是他读过最多的一批书。这点并不稀奇，稀奇的倒是希特勒读的军事类图书越多，越是给人一种纸上谈兵的印象。

这位被他的崇拜者誉为天才的元首，对战争的认识缺乏一种实在的经验。希特勒在第一次世界大战时的参军经历显示，在面对更大的战争，需要更为宏观的视野、统筹全局的思虑时，他一直显得捉襟见肘。赖贝克在书中写到，当戈培尔的宣传机器一直渲染希特勒的非凡军事才能如何造福于人民时，他手下作战的将军们却把他当成了一个“局外人”，更糟糕的说法是“危险的业余分子”。

希特勒在兵败之前有着深深的挫败感，因为他觉得他遭到了手下人的背叛——更多的是一种象征意义的背叛，因为他和他的作战将军从来没有统一过意见，他们甚至以罢战这种形式来表达自己的不满。

赖贝克写到，希特勒发现将军们对自己的伟大思想一致存有疑心的时候，“推荐他们看卡尔·麦的书，以此来磨砺他们在战场上的勇气和意志。不仅如此，他还专门为前线的士兵发行了该书的特别版”。

卡尔·麦是德国著名的探险小说家，以描写异域探险故事声名远播，是欧洲最为著名的畅销小说家之一。卡尔·麦从未到过他小说中提到的那些国家，但是他的想象力却给人一种他长期生活在海外的假象。希特勒对卡尔·麦小说的痴迷，源于一种慰藉的力量。但是这种情感对指导战争并无裨益，反而显得荒唐可笑。

希特勒的藏书中占据第二位的是艺术类书籍，大约有一千五百多本，这是他的私人爱好。年轻时候的他想成为一个画家，而后的梦想是建筑学家，这些都因为他的学历问题被搁置了。但无情的现实并没有浇灭这位艺术青年的美梦。在 1914 年参军之前，他一直都是以自由画家的身份蜗居挣扎在柏林和慕尼黑。

翻阅他手头的这些书，看他对现代艺术的嘲讽之词——“现代艺术将彻底改变世界？放屁！”——恍如隔世。我们很难想象年轻时候的希特勒是一位文艺青年，对这个世界有着美好的憧憬，渴望在艺术的领域内有所建树，大放异彩。是什么改变了这位年轻人？是战争吗？因为按照《我的奋斗》里面的说法，他说是“一战”中德国战败投降带来的精神创伤使他顿悟，必须从政。但从一位连中学毕业证书都没有的落魄画家到一位改变世界格局的纳粹元首，这中间的跨越绝非顿悟这么简单。

在希特勒藏书中占据第三位的是占星学和神秘主义书籍。他们来自世界各地的不同国家与民族。这部分藏书引发我好奇的倒不是他独特的兴趣，而是因为这部分藏书导致了后来者无数的联想，给了好莱坞电影无数的灵感。回想一下著名的印第安纳·琼斯系列中，至少有两部都与希特勒的这种神秘的兴趣相关。

关于希特勒对神秘主义的兴趣，有很多的传言，他自己都相信他是受到上天眷顾的救世主。靠着这种神奇的预言，他逃过了战争的炮火。按照美国精神分析学家沃尔特·C.兰格的说法，希特勒一生都坚信自己肩负有一种神圣的使命，并且得到了上帝的指引和保护，这种坚定的信念就是他对德国人民的影响产生蔓延性效果的最主要原因。

如果说，开始的时候，他还只是想象自己是救世主，将会领导德国从衰败走向荣耀，而后他已经把这种自我的信念向他的崇拜者和国民散播开来。这是马克斯·韦伯笔下的“卡理斯玛”型权威人格的典型特征，依靠对天启与启示的恩典，引发民众对其的皈依和信赖。但对这位具有神秘主义救世主情结的天启领袖，人们最终看到的却是相反的结果：希特勒的神话迷惑纠缠了千百万人，但最终被冲昏头脑的却是希特勒自己。

赖贝克在《希特勒的私人图书馆》一书中，通过那些仅有的保留阅读痕迹的图书的分析，来还原历史情境中阅读对希特勒心理结构的形成所产生的影响。这本书难能可贵的一点是把那些书籍的评论与希特勒不同的人生阶段结合了起来，以阅读与生活相互印证的方式很好地完成了对希特勒的研究。阅读在每个人生活中都有不同的分量，到底在多大程度上影响了一个人，很难做出判断。但至少在分析希特勒的阅读中，我们又多了解了一点点，这对阅读这本书而言也就足够了。

“普通读者”哈罗德·布鲁姆

“坏作品永远是一样的，伟大的作品却千差万别。”

哈罗德·布鲁姆的《如何读，为什么读》一书中可以抽离出很多铿锵有力、掷地有声的“金句”。以上这句话还算是很平易的，但这句看似借戏仿而来的句子却已经很好地说明了“为什么读”的问题。

当然，“如何读”和“为什么读”永远不能分门别类，单独成立：前者指向了阅读的章法，后者指向了阅读的用途。但是，我的阅读经验中，这两者都没有什么意义，因为阅读无章可循，阅读更是无用——实用主义中的“用”。换句话说，阅读最终的指向只能是那个大写的自我，读者自身，也即布鲁姆在前言中一再告诫的：“最好是把善于读书当成一种隐性的原则：最终，当你的自我完全铸就时，就不需要方法了，而只有你自己。”我们千差万别的阅读，最终的指向不过是求得自我意识的圆满。

这样看似平易的结论看来很难满足大众读者的胃口，我们阅读仿佛要追求一种更高的真理和存在，仿佛想从中寻觅人生乃至宇宙的智慧和奥秘。

说起来，阅读毫无神秘性可言，我们的阅读只不过是在分享一种共同的经验。我们之所以认为阅读的行为具有一种神秘的特征，那是因为在分享这一经验的过程中，它带给我们了一种错觉，让我们以为已经摆脱了“时间的独裁”，超越了时代的局限，探索到了空间的奥秘。

我们读古典作家的作品，抚摸一本传承几百年的古书，仿佛目睹了成书之日起至今的全部岁月的淬炼，这种超脱般的灵性带给我们的愉悦无可比拟。我们读现代作家的作品，看他在时间的淘洗中一点点成长或淘汰，感同身受，他们的书如同由我们共同书写。这当然不是一种错觉的心理暗示，作家完成了他的书，这只是开始，读者的阅读才是重中之重，读者会赋予这本书原本没有或者没有被发现的意义。这是另外一种形式的无意识创作，甚至在某种程度上具有了巴赫金意义上的集体狂欢的特征。

布鲁姆的《如何读，为什么读》提供给了我们一个极佳的范本，让我们意识到阅读的孤独性，以及阅读只有在孤独的个体上才可能具有的伟大意义：“阅读的乐趣是自私的，而不是社会的。你不能通过读得更广泛或深入而直接改善任何别人的生活。社会上有一种传统的希望，希望个人想象力的增长也许能刺激人们关心别人，但我对此持怀疑态度，我同样对孤独的阅读乐趣带来的任何扩张能否增进公共利益持谨慎态度。”这种对“阅读的乐趣”的指称很容易让我们联想到另一位学院派的批评家约翰·凯里在《阅读的至乐》中的主张。这两个人打擂台方法很有意思。但是，布鲁姆的指称与其说是可以忽略公众阅读的意义，倒不如说是通过“只有个体的才是大众的”这样的阅读主张下意识对公众阅读施加某种影响。这种影响很大部分是不自觉的，附加的；否则的话，这本

《如何读，为什么读》的公开出版行为就无法解释个体阅读向公众转换过程中的意味了。

“我快七十岁了，不想读坏东西如同不想过坏日子，因为时间不允许。我不知道我们欠上帝或自然一个死亡，但不管怎样，自然会来收拾，但我们肯定不欠平庸任何东西，不管它打算提出或至少代表什么集体性。”对于这样一位一生大部分时间都生活在学院的文学批评家，我们很难摆脱那种陈腐的偏见，把他看作某种捍卫文学的象征，无论是纯文学还是实用主义意义上的文学。为艺术而艺术与为政治而艺术本质上没有什么区别，至少对学院派批评家是如此。

对学院派批评家来说，文学是一种职业，而职业的专门化是最为明显的特征。我们可能为布鲁姆的《西方正典》和《影响的焦虑》这样的批评文本而赞叹，但是同样为其中袒露出的间隔的智慧而忧虑。但是在《如何读，为什么读》这样一本书中，那些对布鲁姆保持有学院派偏见的人可以松口气了，他只不过是想表达出一个耄耋之年的普通读者对那些在自我成长中产生过巨大影响的经典之作的敬意。阅读，在此刻还原成一种最为本真的直接的单纯的体验生命的方式。但这种体验的书写方式绝不简单。

在“如何读”以及“为什么读”的问题上，布鲁姆一再宣称一种“清除你头脑里学院虚伪套话”以及“不要试图通过阅读改变什么”的原则来强调阅读的私己性。但这种阅读过程的完成却需要长期的铺垫，甚至包括长期的学院的理论指导和训练。当然，更为重要的是时间的淘洗，因为只有时间才能证明哪些作品是经典，而我们的阅读在时间的练习中，在日复一日的重读翻阅中，才能探究到经典之所以成为经典的伟大之处。

一个很有趣的佐证——当布鲁姆说“我快七十岁了”，我脑中第一个想起的却是博尔赫斯，他曾在那篇已经成为经典的《博尔赫斯与我》中用同样的口气，甚至同样的腔调说：“我是八十多岁的人了，相当孤独，双目失明，并不富有，”但“经过七十多个寒暑的文学活动之后，我认为博尔赫斯的全部作品没有给他丢脸……我固然相信有许多人能把博尔赫斯说的东西说得更好，我仍旧希望博尔赫斯用他独特的方式来说，那些东西可能并不重要，但我迫切感到必须要求他保持自己的风格。”这种互文性的联想正是阅读中不可或缺的乐趣之一。

在《如何读，为什么读》中，我个人最为喜欢的是布鲁姆对诗歌的解读章节。当然，某种程度上说，这是因为这本书的中文译者是同为诗人的黄灿然先生，他优雅精致的行文把诗歌中的很多“金句”所浓缩的意象很完美地传递给了我们。在这个章节的开端，布鲁姆已经就“如何读和为什么读”作出了解释：“就诗歌而言，在我看来就是探索被创造出来的想象力的摄人境界。我认为，诗歌是想象性文学的桂冠，因为它是一种预言性的方式。”他以豪斯曼的抒情诗作为开端，随后转向于鸿篇巨制的史诗，而后从古典诗歌转向现代诗歌。

在这个充满思辨与智慧、省思与反讽的解读过程中，布鲁姆提到了一种“阅读视域”。那是在威廉·布莱克的一首短小的《病玫瑰》之后，布鲁姆写道：“也许只有威廉·布莱克能够译如此短小的，只有三十四个字的抒情诗，承受一种如此黑暗的视域重负，但诗人们内心总有种东西，喜欢把很多压缩成很少，以昭示其创造力的旺盛。”他进一步解释了“视域”的意义，它是指“这样一种感知方式，也即人和物都是以一种增加的强度被看见的，而且这增加的强度具有某种灵性含义。诗歌常常是视域性的，它试图把读者驯服在一个世界里，在那里读者所瞥见的事物都含有一种超越的气息”。

诗歌与小说最为重要的区别不在于形式，而在于诗歌所浓缩的经验最为让人惊叹，甚至类似于一种神话般的惊悸。巴尔扎克在赞扬司汤达的《帕尔马修道院》时说，它“常常在一页中包含整本书”，这种夸奖已经是一种极致的赞扬。但在诗歌中，一个视域性极强的金句就能写尽一个人的一生。小说的社会功能使其变成了一种工具。但是对诗歌而言，它本身就是目的。一种诗歌的自我意识的成熟会伴随人自身的自我意识的成熟而变得圆满，这也就是布鲁姆在评价美国诗人惠特曼时所说的——你经常在诗歌中听到一种自我的回声，“无意中听到你自己，其震撼在于，你认识到一个意想不到的另一性”。换句话说，在小说中，我们寻求的是一种同一性，是一种故事的认同，情感的认同，乃至人生和价值观的认同。但是在那些伟大的诗歌中，你意识到是比同一性更多的东西，一种“另一性”。我们所认同的东西只能安慰我们，某种程度上说，这种安慰是一种情感的幻想，这也是布鲁姆总是担心长篇小说迟早会消亡的原因。但一种“另一性”却能提升我们的认同，升华我们的情感，我们甚至能感觉到自我的灵魂得到了净化，“诗歌在最好的时候，确能给予我们一种散文虚构作品难得尝试或达至的猛烈。浪漫派诗人明白这点，把它视为诗歌的真正效力：使我们从死亡的睡眠中惊醒过来，进入一种更宽广的生命感”。

我们的阅读是一种个体的经验，但是这种具有“更宽广的生命感”的经验的获得需要我们一次次重读才能有所领悟。重读是时间的别称，是孤独的代称，是默许的建议——借用写《普通读者》的伍尔夫的话说，关于读书，一个人接受别人最好的建议就是不要建议。所有的建议归根结底只有“阅”和“读”。

知识分子的“城之困”

《杰夫在威尼斯，死亡在瓦拉纳西》是一本典型的知识分子气质小说——这样写不知道会不会惹来别人的不快，现在对知识分子的争议已经让这个词汇的含义变得有些模糊了。但是从最普通的意义上理解，我们会看到一个典型的中产阶级知识分子的生活状态，他的日常的构成，他对社会的理解，对艺术的品味，对生活的厌倦，都是沉迷与反讽的二律背反。

当然，在我的语境之中，“知识分子”这个称呼多少有些批判的意味。英国小说家杰夫·戴尔在这本书中描述了一个职业写作者——“我是个自由撰稿人，如果这也算是份真正的工作，我也许能够停下来做点别的，但自由撰稿就是在你停下别的工作后开始做的活儿”——的生活状态。这名写作者厌倦了给杂志不断地写评论，又无法脱离这种乏味的生活，当机会出现时，他就开始了负气般的逃离——这是我无比熟悉的生活，某种程度上，我也以写生为生。我能从阅读这本书中寻找到某种深刻的认同，但与此同时又有些惶恐不安——我承认我很喜欢这本书，但是又不得不批判它。

认同他者的生活并不意味着你找到了精神的同类，更多时候，这种认同恰恰是需要自我警惕的对象——作者的写作亦是如此。

我相信杰夫写出了自己熟悉的那一类人的生活，借助于给媒体撰稿，不断地参加各种文学团体的聚会，欣赏艺术，阅读经典著作，让时光在悠闲的辩论中度过。当然，艺术家的生活少不了一次次艳遇，但是艳遇过后，留给自我的只是愈加沉闷的空虚。

这本书的名字其实是两篇小说。《杰夫在威尼斯》中，给杂志撰稿的杰夫瑞·阿特曼厌倦了写一些小文章，利用杂志外派采访的机会去了威尼斯参加和报道双年展的开幕式。这是他逃离循规蹈矩的日常生活的开始，但是这种逃离其实是另一种形式的自我迷失。

你在那个陌生的水上城市遇到一些人，发生一次艳遇，用你的余生酝酿这次记忆，回味它。这种描写过于沉迷于琐碎的日常生活，过于沉迷于知识分子式的小情调，反而显得有些局促。换句话说，小说家描述了一类人的生活，正好是我所认同的，但是这种认同在知识分子群体之外有多少呼应，我并不知道。当我在阅读中发现了某种心领神会的痕迹，我会下意识地想象，其他人在阅读中也会这样想吗？仿佛阅读变成了一种共谋行为，就如同知识分子写的小说只能写给他的同类阅读，具有了某种排他性。这种阅读的排斥其实限制了这本书的审美诉求：你能记住很多漂亮的俏皮的句子，但是除了这些，还有什么快乐呢？

《杰夫在威尼斯》中有个很有趣的细节，杰夫与偶遇的劳拉在艺术家的派对上狂欢之后，说时间到了，他们要开始讨论艺术了——这多少有些反讽，仿佛在艺术家的派对上一定要讨论艺术，否则就失去了他们在派对上狂欢的意义。尽管面对那些当代艺术作品展，他们不得不承认“这平庸打破了信仰”，但并不会因为这些平庸的艺术感到惊奇，因为“我们开始期待平庸。它让人感到信任，好像一种质量保证”。

这种对平庸的期待某种程度上构成了小说的精髓。杰夫来到威尼斯，随身带着一本玛丽·麦卡锡的《被凝视的威尼斯》。我们几乎都有这样的习惯，去一个陌生的城市就会带上与这座城有关的一本书，仿佛我们参观的不是这座城，而是为了印证这座城与书中的城是否能合而为一。阅读构成了这个独特群体的生活常态，以至于阅读也成为了他们参观一座城的方式。知识分子的狡黠与俏皮话在小说里比比皆是，你不得不佩服小说家这方面的天赋，他深谙这座城的观看之道，他善于与这座城市调情。

在我的阅读经验里，小说里写得最好的部分就是调情和艳遇。我印象很深的一个段子是杰夫遇到劳拉时，恭维她穿的裙子很漂亮。杰夫说他最喜欢她裙子的袖子那一部分。劳拉有些诧异，说裙子根本就没有袖子。杰夫说这才是我喜欢它的原因。这样的狡黠的调情构成了这部小说最好看的部分。

在另外一篇《死亡在瓦拉纳西》中，同样是一位作家和撰稿人，受杂志编辑的邀约，从伦敦去印度，写一篇关于瓦拉纳西的旅游文章。但是，他的命运却在这个时间尽头的城市完全改观。

很有意思，同样是关于一个城市的故事，但如果说在威尼斯的故事中，主人公在无数迷宫般的水道上和艳遇中迷失了自我，那么，在瓦拉纳西的故事中，主人公却是放逐了自我。这篇叙述得平庸无奇的故事，几乎没有惊艳的部分，但是平淡的笔调之下，却包含了一个逆转的保罗·奥斯特式结局。在这个肮脏、无序、荒诞、无常、疏离的城市中，主人公再也没有离开，他就像一个现代版的西西弗斯。

小说中，有一个极富冲击力的场景，主人公走到街上，看到一个推着手推车的男人，远远望去，那个男人身上好像带着一个下垂的南瓜。走到近前才发现，主人公以为是南瓜的东西，其实是那个男人因为疾病而肿胀的睾丸："在瓦拉纳西，所有的一切都到了伤感的最极端。在欧洲，我们有西西弗斯的石头。在瓦拉纳西，有这个男人和他的睾丸。"这就是他无法离开这个城市缘由吗？因为这是一个蛮荒之城？还是一个时间停滞的城市？

我们最终被城市所困，不是因为城市，而是因为城市里的人。他说，他来瓦拉纳西是因为没有什么事情能让他留在伦敦，停留在瓦拉纳西也是同样的理由——回到伦敦无事可做。这种知识分子的虚无感，贯穿了小说精心打造的话语体系之中。

我承认这是一部很好看且有趣的小说，但是他最优秀的地方恰恰是那些无关全局的小段落。从整体看，这是碎片化时代的写作不可避免的通病，小知识分子的虚无与放逐，自我迷失与自鸣得意，通通被揉碎了，填充着一张张空无的心灵，寄托于平庸的艺术之中。

无名作家的困惑人生

博尔赫斯在一次演讲上讲了一个故事。他说，他有一次碰到一个年轻人，那个人说没有兴趣读《哈姆雷特》，“因为哈姆雷特一点都不真实”。博尔赫斯告诉年轻人说他错了，“哈姆雷特王子比你还要真实”。演讲结束后，十岁的小女生海瑟穿过人群来到博尔赫斯面前，天真地问：“你跟哈姆雷特一样真实吗？”这位年老体衰双目失明的作家露出了悲伤的笑容：“不，亲爱的，哈姆雷特王子比我还真实。甚至我故事中的博尔赫斯比我还真实。”

这个情节当然是虚构的，但博尔赫斯的故事却是真实的。故事永远比作家长寿，作家离去了，可能湮没无闻，故事却悄然流传，风生水起。故事离开了作家会自然生长，而作家离开了故事只能慢慢衰老。故事是作家的精魂，写作的姿态仿佛童话故事中的巫师，一点一滴掏空作家的青春与健康、精神与骨髓。故事越来越丰满，作家越来越衰老。可叹的是，读者往往只会从丰满的故事中揣测已经成为故事背景的作家是如何的丰盈而有活力，而残酷的现实只会带来醒目的落差。

布赖恩·莫顿的小说《黄昏时出发》中第一个富有冲击力的场景就是海瑟见到了她梦想中的人生导师，对她影响甚重的作家席勒：年老，肥胖，秃头，衰弱，艰难地拄着拐杖。这就是她梦中出现的那个男人，现在却如此陌生，“读他的文字，感觉就像他把自己的灵魂直接灌注给海瑟的灵魂里，合而为一。而现在，却是肉体阻碍两人间的灵魂交流”。

按照某评论家的说法，席勒属于第七级作家。很讽刺的是，这仍然是一个很高的评价，因为在海瑟的论文指导老师的文学鉴赏范畴中，莎士比亚和托尔斯泰是第一级，陀思妥耶夫斯基、乔治·艾略特、普鲁斯特属于第二级，梅尔维尔是第三级，亨利·詹姆斯属于第四级，伍尔芙属于第五级。嗯，第六级暂缺，第七级补上一位席勒。海瑟把席勒作为自己论文的写作对象，源于早年读到了他的两部作品给她留下的深刻印象。

海瑟在很小的时候就生活在了书堆里，她是我们熟悉的那种人，餐桌上读书，走路时读书，甚至洗澡的时候也读书。莫顿写到她时说“她实在不属于这个现代世界”，她的内心狂野，最爱的就是迷失在成千上万本书里。

这样一个女人，你会觉得很奇怪，她怎么会对席勒这样的无名作家感兴趣，我们会认为她应该有更大的抱负和志向，不应该选择一个无名的“第七级作家”作为自己的研究对象。但是，那有什么关系，作家的无名身份只是相对而言，文学史上有多少原本无名的天才作家，不正是通过评论家的发掘而声名鹊起的吗？如果没有评论家的存在，也许福克纳永远籍籍无名。海瑟研究席勒虽然是源于早年的阅读经历，更大的野心还在于想重新发现那些文学史上的失踪者。

席勒的一生写了六本书，但只出版了四本，前两本让海瑟意识到了自由的人生:《温柔》给了她生活的勇气，教导她要负责的只有自己的生命，“那是个人们愿意抛弃所有，只为了追逐自己梦想的世界”;《两段婚姻》同样让她受到了启发，让她在迷茫无措的时候找到了勇气，让她去过自己的生活。但是，席勒的后两本却让她失望之极——“感觉像是另外一个人写的”。是作家变了，还是海瑟变了？也许发生变化的不仅仅是他们两个人，时代的精神也有所变化吧。海瑟也意识到这种变化所带来的困惑，她没有办法做出客观的判断，也许她对席勒后两本书的失望不过是因为它们和她目前的生活没有任何交集。正是这几本书带给了海瑟不同的感受，才让她有兴趣去接触作品背后的那个默默无闻的作家。

但是老作家席勒当时的生活糟透了，单调，乏味，无趣，与他的作品留给海瑟的印象大不相同。也许她就不该进入作家现实的生活，在虚构的作品之间游弋是一种幸福，但在作家真实的生活中穿梭却只能让她看到越来越苍老无力的作家。

席勒给海瑟解释这种作品和作家生活的不同:“这样说吧，我把注意力都放在如何写出完美的作品，而不是过完美的生活。所以，是我让艾瑞儿（作家的女儿）的生活变得一团糟，而与此同时，我也没有让我的作品完美。”

我相信，席勒的这段话道出了许多作家内心的隐痛，在完美的作品和完美的生活之间，或者说，在痛苦的苏格拉底和一只快乐的猪之间，你会如何选择呢？有没有一种可能可以兼顾写作和生活之间的完美之点？有没有可能让人生和写作一样完美？有没有可能把人生变得和故事一样真实呢？

回到开篇博尔赫斯的话，在人生的真实和小说的真实之间存在多大的差异和裂痕呢？我们有时候会觉得现实人生荒诞如戏剧，真实如小说，但有时候却又意识到小说中的世界与我们有着巨大的差距，它描摹的只是一种理想化的生活状态，无法照本宣科、一切照办。我们的悲哀就在于，用虚构作品中的名言警句作为现实的衡量的标准，指导自己的人生，浑然不觉小说的叙事和人生的叙事之间有着巨大的鸿沟。

虚构作品的启示可以感动、渲染、激励和带动真实人生的发展，但一旦无法分清两者之间的界限的时候，虚构作品的存在反而成为了现实人生的栅栏，不可跨越。海瑟对席勒作品的评价受到了她个人精神成长和时代精神观照的双重影响，她对席勒的后两部作品的失望也折射出了她内心观念的多重变化。

海瑟遭遇到了这种选择的困惑，她不知道该选择写席勒的人生，还是选择写他的作品。但是对一个无名的作家，对一个终其一生坐在书桌旁孤独写作的无名作家，他的人生又有什么可以书写的呢？

正如美国的随笔作家怀特在出版自己传记时对他的传记作家所表示的遗憾："我唯一遗憾的是，自己的一生并没有那么激动人心，并未充满情色暴力。我知道，要为一个一生坐在打字机前的家伙写传记该有多么困难。这也是我的命。"这其实是很多作家的宿命，立志于写出完美的作品，反而忽略了自己的真实生活。

海瑟的困惑源于真实人生的多彩诱惑，虚构人生的完美诱惑，"她很清楚自己绝对没有办法过那种独自坐在书桌前的生活，日复一日，年复一年。那种方式真的可以丰富你的感情吗？真的可以丰富你的艺术吗？"

正是在这种不知何去何从的时刻，她遇到了另一位人生导师似的人物珊卓，她把美国哲学家胡克的一句话告诉海瑟：生命里大部分时间的困难抉择并非对错间的冲突，而是两个都对的选择。这就是我们的生命为何总是悲伤的，因为面对两种都对的选择，人们往往无所适从。

珊卓对海瑟来说是另外一种类型的作家。她曾经是诗人，出版过一本诗集。拥有诗歌，她以为她的人生从此就要完美无缺地进行下去。但是在人生的某个决定时刻，她发现她虚弱到无法写作，她开始想念诗歌以外那种活力无限的生活，想念电影，想念音乐，想念舞蹈，想念任何有趣的事情。她最终放弃了诗歌写作，选择过自己喜欢的生活。这种生活的魅力在于，生活本身就是快乐的，把生活当作艺术来度过，她是生活的艺术家。

珊卓和席勒之间的不同就在于对生活的不同态度。席勒选择了追求完美的作品，放弃自己的完美生活；而珊卓则把写作延续到了对生活的热情追求中。

海瑟在她的论文中用亨利·詹姆斯和劳伦斯代表着两种不同的类型。她把席勒喜欢的作家亨利·詹姆斯形容为“伟大的工匠”；把她喜欢的作家劳伦斯形容为“伟大的艺术家”，“正是因为他对其他事物的热情不亚于对艺术的热情，生命力的多彩多姿才丰富了他的艺术”。至于说，这两种选择孰对孰错，人生的际遇各不相同，也许根本没有对与错，只有适宜与否。

《黄昏时出发》这个书名来源于席勒写的第一本书。席勒在这本从来没有出版过的书中表达了一种对纽约和巴黎文学风景日渐凋蔽的失望，表达了他无法与那些伟大的作家和时代相遇而生的遗憾。黄昏对他而言，消耗着他的生命。但在海瑟的意识中，黄昏之所以是黄昏，只是一种自我的认定，她所认定的黄昏反而如清晨朝阳般炫目迷人。《黄昏时出发》也许还应该有另外一种解释——密涅瓦的猫头鹰从黄昏起飞，黄昏反而预示了一种智慧的丰盈。

后现代的巴黎，文学的盛宴

博尔赫斯曾经提到，他父亲跟他讲过关于回忆的一件非常悲哀的事情。比如说，如果今天我回忆今天上午的什么事，我脑子里就会出现今天上午看到的东西的形象。但是，如果到了晚上我回忆今天上午的事，那我回忆的就不是上午第一个看到的形象，而是我记得的第一个形象。因此，"当我回忆某件事的时候，我所回忆的不是事物的真实形象，而是我在回忆我最后一次对它的回忆，亦即我在回忆最后一次的回忆"。博尔赫斯补充说："我努力不去想过去的事情，因为如果我去想，我知道那是我在进行回忆，脑子里出现的不是第一批形象。"

这个段子源自西班牙作家恩里克·比拉-马塔斯的小说《巴黎永无止境》。根据比拉-马塔斯的一贯风格，这个段子很可能是杜撰的，但是他却言之凿凿，就仿佛是博尔赫斯真的这样说过似的。正是这种可以弄假成真，让虚构变为真实，真实可以通过虚构变得更可信的写作手法，让他的小说充满了一种难以言说的魅力。

这位 1948 年出生于巴塞罗那的作家，是西语文学近四十年来最重要的作家之一。他年轻时曾在巴黎生活，租过杜拉斯的阁楼，正是根据这段经历，再融合了他的文学上的偶像——海明威——

的《流动的盛宴》带给他的创作灵感，一本奇异而美妙的小说《巴黎永无止境》诞生了。

读比拉-马塔斯的小说充满了愉悦，因为他的每部小说里都充满了无数小说，像一个巨大的迷宫，他的每本小说都是一个庞大的清单和书单，仿佛文学史就在他的脑海里，他可以随手拈来许多作家的逸事和格言，用这种引文与评论的方式续写自己的作品。当然，这种渊博有可能是一种假象，因为小说的基本功能就是虚构，就算他杜撰了许多格言和段子，我们也无法一一考究，就如同开篇提到的博尔赫斯，我翻遍手头所有的藏书也没有找到这段引文的来源。但是，我却忍不住相信这就是博尔赫斯的段子，因为这种虚构符合我们对博尔赫斯的一贯认知，他痴迷于无限循环叙事和哲学写作，对回忆这种方式怀有永恒热爱。

比拉-马塔斯在接受媒体采访时还亲口讲过一个段子。他小说的所有译本里，最成功的是法语翻译。这位法语译者第一次接触他的小说时，发现里面有不少引文引用别的小说家的话，他非常认真，冒着大雨去图书馆检索那些引文的原文。在花了很多时间和精力之后，他才发现那些引文一半是别的小说家说过的，还有一半是作家编的，于是非常生气。但是，比拉-马塔斯告诉这位译者，他可以选择直译那些半真半假的引文，或者他可以按照原始引文翻译，“这是我给他的自由选择权。通过这种自由选择，他的译本也成了一种小说创作的延续”。多美妙的说法！正如我们总说，小说源自现实生活，其实很多时候现实也在模仿小说生活。

《巴黎永无止境》就是一本现实模仿小说的完美作品。小说的主人公像比拉-马塔斯年轻时一样，是一位来自巴塞罗那的文学青年，因为热爱海明威《流动的盛宴》，不仅参加了一个模仿海明威的荒唐比赛——最终得了倒数第一名，因为根本不像海明威，还一心模仿海明威在巴黎的生活方式。他靠父亲微薄的资助过着一种贫困饥饿的生活，因为海明威在《流动的盛宴》中写到了饥饿的感觉，饥饿的种类——“逢到春天，种类就更多了。但现在饥饿已经过去了。记忆就成了饥饿。”我们的主人公迷恋这种饥饿带来的丰盈，尤其是在巴黎，因为他记得《流动的盛宴》中的几句话：“巴黎是一座非常古老的城市。而我们却很年轻。这里什么都不简单，甚至贫穷、意外所得的钱财、月光、是与非以及那在月光下睡在你身边的人的呼吸，都不简单。”

这是一段文学的人生。主人公在巴黎租住了杜拉斯的阁楼，每天去海明威去过的咖啡馆写作，他在写作中也遇到了一个美好的姑娘，甚至产生了性欲，但是仅此而已。他还接触到形形色色的法国作家、流亡作家、落魄的艺术家，这种情形就如同我们在看伍迪·艾伦的《午夜巴黎》。当然，他也在写作，他在创作一本名为《知识女杀手》的小说，这本未成形的长篇小说声称受到了乌纳穆诺《怎样写小说》的影响，小说的用意就是无情地折磨死者，最后让读者在读完它后的几秒钟内死去。

当然，这种戏谑的手法在某种程度上就是比拉-马塔斯的自我嘲讽。作家的幽默感源于文学生活与现实生活的差异化，我们无法用一本没完成的小说来杀死读者。他提供了无数的文学的悖论，这些悖论尽管在现实中不会成立，但在文学中却是诗意的源泉。

一本永远没法完成的名著，一个拒绝写作的真正作家，一个沉浸在无尽的回忆中，却再也找不到第一种真实的回忆者。

我们可以借用小说人物之口来总结《巴黎永无止境》的特点："我不喜欢把事情都写得清清楚楚的短篇小说。因为理解可能成为一种判决，而不理解则可能是一扇敞开的门。"这个原因可以解释为何这本小说的存在是以碎片的形式，章节之间并无明显的逻辑，小说的散文化风格明显，时间线不明确，回忆总是打乱的，而且那些不同时空的作家和艺术家共处一个时代，这是文学的穿越，也是文学成为文学的缘由。这种混乱并无损小说所带来的愉悦与诗意。某种程度上，正是这种故意制造的混乱让审美具有了一种凌乱的叙事之美。当然，小说中唯一的原型之书就是《流动的盛宴》，当中存在的人物的生活构成了小说的线索。这种互文性的写作方式，让这种自我指涉具有了更多的意味，仿佛小说本身成为了可以圆满诠释自我的百科全书。

比拉-马塔斯提及他的小说为何是互文性的时说："我觉得作家有义务向下一代传递文化记忆，因为过去只存在于记忆中，如果不将它确定下来，它就会永远失落。一想到这点，我就会焦虑，所以，我会尽量在小说里引用或描述很多文学作品，书后的人名索引就是一幅当代文学的地图，这样有心的读者就等于得到了一份阅读清单，可以按图索骥。"

所以，读他的小说就算不关心那些荒诞而有趣的故事，也能收获良多。更何况，他的这种写法已经让我们意识到他在延续一种文学传统，这种传统在卡夫卡、博尔赫斯、梅尔维尔、劳伦斯·斯特恩、乔伊斯、贝克特、纳博科夫、保罗·奥斯特、胡安·马尔塞、佩索阿等——当然还有他的挚友波拉尼奥身上都若隐若现。它融合了渊博的学识、循环的叙事、新颖的结构、无尽的迷宫、碎片化的生活，再打乱虚构与真实的界限，才创作出了如此迷人的文学。

保罗·策兰的爱情故事

我们不得不正视这样一个事实：正是因为分离，才成就了文学史上的书信文学。分离所带来的不仅仅是思念，还有无数沉重与黑暗的岁月。当你面对面看着对方，即使没有任何言语，内心也总是充盈的，明亮的。如果分离，就算通过信件无穷无尽地诉说，也总会有阴影慢慢从心底滋生。对两位诗人而言，分离产生的思念深沉而又无处附着，思念成为了诗歌的情感；而对于恋人而言，分离只会制造裂痕，无数美丽的误会，直至悲剧的发生。

《心的岁月》是德语诗人保罗·策兰与奥地利诗人英格褒·巴赫曼来往的书信集，一本名副其实的分离之书。分离对诗歌是幸运的，对恋爱中的诗人却是不幸的。

1948 年 5 月，策兰与巴赫曼在维也纳相识并相爱。其时，策兰二十七岁，巴赫曼二十二岁，前者是一位年轻的流亡诗人，后者还是一名在维也纳大学读哲学博士的学生。也许更为重要的裂痕源自记忆与身份的差异：策兰是一位背负着大屠杀记忆的幸存者，犹太诗人，而出生于奥地利的巴赫曼，她的父亲参加过纳粹军队，她终生都背负着这种耻辱与罪责。但在爱情到来的时候，一切都被忽略了。两位诗人之间的相爱多了很多心灵的诗意，却对他们之间巨大的鸿沟视而不见。

“我可以比别人更能理解你的诗歌，因为我们曾经在里面相遇，”巴赫曼写给策兰的信中这样诉说，“我常常想念你，沉湎于你的诗歌，并在里面与你对话……男人们以各种方式围绕着我，对我却没有什么意义：你、美丽和忧郁，分割了我飞逝的日子。”爱情没有任何逻辑性，爱情唯一的逻辑就是飞蛾扑火，巴赫曼主动示爱的时候，很少留意到这个“陌生而黝黑的”年轻人为何总是沉默，就好像背负着整个世界的苦难。

策兰一家是生活在切尔诺维兹的犹太人，1921 年他出生不久，这个地方归属了罗马尼亚。他的父母身上都有可怕的经历，先是苏军占领，之后是 1940 年和 1941 年的德军占领，然后是强迫劳动。1942 年，罗马尼亚开始清理不受欢迎的犹太人。一天晚上，策兰因为去参加朋友的聚会躲过了灾难，他的父母被关进了劳改营，被驱逐到德国人占领的乌克兰，死于残酷的疾病与枪决。在他的父母被驱逐后一个月的时间里，策兰也被迫加入了劳改营，直到两年后的 1944 年年初才回到家中。1945 年，诗人策兰背负着苦难与记忆，孤身一人开始流亡生涯，先是到了布加勒斯特，后于 1947 年年底到达了维也纳。

策兰在维也纳写的诗歌，大部分都是写给巴赫曼的。巴赫曼在 1971 年的小说《马琳娜》中虚构了一位来自东方的陌生人的故事。这个陌生人有着乌黑温柔的眼睛，穿一件披风，声音动听。在这个故事中，巴赫曼从策兰的诗歌中汲取了很多灵感，引用了很多句子，尤其是策兰的名篇《花冠》：“我们相互望着 / 我们叙说黑暗的事 / 我们相爱如罂粟和记忆 / 我们睡了像酒在螺壳里 / 像海，在月亮的血色光芒里。”罂粟花成为了爱情的象征，但罂粟花的迷狂与沉醉，也给他们的爱情注入了一丝不祥。

在巴赫曼的生日那天，策兰送了一束罂粟花。在 1949 年 6 月 24 日的信中，巴赫曼说：“我常常在想，《花冠》是你最美的诗，是对一个瞬间的完美再现，那里的一切都将成为大理石，直到永远。然而，我这里却不是‘时候’。我饥渴着什么，却又得不到，这里的一切都浅薄而陈腐，困倦而陈旧，无论新旧都是如此。”此时，策兰远在巴黎，巴赫曼在维也纳，他们分隔两地。

在巴赫曼的那篇小说中，公主问来自东方的陌生人：“你一定要回到你的族人身边去吗？”陌生人回答：“我的民族比世界上任何民族的历史都更悠久，这个民族已经播撒在风中。”这是一个流亡者的选择，尽管有巴赫曼在维也纳，他的第一本诗集《骨灰瓮之沙》出版在即，考虑到艰苦的生活环境，很难找到合适的工作，策兰还是决定离开维也纳前往巴黎：“我并没有在那里住很久，因为并没有找到希望找到的东西。”

不知道巴赫曼看到这句话会是什么滋味。爱情不能为他们的生活提供全部证明，她无法了解这个沉默的年轻人心中有多大的精神创伤，爱情不能治愈他的伤痛。他全部的生活都好像一只惊弓之鸟，从一个地方迁徙到另外一个地方，而巴黎为他的流亡提供了一个更好的精神栖息地。他的法语流利，他早年曾经就生活在这里，当然，最重要的是，他可以与那些心目中的诗人——波德莱尔、魏尔伦、兰波，以及超现实主义者生活在同一个城市，这是一种逃离孤独的心态。

1948 年 7 月，策兰达到巴黎，开始了另外一段艰难困苦、孤独难熬的岁月。他曾经说过，在这个世界上，没有任何东西能使诗人放弃写作，“即便他是一个犹太人，尽管他写诗所用的语言是德语”。在巴黎用德语写作意味着没有读者。在这里，他以工人、翻译的不同身份挣扎着，他还教人学德语和法语，同时自己也在巴黎高等师范学校学习哲学和德国文学。在最初的这段日子里，他几乎没有写诗，保持了沉默。在1949年8月20日的信中，策兰对巴赫曼产生了忧虑：“也许我弄错了，也许就是如此。我们相互之间要回避的地方，恰好正是两人都想在那里相遇之地，也许我们两人对此都负有责任。不过，我有时对自己说，我的沉默也许比你的沉默更容易理解。因为，我所承受的黑暗更久远。”

至少从这部书信集《心的岁月》中，我们所得到的印象是，策兰在这段感情关系中总是处于被动的地位，他的爱意多少有些冷淡，懒得回应。不是巴赫曼想要的太多，而是策兰能给的太少。

爱情总会有失衡与沉默的那一刻，在分离这么久之后，每当他们两人了有矛盾，策兰就会觉得很受伤，因为他所承受的黑暗更久远。这个男人总是受害者一方，巴赫曼总是成为那个小心翼翼修补他的精神创伤的理疗师。

巴赫曼意识到在他们的感情当中充斥了更多其他的东西，策兰受到伤害，他总会敏感地怀疑自己的爱人。在策兰要回送给巴赫曼的戒指后，巴赫曼一针见血地说：“你使用了一个失望，这个失望是别人给你的，你却用它来使大家毁掉。”

也许是遥远的困苦生活摧毁了他们坚守爱情的信心，策兰一度对巴赫曼保持了沉默，分隔两地的爱情遭遇到了危机。而巴赫曼一直苦苦哀求他。在1951年11月的信中，巴赫曼说：“我不知道，你是否察觉出，我只是向你，而没有向别人，将自己的信念寄托在‘别人’身上，我的思想总是在找你。不止是作为我最亲爱的人，而也是作为同样的一个失落者，我们都需要一个地方来保护自己。”极力想挽回爱情的巴赫曼并不知道，正是在这个月初，策兰认识了法国富裕贵族家庭出身的版画家吉赛尔·德·勒斯特兰，他们于1952年底结婚。巴赫曼孤身一人，在远方，沉默，孤独，陷入抑郁，生活混乱。

这本书信集《心的岁月》，名字取自1957年10月20日策兰的一封信。此前的一个星期，他们两人刚刚恢复了中断许久的联系，爱情在友谊的表面之下暗流涌动。

这一次主动者是策兰，就好像他突然意识到了这份爱情对他多重要似的，他写了很多诗给巴赫曼，想重新点燃他们的爱情：“告诉我，你是否还想着我？”但这样的爱情太沉重了，巴赫曼不免遭受良心与道德的谴责，策兰与吉赛尔的婚姻对她也是一个负担。

1958年，巴赫曼遇到了瑞士作家马克思·弗里希，他们开始一起生活。策兰感觉到了她的变化，发现她陷入了新的爱情，并为她的幸福祝福。他们的感情重新回到了理性的轨道，内心的冲动与激情被掩藏在平常的言语之中，幻化成一首首迷人的诗歌。

1961年9月，巴赫曼因为策兰对她的误会写了一封长长的信总结他们这些年复杂难描的情感关系，其中提到说：“我曾经对你说，你把我看得很轻，同样真实的是，你同时对待我又比对待所有别的人都更沉重。”

撇开诗人这层神秘的面纱，这不过是一段再普通不过的爱情故事，最爱的人往往伤害最深，因为知道对方爱你，愈加肆无忌惮，恨不得把全心全意的信任与爱透支干净，还口口声声地说："你伤了我的心。"正如巴赫曼一直要求的那样：现在你必须原谅我——这不公平。可是爱情中哪有公平可言呢？无论你是多么伟大的诗人，无论你写出什么样的诗歌，成为了爱情的俘虏，也会臣服于再普通不过的情感。也许与普通人唯一的不同在于，他们的爱情能够留下许多文字与诗歌的见证。而我们这些普通人的爱情，则在时光中发酵，沉淀成岁月的晶体，在各自的记忆中闪闪发亮。

麦卡勒斯的孤独

我对卡夫卡有个细节留有很深的印象。那是在 1914 年 8 月 2 日，他在日记里记下了短暂的一句话："德国向俄国宣战——下午游泳。"这种宏大事件与日常生活的琐事交织在一起的写法让我有点不知所措，我不知道该怎么理解这则日记的含义。就好像外界发生的任何事件都与他的生活无关，不能影响他正常生活的秩序。

我们阅读卡夫卡的日记经常有这样的观感，他很少写自身以外的事情，所有的注意力都涉及他自身的情感，他的头疼，他的病，他的梦，他的焦虑，总之都是关于日常生活最琐碎的事情。我们该如何理解这种自我意识的隔离？

我读美国作家卡森·麦卡勒斯的《抵押出去的心》，突然想到了卡夫卡的这则日记。从某种程度上说，麦卡勒斯是卡夫卡的同类。这个结论是不是有几分荒谬？那你看另外一则故事。一位朋友拜访麦卡勒斯时对她说："我钦佩你，因为你的无知。"朋友说："黑斯廷斯战役发生在哪一年，是关于什么的？滑铁卢战役发生在哪一年，是关于什么的？"麦卡勒斯回答："我认为我并不在意这些。"朋友说："那就是我的意思，你不会让现实发生的事情来影响你的思想。"

现实对作家的写作当然会产生影响，现实生活从来都是写作的基础，但也仅仅是一种基础而已。但是对那些被生活所放逐的作家而言，现实的意义只不过是一种可有可无的参照。

前些日子，我翻俄罗斯诗人玛丽娜·茨维塔耶娃的传记，她说自己四岁阅读，五岁写作，喜爱的一切都是七岁以前喜欢的，此后再也没喜欢过什么。一个人自我意识的觉醒竟然如此之早，除了惊叹其为天才诗人之外，我更多的想法是，这种早熟的意识会带来什么样的写作。她以后所有的生活都不再有惊奇出现，但是当她渴望绮丽的生活时，并会自己创造一个世界，而很容易沉浸其中。

几年前，我读麦卡勒斯的小说，印象最深就是那种深入骨髓的孤独感，没有任何作家像她那样对一种孤独的情感倾注全部身心。她说，那种精神上的隔离，是她大部分创作的主题："我的第一本书与这个主题相关——几乎整本书都与此相关，并且，此后我所有的书都以这样那样的方式与之相关。爱——尤其是不可偿还、不能接受爱意之人的爱——乃是我所选择描写的怪诞奇异角色的核心。人们身体上不可去爱和不可被爱，正是他们精神上不可去爱和不可被爱的标志——即他们的精神隔离。"爱与被爱的不可能性一直是麦卡勒斯小说的中心，而这种隔离的痛苦归根结底是一种从身体到精神上的折磨。

在这本麦卡勒斯去世后由她妹妹编选的遗作集中，我更确认了这种阅读的印象。其中，我们能察觉到一个与以往相同的麦卡勒斯——自小对文学的天赋有着敏锐的直觉，一生都遭受病痛的折磨，不时还有各种生活和爱情上的困扰，写作似乎是她对抗世界的唯一有效的方式。当现实总是太糟糕的时候，她用想象力营造了另外一个世界，那个世界中，她的孤独仍然是孤独，却是一种清晰而丰盈的孤独，她以她的孤独为傲。她甚至可以像阿多尼斯一样说：“我的孤独是一座花园。”

在回答为何写作时，她说，写作是一场漫游和做梦的营生。她说，有天赋的作家是一个意识清醒的梦想家。她做梦，但是在梦里，她依然清醒着。这种自我意识的觉醒绝不是一种偶然，而是一种执拗地、固执地参照现实世界的方式。在梦里，所有的现实都有了梦幻的色彩。她说，只有借助于想象与现实，你才能知道一篇小说所需要的东西，“单就现实而言，对我来说一直不怎么重要”，“一个人应该去写她熟悉的东西，但是有什么东西是比一个人自己的想象根据熟悉的呢？想象力以悟性来组合记忆，以梦境来排列现实”。一个孤独的梦，一个充满了各种确定与不确定的想象的世界，就是她所能拥有的全部。

在这本书里，有一篇文字叫作《孤独，一种美国式疾病》。她在文中提到说，她的一位英国朋友非常愿意生活在纽约，“因为在这里可以如此孤独”。在她看来，孤独是最大的美国式的疾病，但是，这种美国式的孤独其实是一种无意识的可怕的孤独。这种孤独似乎具有一种属性，那就是对身份认同的追寻。

我们能从麦卡勒斯的众多小说中回想起那一个个人物，他们的畸形的身体，美好的心灵，沉默的言语，无一不是在寻找靠近和温暖。但是两颗孤独的心在靠近的时候，总会心存疑虑，误会丛生。他们怀抱着对对方的爱意去接触，但结果往往是孤独的人依然孤独着。这种对“孤独个体”到“孤独人群”的描述也只有麦卡勒斯能写得出来。

很多作家都会描述一种孤独的人生状态，比如保罗·奥斯特在书中这样解读孤独："孤独。但不是指孤身一人的那种状况……而是退隐意义上的孤独。是不必看见自己，是不必看见自己为他人所见。"又比如在《十一种孤独》中，耶茨描述的那种人生状态的孤独感的滋生。世间的孤独有很多种，但唯独麦卡勒斯的孤独渗透着人生的绝望，情感的悲凉，同时还能让人感觉到爱意的温柔。因为她小说中的孤独往往源于爱意的动力，是一种情感的状态。

我们通过爱人的方式定义自己的存在，定义自我意识的觉醒。但是一旦这种爱意不存在了，这种孤独就像内心的荒草一样疯狂地生长。孤独的蔓延不可遏制，精神的隔离已经形成，心灵之门再也不会对人打开。我们能改变自己的心情，能改变自己的状态，但是无法改变这种情感上的孤独感。那是一种从希望到幻灭，从爱到不能爱之间，无法定义的情感状态。

保罗·奥斯特在《孤独及其所创造的》一书中提到一种写作意义上个孤独。他说，每本书都是一个孤独的图景——一个人独自坐在一间房内，写作。无论这本书写的是孤独还是陪伴，它都一定是孤独的产物。

阅读《被抵押出去的心》时，我一直都在想，这些在她去世后被搜集出来的一篇篇充满孤独的文字，会因为有其他文字的陪伴而免除这种孤独的状态吗？好像不太可能，因为如果你仔细阅读那些文字，就会发现，麦卡勒斯的孤独是渗透在每个句子中的，她笔下的人物，她描述的景致，她陈述事态的发展，都深深浸润着一种对时间虚妄的透彻领悟，以及找不到归属感的落寞。

1954 年，法国女作家萨冈去美国拜会她心目中最伟大的诗人田纳西·威廉斯时，见到了麦卡勒斯。萨冈用她一贯的细腻敏感的笔触写下了当时的印象："在他们身后，还有一个高大、瘦弱、身穿短运动裤的女子，她深邃的蓝眼睛里流露出迷茫的神情……世界上所有的诗歌和阳光都无法唤醒她蓝色的眼睛、沉重的眼皮和瘦削的身体。只是，她仍然保留着笑容，那种从未消失的孩童般的欢笑。"

这个笑起来很疲惫和迷茫的女人，因为丈夫不久前自杀身亡，自己孤苦无依地生活在尘世上，多亏了田纳西等好友的陪伴，他们才能一起欢笑，一起承受这种作为被抛弃者、被排斥和蔑视者、象征着废弃物的生活——当时美国所有艺术家和社会边缘人的生活，一个有着众多孤独者构成的世界。

这种孤独折磨着麦卡勒斯的身体和灵魂，却催生了美国南方文学中一个奇异而伟大的分支，至今无人能超越。从这个意义上，这种孤独是辉煌的孤独。

说吧，德黑兰的记忆

1956年，纳博科夫在《洛丽塔》的出版后记中有些悲观地写道，不应指望一个自由国家的作家会关心美感和肉欲之间的确切界限。在对《洛丽塔》的解读中，他遭受到了各式各样的误读，色情可能是贴到这部作品上最耀眼的标签，而类似于“古老的欧洲诱奸了年轻的美国”这样的隐喻式评价更是层出不穷。

时隔多年，在我们的阅读视野中，《洛丽塔》已经丧失了原来的那种惊世骇俗的印象，但那个怪叔叔和小萝莉之间发生的爱情故事仍然让这部小说蒙上了一种原始的禁忌色彩。

我怀疑，正是因为这种禁忌，伊朗女作家阿扎尔·纳菲西才把《洛丽塔》定为私人课堂上讨论的主题。在1995年的德黑兰，阅读西方的文学作品本身就有种冒犯的意味，更何况与女性讨论充满淫秽色调的《洛丽塔》。我的疑问正如作者的自我发问，为什么是纳博科夫？为什么是《洛丽塔》？为什么要冒着被告密的危险成立一个女性阅读小组讨论这样一个故事：一个老男人处心积虑占有十二岁少女的故事？

从某种程度上说，语境决定了阅读状态。在自由国家，阅读是一件平常事；但是在一个处处充满禁忌，女性上街就有道德警察盯梢的国家中，阅读变成了一种向往自由、渴望飞跃的极致状态，同时，艺术和文学成为他们生命中不可或缺的因素，不仅是奢侈品，更是必需品。

纳菲西在谈到纳博科夫的作品时，找到了她生命中清晰的自我认同："尽管纳博科夫的小说艰涩难懂，我们仍对他抱持一份特殊的感情……我们出自本能地理解认同他的小说和人生。其中透露出，当所有选择都被剥夺时，还有追寻无限自由的可能。"

至于《洛丽塔》，也许纳博科夫也从没想到会有人在一个遥远的国度中如此解读他的作品。我不敢说纳菲西和她的女学生对《洛丽塔》的解读会赢得纳博科夫的欢心，因为他是如此厌恶别人在他的作品中看出那么多的隐喻和象征，让它承载如此沉重的阅读方式和思想观念。对纳博科夫而言，一部虚构作品存在的真正意义，只是因为它能带来一种美学的享受和幸福，而不是因为丑陋的政治和精神分析。但是在纳菲西的解读中，《洛丽塔》的象征意味远远超出了实质意味，它无疑就是对自由的渴望，对爱情的向往，以及对某种政治禁忌的冒犯。

纳菲西对《洛丽塔》的解读中突出了这种强烈的女性政治意味。从男性视角开始的故事，开始了一个大逆转，这个所谓的爱情故事，变成了一个十二岁的少女走投无路的故事，"这故事最迫切的真相不在十二岁女孩被老色鬼强暴，而在一个人的生命遭另一个人剥夺"，从个体的遭遇上升到整体的观感和一种政治色彩浓厚的解读，"其实纳博科夫是在报复我们自己的唯我主义：他在这方面报复了霍梅尼……他们企图按照自己的梦想和欲望塑造别人，但纳博科夫透过对亨伯特的描写，揭发了所有侵占他人生命的唯我主义的行径”。

我很不喜欢纳菲西这种课堂教师的口气，某种程度上，她在一厢情愿地强迫纳博科夫接受她强制灌输的思想，她也在循循善诱地告诉她在课堂上的学生，这是一种有效的直接的阅读西方文学作品的方式。

纳菲西的《在德黑兰读〈洛丽塔〉》这本书之所以在西方出版后引起如此大的争议，正是因为在它已经脱离了伊朗和德黑兰的阅读语境，进入了一个西方式的阅读语境的不在场，这种单一性的政治化阅读往往为人所诟病。

但是从另外一个角度说，我们不可能对这种单一性的阅读方式无动于衷，因为正是在纳菲西的这种解读方式中，我们才能透过文学的缝隙，看到那道被压抑的风景：“在读者心目中，洛丽塔的形象永远与禁锢她的相连，独立的洛丽塔不具意义，唯有透过牢笼的栏杆，她才有生命。”在纳菲西的回忆中，通过文学课堂所能看到的不是文学，而是真实而残酷的历史与人生——“生命是凶残不祥的”，还是伊朗年轻一代的女性——她们被扼杀的生命，被禁锢的快乐，被剥夺的爱情，被强迫的婚姻，被忽略的生存权利。

纳菲西谈到这两代人不同的记忆时，有段话让我很是动容：“这些学生和同时代的其他人一样，根本迥异于我的世代。我的世代为失落感所苦，为我们遭窃取的过去所形成的生命空缺沉吟，使我们在故国却宛如异客。然而，我们有过去可拿来与现在比较，我们对于被剥夺的事物保有记忆与印象。但我的丫头们却时常提起被剥夺的吻，没看过的电影，和肌肤没吹到的风。这一代没有过去，她们的记忆是由朦胧隐约的欲望构成，被某种她们从未真正拥有的事物所填满，因为这份匮乏，这股对我们习以为常的平凡事物的渴望，使他们的文字呈现出近乎诗的显著特质。”

《在德黑兰读〈洛丽塔〉》中，纳菲西选取了四位不同的作家，纳博科夫、菲茨杰拉德、亨利·詹姆斯和奥斯汀，分别对应伊朗不同历史时期的生活和记忆。我们甚至从中可以归纳出这不同的时期中的主题，对纳博科夫《洛丽塔》的诠释可以看作对文学与女性的思考，对菲茨杰拉德《了不起的盖茨比》的解读可以看作是对文学与道德的审判，对亨利·詹姆斯的解读可以看作是对文学与战争的反思，对奥斯汀的解读可以看作是对文学与政治的反省。这种女性作家的经验融入到了对伊朗历史和革命的不同时期的观察中，显得颇为独特。

二十世纪初，伊朗人的适婚年龄，从原来的九岁变成了十三岁，后来变成了十八岁。纳菲西曾经提到说，在二十世纪六十年代的时候，她的权利与西方民主国家妇女的权利相差无几。但是到了八十年代的伊朗革命后，政教统一的权力更加巩固，法律已经退回到更古老的时代。新宪法通过后，第一条被废除的法令便是保障妇女在家庭与职场权益的家庭保护法，女性的适婚年龄又下降到了九岁。女性上街必须黑袍罩身，戴黑色的面纱，不许化妆和烫发，不许与丈夫以外的男性上街，女性的权利还不到男性的一半。尤其值得提及的是，政教分离制度，宗教和信仰是私人的事件，这些现代最为普通的制度和观念，在伊朗这个奇特国度中并不存在。政教合一是伊朗统治的根基，伊斯兰教是这个国家最有效的意识形态，个体的自由与公共的权力，私人的权利与政治权力之间并没有清晰的界限，政治对私人生活的蛮横侵入无所不在……只有了解到这些背景后，我们才能理解纳菲西如此重视阅读的意义所在。

阅读对纳菲西而言是唯一保留的自由的方式，虚构和想象成为了枯燥乏味的现实生活唯一可以自由体验的方式。阅读不一定是政治的，但却可以是反抗政治的；阅读是私人的，但绝不仅仅是私人的。阅读这种简单的姿态在此反而成为了一种革命强有力的方式。

阅读是一种完全的自由："所有传世的小说作品，不论其呈现的现实多严酷，皆有一股凭着肯定生命来对抗生命无常的基本反抗精神。这份肯定来自作者以自己的方式重述故事，掌控小说中的现实，进而创造出一个新的世界。我敢大言不惭地说，每件伟大的艺术品都是项赞颂，都是对人生的背叛、恐惧与不义的反抗。形式的超卓与优美起而反抗主题的丑陋与猥琐。"在一个极权主义的国度中，这是我们唯一能够掌控的，完全属于自身的自由的方式：阅读的自由，思想的自由，写作的自由。

纳菲西的经历让我想起了2009年的诺贝尔奖的获得者、德国女作家赫塔·米勒。同为女性作家，又有着极为相似的在极权统治下的生活的经历，她们的写作除了具有女性写作的共同性以外，甚至在一种诗性的语言上也有着明显的特征。我惊讶于这种写作的力量，更惊讶于她们在历经坎坷并最终流亡西方之后，仍能保留那份纯真的诗性。她们对过往有着清晰的记忆，但是在她们的写作中，对这种记忆保留着虔诚的真纯，似乎预示着无论走到哪里，身上唯一的行李只有她们对过往历史的记忆，除此之外，她们已经一无所有。

饥馑年代的阅读与王小波

我猜想着，每个人心中都有一个不同的王小波。有人喜欢他的小说，有人喜欢他的随笔，有人对他写给李银河的情书痴迷不已。所以，这么多年过去了，王小波依然以缺席的方式存在着。我丝毫没有夸大的意思，每每想到那头特立独行的猪，心里就充满了无比的欢乐。没人喜欢过一种被安置好的生活，一头猪也会用奔跑的方式反抗自己被宰杀的命运，何况我们这些自视甚高的人类。王小波用这种独特而幽默的方式解读着自己荒诞不经的人生。

这么多年过去了，王小波一直以各种不同的方式被纪念着。但是再多的纪念方式也会有缺憾：至今没有人梳理王小波的作品对二十世纪八十年代出生的人的影响有多大，大概是因为他始终游离于正统文学史之外的缘故吧，体制也从没想过要收编他；除此之外，也没有人想着去从传记的角度整理他的人生，大概是因为他文学的人生过于短暂吧。一个人在人生的思想启蒙时期遇到谁是偶然的，但是如果能遇到王小波的文字，那该是一种幸运吧。王小波成为了一种寻找精神同类的符号，从这个意义上讲，怎么估量他的影响都不过分。

王小平的《我的兄弟王小波》，从哥哥的角度重新审视王小波的存在，从某种程度上说也算弥补了传记的缺失。但是平心而论，《我的兄弟王小波》描述的重心在他们的童年时期，对王小波后来的创作生涯着墨很少。另外，王小平的笔触过于私人化，给人的印象，他对表述自己的观点、审视自己的兴趣远远大于对王小波的兴趣。我怀疑，这个可能跟王小平的哲学训练有关，他对外在世界的观察也大于对弟弟经验的沉思。

王小波说过，他哥哥的智力超他十倍。就算这是实话，但智力不代表文采。王小平也是个话痨型博士，下笔千言，洋洋洒洒，倒是真有几分豪气干云的气势，不过废话很多，且多套用了他们年轻时阅读的名著句式，“文化大革命”时的语录。

以上说的都是缺点，好像这本书一无是处似的。话说回来，再多的缺点也掩饰不住它最大的优点：真实。阅读这本书，对我有着非同寻常的意义，尽管我有很多年没有再读王小波，但是他对我的影响根深蒂固，如影随形，这是一笔巨大的精神财富。

我最早读王小波是在 2001 年左右，至今还保留着很多的阅读札记。王小平在《我的兄弟王小波》中曾经提到一个悖论——只有在禁书的时代，人们才愿意读书。在他们生活的时期，禁书据说是为了革命。而在我生活的年代里，虽然已经不再有那样荒唐的事情，但是因为生活的贫瘠，书不禁而自禁。

小时候想读书想得几近疯狂，真的是很难用笔墨形容。我读王小波，最初引起感情上的共鸣是他写在云南下乡时找不到书读。我曾多次引用《思维的乐趣》中的那段话：“傍晚时分，你坐在屋檐下，看着天慢慢黑下去，心里寂寞而凄凉，感到自己的生命被剥夺了。当时我是个年轻人，但我害怕这样生活下去，衰老下去。

在我看来，这是比死亡更可怕的事。”

不读书会死吗？很多人都会对此感到不解。哀莫大于心死。不读书，心灵中就会有一种荒草疯狂地生长，扼杀着自己，最终陷入绝望的情绪，让原本有生气的生活沦为行尸走肉的生活，这与死应无异吧。

在文化看似繁荣的二十世纪八十年代，还有很多被忽视被遮掩的角落，比如我生活的那个穷困偏僻的村落，与王小波去插队的云南农村并无多大差异。时代虽然变了，生活却一如既往的贫困。任何时候，吃饱肚子才是第一位的，精神上的荒芜与绝望无人理睬。我不知道从什么时候开始迷上读书的，但是那种阅读的渴望无法遏制，我疯狂地找寻课本以外的任何读物。那时候所能接触到，基本上没有所谓的正统经典文学，大部分都是武侠小说。那是另外一个充满想象力的世界，每天，我只有沉浸在侠以武犯禁的成人童话中，才能暂时性地忘记现实的贫困与苦难。

王小平回忆他们早年的读书岁月，提到一个段子。他和王小波借了一套《基度山恩仇记》，十分难得。由于很快要还给别人，王小波就想办法，不辞辛苦地把全书一千多页用低感光度的便宜胶卷拍下来存档。他自制拍摄架，拍摄，冲洗，最后编辑成一本奇特的照片文字书。

现在看这些事情真是荒唐，但我读起来却感同身受，不是说我曾这样干过——想这样干也没机会，那时候根本没见过相机为何物，只不过，那种四处寻觅图书的饥渴感都是类似的。为了借到一本好书，走街串巷，十里八里，托朋友，讲人情，只是为了读一本书！那种饥渴阅读的程度现在根本无法想象。时代虽然不一样了，但是那种精神的犀利状态，对书籍和知识的渴求，恍如昨日。

很多年后，我会回想起早年的阅读岁月，不禁惊讶自己竟然能从这种疯狂的焦虑中走向正规的阅读之路。换句话说，读什么书虽然很重要，但是如何读则更为迫切。

我虽然已经有将近十年没有再读王小波的书，但是他在我的阅读谱系中占据的位置至今无可替代。他向我打开了一个更为广阔的世界，从王小波到罗素，从《西方的智慧》到《西方哲学史》，从文学到哲学，从思维的乐趣到智慧的乐趣，从构建参差百态的幸福生活到建构自己的精神家园。我的阅读范围逐渐扩展到了浩瀚无边的书籍海洋。我现在已经不读王小波了，但是他的影响一直都在，因为只有通过他的引介，我才能进入这个充满了知识、趣味、思辨、审美的世界。就算我以后读过多么伟大的思想家的书，也抹杀不了王小波的存在，因为我站在了他的肩上，才跃到了更高的知识层面。

王小平在《我的兄弟王小波》中对他的创作生涯指涉太少。这也难怪，毕竟他们以后对知识的追求已经偏离早年的阅读轨道，长期分隔两地，就算是亲兄弟的哥俩，也不免对相互的思想体系感到陌生。

王小波生前很看好自己的小说，但为他赢得声誉的偏偏是专栏随笔。实际上这并不奇怪。对他而言，写小说是纯粹私人性的一面，他喜欢在自己的小说中天马行空地想象和虚构，在他的小说世界中，虚构等同于现实。而在写专栏的时候，他所显示出的是他公众的一面，需要承担公众的道义和责任。但是正如“能写的”和“想写的”总不统一，长期形成的焦虑和分裂让他不堪重负。

《三联生活周刊》的主编、把王小波的杂文一度推向公众前台的朱伟就说，因为这种写作上的困惑与分裂，造成了他后期写作上的精神压力，使他陷入崩溃的边缘。

王小波并不是一个神话，王小平的回忆也说明了这一点。但现在的王小波早已经面目全非了，他由原来讲述自身常识的王小波变成了现在被过度阐释、变成神话的王小波。这是一个很有趣的转变，王小波生前写作的时候不止一次说他在讲述常识，但是现在我们认为他讲述的都是真理。一个华丽的转身之后，王小波成为了神话，以至于去世十年之后，我们（包括写这篇文章的我）还在不遗余力地写文章祭奠他生的伟大，死的光荣。

更为离奇的是，王小波仿佛成了武侠小说中的一派宗师，开山立派不说，还有了“王小波门下走狗”这个武林中最奇怪的派别。还有一桩离奇事，王小波生前没出过几本书，没想到死后出书的速度都赶超“大跃进”了——各种选本、文集、全集层出不穷。不说其他，单是全集就有北京理工、云南人民、译林、陕西师大、重庆等出版社的多种版本。就算你知道王小波的生平，你都不好意思说他死了，一定还以为他躲在哪个地方奋笔疾书写“饥馑时代”呢！

约翰·伯格：那个讲故事的人

“我去过很多地方。我活过一些年头。”约翰·伯格在他的一本随笔集中写道，“我把那些关于信守约定的故事编述一集（未能赴约的情形，构成了另一个故事。）。每段叙述都从一幅图像开始，这些图像唤起了对相会之地的回忆……我希望，读者也会情不自禁地说：我以前来过这里……”这段话援引自《约定》的致读者部分，未能赴约的故事指的是另外一本书《我们在此相遇》，而这段话中表露出的那种独特而坦诚的讲故事的姿态指的是另外一本书《讲故事的人》。

当然了，也许这三本书的共同存在只是一个巧合，或者说是我个人阅读兴趣使然，因为我同时在翻阅三本书，所以才下意识地在三者之间寻找某种联系。但我更倾向于约翰·伯格的三本书因一种独特的讲故事的姿态具有某种神秘的同一性。

相对于书写下这些篇章的随笔作家，我们更为熟悉的是以《观看之道》和《毕加索的成败》扬名的艺术评论家约翰·伯格。除了画家的本职工作，平时以教授绘画和撰写艺术评论为业以外，约翰·伯格在小说创作、摄影、电影、政治评论等领域也多有建树。从这样的横向比较看，他的随笔创作不过占据他写作生涯的一小部分而已。但正是这些看似无足轻重的随笔写作，约翰·伯格向我们展示了他的众多兴趣和面向：也许是一幅画、一次偶遇和一个场景，或者是一篇书评、影评和政治断想，乃至一个城市、一次怀念和一首诗歌都可能渲染成章。正是这种包罗甚广、相对随意自由的写作方式，使得约翰·伯格的随笔写作具备了一种十分舒坦和迷人特质。

梁文道主持的《开卷八分钟》中介绍约翰·伯格的《我们在此相遇》。梁文道在节目中特意选了部分内容进行阅读，那是该书的第一章，约翰·伯格写到在里斯本的某个广场上遇到了他的母亲。这本来是一个很普通和日常的场景描写，但是现在回想起来却总觉得意味深长。

稍微留心的话就可以注意到，《我们在此相遇》被看作是约翰·伯格的小说创作，但在开篇的介绍中我把它与《约定》和《讲故事的人》归为随笔一类。是编辑的疏忽，还是我犯了一个错误？当然不是，对文本的形式和体裁的认定源于不同角度的解读需要而已。

作为小说文本的《我们在此相遇》本无可厚非，约翰·伯格在书中写到了在许多城市发生的故事，仿佛这些曾经旅行过的城市因为有故事的存在而焕发出新的生命活力，留下了他曾经存在的印迹。而在这些发生的故事当中，很多都是用虚构的笔法完成，甚至有些城市在地图上也找不到。当然，也正是因为这些虚构的写法让它具备了小说的特质。但是，我总固执地认为《我们在此相遇》是随笔而不是小说，而且他在书中写到的都是他生命中曾经遭遇到的真实事件。

虚构是小说的本质所在，但是虚构也是真实的所在，某些时候，真实也需要虚构的融入。回想一下，第一章中写到的里斯本的某个广场上，约翰·伯格与母亲的相遇事件：五月的末尾，天气炎热，广场上一切如往的平静，有孩子在奔跑，玩耍，有男人们在玩着纸牌，一群小鸡在草地里觅食，“一个老妇人带着一把伞寂然不动地坐在一把公园长椅上，是那种引人目光的寂然不动。她这般坐在公园长椅上，打定主意要人注意到她”。就在“我”突然对这个老妇人好奇的时候，“突然间，她站起、转身，拄着雨伞，向我走来”，那是“我”的母亲。这是一个普通的场景描写，但正是这种不动声色的普通具备了向神奇转化的因素，因为马上我们得知他的母亲从来没有去过里斯本：“我时常梦见他们……不过，我在梦中也忘了他们早已离开人世。父亲二十五年前撒手人寰，母亲十年后随他而去。”

这里不得不提的就是这种日常事件的吊诡之处：生活中越是习以为常的事件，就越能令人惊奇，而惊奇之处就在于在别处缺席后对世界——比如约翰·伯格对缺席的母亲——的重新发现。这种缺席可能非常短暂，但伴随这种缺席后的发现，我们仿佛回到了一个有着已经逝去的魂灵的爱的世界。

也许在小说中，这样的虚构场景俯拾皆是，但只有在注重真实性的随笔写作中，这种相遇才具有一种超现实的意味。你可以认为这是一个梦，也可以认为这样的场景是作者一人坐在里斯本广场上的臆想，但不得不承认，母亲的出现弥补了他的遗憾，填充了失去已久的感情缺失，甚至具备了一种宗教上的救赎意味。至少这个场景的出现在想象中满足了约翰·伯格与母亲沟通的生命体验，而去里斯本因为他们母子的相遇从此变得独一无二。

这样一个看似简单却回味无穷的场景就可以证明了约翰·伯格的讲故事天赋。“对于讲故事的人来说，任何一个从人生抽取的故事，都是从结尾开始的…… 大多数故事是以主人公的死亡为开端。”约翰·伯格在《讲故事的人》中如是说：“他们为活着的人构筑一个故事。在这里，被现代批评家和教授们的某些学说不断强调的虚构问题，变得尤其荒谬。”虚构对一部小说而言是理所当然的，但是对一个被讲述的故事而言，似乎除了加强故事的真实性之外别无他用。

从中，我们可以看出约翰·伯格受本雅明思想的影响之深。1936 年 10 月，本雅明评述俄国作家尼古拉·列斯科夫的文章《讲故事的人》发表。列斯科夫是托尔斯泰和陀思妥耶夫斯基这两位伟大小说家的同时代人，一生以写作故事而闻名。本雅明在那篇对后人影响深远的文字中写道：“‘讲故事的人’这个名字对我们来说还算熟悉，但实际上，讲故事的人今天已经不起什么作用了。讲故事的人对我们来说已经变得非常遥远，而且越来越远…… 正如经验告诉我们，讲故事的技艺正在消亡。能够精彩讲述一个故事的人正变得越来越少。相反的情况倒是越来越多：有的人想听故事，四座之人只能面面相觑。这就好比曾经是我们最不可或缺的能力、最保险的财产，现在被剥夺了：这就是分享经验的能力。”（《写作与救赎：本雅明文选》，东方出版中心 2009 年 9 月版）

经验的贬值和日益私密化导致了讲故事传统的萎缩，而与此同时，则是小说的兴起。小说与讲故事的区别在于，讲故事的人从自己或者他人经验中获取他所要的故事，转而又把这种经验转变为听故事的人的经验。即是说，讲故事的人分享经验，而小说家则不同，他封闭自己，小说正是诞生于日益封闭的孤独个体之中。

按照本雅明在《小说的危机》中的说法，现代以来，小说阅读已经影响到了我们的生活，人类的内心日趋沉默，小说阅读的泛滥是其罪魁祸首；同时，也正是小说阅读的泛滥彻底杀死了讲故事的传统。

深受本雅明思想影响的约翰·伯格用《讲故事的人》作为随笔集的书名，一方面向本雅明致敬，另一方面无疑想重新复活那个讲故事的传统，所以他在随笔中才尝试和糅合了众多的写作方式，甚至包括绘画的创作手法，“故事浮现在脑海里，是给人讲述的。有时候绘画作品也是如此”（《讲故事的人》）；他尝试用讲故事的方式描述艺术作品，“送给伊索的一个故事”（《约定》）；甚至一个很普通的物件，“我时常觉得路标像是在讲一个童话故事”（《我们在此相遇》）。在这三本书中，有数不清的段落，约翰·伯格以类似的方式开头：“我在讲述一个故事……”

约翰·伯格说，送给你们一个故事，你们爱怎么想就怎么想吧。故事之所以是故事，就是因为我们并不完全确定，因为我们对其充满怀疑。而生命最终只能用体验的方式去充盈神秘，丰满智慧。

第二辑

写书人

根本不想摆脱书

有人第一次到你家，看见你那极为可观的藏书，肯定会问："你读过全部吗？"这曾经是个让我头疼不已的问题，直到我读到本雅明面对同样窘况做出的巧妙回应："你会每天都用到自己收藏的瓷器吗？"不过，时间一长这个回答就没有什么意思了。同一个问题每次都有人问，但是我每次同样地作答就已然失去了乐趣。

幸好，今天翻一本好玩的《别想摆脱书》，对于"你读过全部吗？"这个问题，我又多知道了几种备用答案。

第一种回答是老实认错型："比这还多，先生，比这还多。"

第二种是狂妄自大型："不。这些只不过是我下周要读的书。我读过的书都在大学里。"

第三种是挑衅型："我一本都没读过。不然我留着它们干吗？"

第四种是谨慎型："您知道，我不读书，我写书。"

第五种是绝对型："我绝不会读。我可不想受到这些我要去评判的人的影响。"

第六种可归纳为知识型回答："藏书不一定由我们读过或者将读的书组成。这是一些我们会读的书，或我们可能读的书，即便我们最终可能没有读。"

最后一种答案同样可归纳为本雅明式的回答，不过不是把藏书比作瓷器而是比作葡萄酒："藏书类似于藏酒，没有必要把酒窖里的葡萄酒全喝了。"

以上几种好玩的答案有的来自于艾柯，有的来自于卡里埃尔。安贝托・艾柯，自然不用过多介绍，他是意大利国宝级的学者和作家，在国内也有众多拥趸，中文版作品已出数种，影响甚重。在《别想摆脱书》中我们更为熟悉的是艾柯藏书家的身份——拥有五万册珍贵藏书，其中很多还是"印刷初期珍本"——这个概念稍后再谈；该书中另外一个谈话者是让-克洛德・卡里埃尔，我们很自然猜想到他也是一位嗜书如命的藏书家。这点并没错，但他的其他身份更为引人注意——法国国家电影学院创始人，西班牙电影大师布努埃尔的御用编剧，尤其擅长改编文学名著。作为藏书家的卡里埃尔拥有四万册左右的藏书，出版了三十多部作品。

这样两个爱书人聚到一起就算不给他们划下题目，你也可想而知他们会谈论什么，看看他们对话录的名字《别想摆脱书》就明白了，也难怪，除了书还是书。

该书对话的主持人是让-菲利普・德・托纳克，他的本意是想让两位藏书家谈谈网络和电子书出现是否会导致书籍的消失和灭绝。这样的话题对两位爱书人来说其实都是老生常谈，并无新奇之处。

之前，艾柯曾多次撰文表示光盘永远不可能取代书本。在他看来，图书只分为两种，一种用来查阅，一种用来品读。前者典型代表就是电话黄页、字典和百科全书之类，这样的书完全可以被多媒体光盘取代。另外用来品读的书则大大不同于那些实用性读物，它们自诞生之日起就是“为了让人随意地拿到手里，躺在床上读，坐在船上读，在没有电源插头的地方读，以及在所有电池都耗尽的时候读，它们可以被随意地画上横线，折角，插入书签；它们可以在你昏昏入睡之际被新手丢弃在地板上，搁在胸脯或膝盖上。它们可以方便插入口袋，可以根据我们不同的阅读强度及频率拥有各异的外形，并会提醒我们还没读过它”。（《密涅瓦火柴盒》，上海译文出版社 2009 年 10 月版）艾柯经常用到的比喻是，书籍犹如轮子，一经发明和创造出来，无论对其做怎样细微的修改，都无法改变轮子的特性，“书多方证明了自身，我们看不出还有什么比书更适于实现书的用途。也许书的组成部分将有所演变，也许书不再是纸质的书。但书终将是书”。

实际上，在《别想摆脱书》中，艾柯和卡里埃尔仅仅用了两页的篇幅就把主持人提出的问题打发了：正如电视的出现无法替代电影一样——《阿凡达》就是最应景的例证，网络和电子媒介也无法替代书。与有些人的忧心忡忡相反，两位藏书家更乐观，电子时代的出现甚至预示我们更需要阅读和书写，“不懂读写，就没法使用电脑”。

摆脱了主持人的话题的约束，剩下的大部分篇幅都是艾柯和卡里埃尔天马行空的对谈，那才是最好玩的部分。他们谈论记忆术，被遗忘的作家和诗人，各种珍本的收藏，超文本的影响，围绕一个主题构造自己的藏书，正如艾柯所言：“我收藏一切探讨虚假、荒诞、隐秘科学和想象的书。”他们谈论历史上各种收藏者的逸事，珍贵图书的焚毁，图书馆的消失，他们甚至还谈论到了中国政府对网络和网民信息的过滤和审查……

这里使用的省略号自然代表了书中涉及的这个敏感议题被删节的部分，另外也给我们透露出一个信息：这本大多数篇幅都在谈论旧书的对话录倒是一本名副其实的新书，2009 年 11 月刚出了法文版，2010 年 1 月中文版面世。不愧是日新月异的全球化时代，信息反馈和更新都很及时，艾柯都关心起了中国网民的生存状况。

对话录中大多数的篇幅都在谈论图书的收藏之道，这就是所谓的"印刷初期珍本"。卡里埃尔解释说："所有在印刷术发明之日直到 1500 年 12 月 31 日这一期间印刷的书都叫作'印刷初期珍本'。它们是印刷书籍史的'摇篮'，包含所有十六世纪印刷的书籍。一般认为，古登堡的四十二本圣经（可惜没有任何年份说明，也就是古本最后几页都会有的相关信息）印刷年份为 1452-1455 年。"

值得一提的是，根据这个标准，艾柯说他有三十来本印刷初期珍本（《别想摆脱书》第 110 页），而后在谈到个人藏书与珍本收藏的区别时，他又说："我有五万册藏书，分散于我常住的家和其他不常住的房子里。但这都是些现代书籍。我还有一千两百本珍本。两者有所不同。"（《别想摆脱书》第 279 页）但该书译者吴雅凌在后记中据此说艾柯收藏了一千两百本印刷初期的珍本，很显然译者混淆了"珍本"与"印刷初期珍本"的概念，两者有所不同。

福柯曾说，一本书永远没有明确的边界，它的边界不限于从标题、开始几行到最后一个句号这一范围之内，也不限于其内部的结构和自主的形式里，它落入了其他书、其他文本、其他句子的一个指涉体系之中：它是一个网络里的中心节点。

现在看福柯的这段话简直是对全球化时代里阅读和书写活生生的预言，它甚至预示了电子时代里超文本的出现。但是仔细琢磨起来，也许这不是预言，而是福柯对以往阅读行为的总结。

虽然电子时代里超文本是如此，但最初阅读和书写的行为出现的时候，这样的文本之间的互文性和指涉性就已经存在了，它甚至就是轮子的特性，从古至今根本没有任何改变。最伟大的作家永远都保持着匿名的姿态，我们熟知的莎士比亚已经不是原初时候的莎士比亚。正如艾柯在谈话录中所言，一部杰作要成为杰作，只需为人所知，也就是吸收各种因它而起的解释，而这些解释最终将成为它的一部分。

波兰作家布鲁诺·舒尔茨曾在名为《书》的小说中说，我们甚至可以认为书是一个有自主生命的个体，每次阅读都是一次全新的体验，我们在成长，书与书中的人物同样在成长。舒尔茨同样敏锐地察觉到了书与书之间神秘的联系和指涉性，这同样也是卡里埃尔在谈话录中所谈到的："每次阅读显然都在修改书本身，就如我们所经历的事件。一本伟大的书永远活着，和我们一起成长衰老，但从不会死去。时间滋养、修改它；那些无意义的书则从历史的一边掠过，就此消失。"

卡里埃尔的这段话同样可以从另一个层面上理解：当我从艾柯和艾里埃尔的对谈中联想到福柯的"书无界"和舒尔茨的"生命之书"，我就构造了另一个网络，这个网络的中心点就是《别想摆脱书》，而福柯关于书的论述和舒尔茨的《书》以及其他匿名姿态的文本则构成了一个发散的局域网络。这样的理解方式让我觉得妙不可言，仿佛把我引入到一个只有享受精神和智慧才能真正焕发出愉悦的境界。

那些
失落的书

读西班牙作家卡洛斯·鲁伊斯·萨丰 2008 年的《天使游戏》，对小说中的遗忘书之墓的描述印象深刻。

穷困潦倒的作家马丁为了拯救一本书，受人指引到了一个神秘的所在，那是一座由书籍与文字建筑成的大教堂，一座宏伟壮观的地下迷宫，千百万册书籍密密麻麻摆满书架，筑成了一个规模庞大的图书馆，景象奇诡，令人难以置信。

遗忘书之墓的守护人陈述了进入这座迷宫的规则：第一次造访的人要在所有藏书中挑选一本书，同时要肩负保护此书的责任，保证永不丢失。但是，如何才能在这么多的图书中选出一本呢?

遗忘书之墓的守护人说："有些人相信是书选择人，换句话说，是命运决定的。几个世纪以来，有些书遭人丢弃，有些书被人遗忘，有些书在禁毁之列，被判永世沉沦，销声匿迹，有些书珍藏着回忆，奇迹与时代的灵魂，而这些事情，现在已经没人能记清了。几个世纪以来他们全都聚到了这里。现在这一切就陈列在你眼前了。我们当中，即便是最年长的人，也不能准确地说出这座迷宫到底是什么时候由什么人建造的。它很可能就像这座城市一样古老，它躲藏在老城的阴影中，与城市一起成长。"

这样的描述，固然是小说家言，因着虚构的缘故，可能神秘性要大打折扣，但还是能令我悠然神往，浮想联翩。

一座储存那些被人遗忘之书的迷宫，一座神秘的遗忘书之墓，躲在城市的阴影中，仿佛是这座城市的灵魂和真正统治者，默默注视着大千世界沧海桑田的变化，并用神秘的无人能懂的语言悄然书写着这座城市的深刻记忆。

当然，把书作为小说的主题来写的，并非肇始于萨丰。不过我们可以说萨丰继承了塞万提斯的遗产，那本世界名著《堂吉诃德》甚至可以看作是一本关于阅读和书的寓言。

那位精力过剩的主人公骑士把自己埋在书堆中，夜以继日地阅读，从黄昏读到黎明，又从清晨读到落日，由于睡眠不足和阅读过量，他开始变得疯疯癫癫。对堂吉诃德来说，阅读不仅仅损害了他的想象力，还对他的头脑和精神实施了绑架，他无法区分现实和小说，甚至认为世界就如同小说所写的那样，他之后的一系列冒险都始于他对阅读的痴迷。

在小说中，堂吉诃德第一次冒险归来，他的亲人和朋友为了制止他不靠谱的幻想生活，把他收藏的很多书籍都付之一炬。尤其在第一部的第六章中，神父和理发师检查堂吉诃德的藏书，令人惊异的事情出现了，其中竟然有一本塞万提斯早年的作品《加拉迪亚》(Galatea)。而理发师竟然还是作者深交的好友，他评价塞万提斯说他与其说有才，不如说多灾，这本《加拉迪亚》有些新奇的想法，开头不错，但结果还悬着，只能等第二部的出版。

当然，这部小说中提到的书注定是一本失落的书，塞万提斯花了大半生的时间写第二部，但时时被打断，再也没能完成出版。

堂吉诃德成为了《堂吉诃德》的读者，一本书成为了这本书的内容，还有比这种更令人感到惊奇和不安的事情么？博尔赫斯这样解释这种奇妙的不安：如果虚构的作品中的人物能成为读者或者群众，反过来说，作为读者或者观众的我们就有可能成为虚构的人物。也许，我们生活的世界真的就是一本书，我们都是其中虚构的一部分。马拉美不是有句话说，世界的存在就是为了成就一本大书么？

一个收藏失落之书的遗忘书之墓，一本永远没有写完的书，这是读书人最为痴迷的话题，难怪会一次次成为小说家们乐此不疲的书写主题。这本由亚历山大·佩希曼写的《失落的书》其实很难满足爱书人的胃口。

我总认为，失落的书这样的话题写出来总是吃力不讨好的事情，写出来的永远都是有限的，失落的那些书存在于每个人想象中的远远大于写出的。从另外一个角度来说，这本薄薄的小说，所提及的书籍既然是已经失落的，那我们对它的了解自然也多不了多少，既然如此，对一本本已经失落的书怎么可能撰写评价呢？我很怀疑其中的复原性场景描述是否真实。

当然了，不排除佩希曼用虚构和想象的方式弥补了其中的不足，但是这样一来，失落之书的神秘性就会大打折扣。我们可以把一本失落的书写进小说里，但是却不能把一本本失落的书写成小说的模样。失落的书只能存在于失落的图书馆中，比如：萨丰笔下的遗忘书之墓；博尔赫斯笔下的通天塔图书馆，浩如烟海的失落之书，令人眼花缭乱；艾柯《玫瑰之名》中中世纪修道院中的图书馆是另外一个形式的失落之书图书馆——最终毁于战乱，葬于火海。

图书馆珍藏着知识，诱使着充满求知欲的人去打开尘封的往事，阅读古老的典籍。但是，图书馆的存在却隐含着一个悖论——要保持知识的完好无损，只能阻止他人进入。正如艾柯所言：“打开书页就意味着毁坏它们，把它们置于空气和尘埃的距离作用之下，这样就会使羊皮纸上的纹理磨损而起褶皱，被唾液软化和损伤的书角就会长出霉菌。就如同过分温柔多情会使勇士变得软弱无能一样，这种过度的占有欲和求知欲会使书籍提前染上疾病而最终导致其毁灭。”

书籍的存在是为了让人阅读，但是阅读的动作却在消耗书籍的生命，换句话说，阅读的姿态预示着书籍消失的姿态。只有那些永远失落的书，因为没人能阅读反而成为了一个个永恒的传说。

在佩希曼开列出的这份失落之书的名单中，我最感兴趣的是那种“可能从未存在的书”，但是如何才能把纯粹虚幻的作品与那些真正失传的作品区分开呢？——因为“问题不仅仅在于需要探究的书目多如牛毛，而且在于如何证明某一件作品是否真的只是纯粹的幻想”。

在《堂吉诃德》中，塞万提斯的那本早期作品《加拉迪亚》即将被人付之一炬，这种以保卫思想纯正的高贵名义的做法当然不仅仅存在于那部伟大的骑士小说中。当然，这里难以判断的难逃失落命运的不仅有《加拉迪亚》，还有《堂吉诃德》本身。

我们无法得知当年的塞万提斯打算让堂吉诃德的冒险经历持续多久，只知道这部书后来只有两部。第一部 1605 年问世，成为了流传甚广的经典。也因为这种伟大的名声，1614 年有一本冒牌的

第二部出现在坊间，而塞万提斯的原著的第二部直到 1615 年真正完成，这也是为了应对出现的冒牌货赶出来的部分。

在这里出现了怪异的情形，我们如何判断哪一部是真正的续集呢？如果说按照统一的作者，那当然是塞万提斯无疑；但是如果按照时间先后看的话，反而是那个冒牌货是真正的续集。原作和冒牌作品纠缠到了一起，从而让塞万提斯意识到他必须完美终结《堂吉诃德》的写作，让续写的可能再也不出现。用塞万提斯的话说，堂吉诃德只为他而生。

而在《玫瑰的名字》中，为了写作这部小说，艾柯曾说他用了一年多时间建构书中的世界，其中包括很重要的两项：第一个是，在一个中世纪的图书馆里所能找到的所有图书的长长的目录；另外一个是翻遍建筑百科全书，长时间研究其中的建筑图片和设计图纸，以便为修道院和那个像迷宫一样的图书馆画出设计图。

我们当然可以说，这个图书馆和其中的书目都是虚构的，但是每次读那些书目的时候，心中仍然能感觉到心神的激动，仿佛这些虚构的书就在眼前。

这里还有另外一个问题，我们也许可以确定这些列出的书目和图书馆在现实中不存在，但是我们怎么能够确定和保证这些书和图书馆在以后的时间里不会出现呢？事实上，我们无法确定，因为我们现在看到的那些失落的书，都是已经在时间的风尘中消失殆尽的，但是我们无法预知以后失落的书，也无法预知以后我们会不会发现之前失落的书。

失落仿佛是书永恒的宿命，除了阅读慢慢消耗着书的存在，那些现在看起来以保存记忆和文明的科技图书的出现也仿佛在加剧了书的失落命运。不是有人预言电子图书的出现终将取代纸质的书籍么？不是有报道说，全世界很多国家的图书馆因为没有空间存放书籍不得不销毁很多纸质的书籍么？这是一种愚蠢的乐观，它从人类妄想建造巴别塔的时候已经存在，现在依然。

曼古埃尔的书与人

“我们的历史是一段漫长、黑暗、不公正的故事，”出生于阿根廷的作家阿尔维托·曼古埃尔说，“希特勒的德国、斯大林的苏联、卡斯特罗的古巴组成了我们时代的地图。我们仿佛是生活在这些专制社会中，或行走在它们的边缘。我们从不安全，即使在我们小小的民主社会中。”这种不安全感在早年一直萦绕在曼古埃尔的周围，出生于 1948 年的他不断地陷入政治漩涡。

那是阿根廷历史上的黑暗时代，也是曼古埃尔无趣的童年时期。1955 年，他的父亲被推翻庇隆的军政府逮捕了，对了，就是那个把博尔赫斯降级为市场禽兔稽查员的庇隆将军的政府。随后，一个政变接着一个政变，总统来一个走一个，政治一度成为了生活的常态和学校的常规教育模式。对于青春期的曼古埃尔来说，最大的乐趣就是在去学校的路上看一辆辆的坦克轧过马路。

很奇怪的是，在 1968 年离开阿根廷之后，曼古埃尔似乎很少提及他早年的这些历史。现在已经功成名就的作家、翻译家和藏书家的曼古埃尔，生活大部分的乐趣是沉迷于梳理和阅读他的藏书。他的作品从《阅读史》到最近的《夜晚的书斋》，基本都关涉于体验式的阅读与收藏，是一种纯文学性质的作品，与政治基本无关。他似乎有意逃避了早年的生活经验，或者说，下意识地选择性地遮掩住了那段无趣的童年。

但在那段黑暗的时代中，总有一些值得涂抹的亮色指引着向往希望的方向。曼古埃尔早年生命中值得记忆的有两个时刻：

——一个是 1960 年，高二开学的第一天下午，他遇到了一位老师："他走进教室，仅仅说了下午好，没有告诉我们课程是什么或者他的期望是什么，就打开了书，开始阅读一段话。"那是卡夫卡的《城堡》中的一段，之前他从没听说过卡夫卡，但那个下午，文学的大门訇然中开，"这和我们必须学习的五六年级课本里干巴巴的经典片段不同：它神秘又丰富，还打动了我们从不知晓的灵魂深处"。这一时刻在一个少年本已经枯荒的心里种下了文学的种子。

——而在曼古埃尔生命中另一个重大事件就是与博尔赫斯的相遇。那是 1965 年，曼古埃尔放学后在一家书店做临时工。已经失明的博尔赫斯在他母亲的陪伴下走进了书店，"他把书拿起来碰着自己的脸仿佛鼻子能吸入再也看不见的文字"，曼古埃尔对这位有些奇怪的顾客印象深刻。而后的一天，博尔赫斯问他是否愿意傍晚的时候去为他读书，因为他的母亲年纪逐渐大了，容易疲劳。年轻的曼古埃尔接受了这一请求，于是在随后的许多个夜晚，他为博尔赫斯读斯蒂文森、吉卜林、但丁的各种注释版本，等等。博尔赫斯有个习惯，就是在阅读中会打断并加入自己的评论。曼古埃尔还没有意识到这个过程对他自己是一种奢侈的荣耀：能够亲自聆听一位大师对各种经典的解释和评价。他们在一起除了读书还会去散步，闲聊居住的城市，去看电影——曼古埃尔会把看到的画面描述给博尔赫斯，然后博尔赫斯会发表他的评价——于是，在我们完全可以想象出来的电影院中，你总会发现很多观众会对一个年轻的小伙子和一个失明的老人之间的窃窃私语相对而视。

遭遇博尔赫斯是曼古埃尔生命中最值得回味的大事。事实上，如果你阅读过曼古埃尔的《阅读史》《阅读日记》《恋爱中的博尔赫斯》以及新近的《夜晚的书斋》等作品，你总会从字里行间发现博尔赫斯的影子。

博尔赫斯对书籍的痴迷是众所周知的。他失明之后还源源不断地购买图书，摆满自己的书房。曼古埃尔在这方面似乎有过之而无不及。当然，这并不是说曼古埃尔仅仅继承了博尔赫斯表面的形式。在浩如烟海的阅读方面，在博闻强识的写作方面，在翻译和虚构小说方面，曼古埃尔把博尔赫斯的品质发挥得淋漓尽致。

也许，很多人会对这种模仿不以为然，以为曼古埃尔最终无法走出博尔赫斯的影子。但博尔赫斯会这样认为么？博尔赫斯认为，有人之所以小心翼翼地模仿一个作家，是因为他不由自主地把这个作家当成了文学，是因为他认为脱离他一分一毫便是脱离理性、脱离正统，是因为几乎无限的文学都集中在一个人身上。当然，无论在曼古埃尔还是在我看来，博尔赫斯就是这个人，这个作家。

我们阅读的书在塑造着我们，我们没有阅读的书也在影响着我们。阅读似乎成为了曼古埃尔无所不在的品质。1968 年曼古埃尔离开阿根廷后不久，他开始涉足整个世界，他的藏书也随之不断地增多。

曼古埃尔发现自己很难在一个地方生活超过两年，于是每隔两年他就会到巴塞罗那、巴黎、伦敦……直到后来，1982 年，他移居加拿大，生活逐渐稳定。2000 年左右，他又开始定居法国一个田园牧歌似的乡村。

也许是年龄渐长，自觉漂泊无望，渴望一种稳定的生活，也许是觉得该给这么多年搜集来的图书找一个温暖的家，也许是长期的阅读让他开始顿悟："现在，我突然不再需要去住在我不愿意住的地方，不再需要去做我不愿意做的事，不再需要去扮演我不愿意扮演的角色了，巨大、无穷而浮华的场面已经彻底将我摒除在外了。"总之，他开始了新的阅读生活。

也许，我们该感谢曼古埃尔在法国的图书室每个夜晚废寝忘食地阅读与思考，正是这样，才让我们一次次读到那么精彩的书。

曼古埃尔作品的中文版分别有：《阅读史》，用私人阅读的体验与公共阅读相结合的方式讲述了一段另类的关于阅读的历史，全书纵横捭阖，从古至今，引文丰富，跳跃性的阅读感染力极强；《意象地图：阅读图像中的爱与憎》，从毕加索的一幅画——《哭泣的女子》谈到影像阅读的生与死；《恋爱中的博尔赫斯》是一组文学评论，奇特的是全书用童话《爱丽丝奇遇记》穿针引线，形成我们眼前的精妙阅读文本；《阅读笔记：重温十二部文学经典》，同样是阅读笔记的形式，但与《恋爱中的博尔赫斯》最大的不同在于，阅读与现实相互指涉，评论与现实相互纠结，多了几分立足当下、敢于担当的知识分子气概；新近的《夜晚的书斋》似乎与最初的《阅读史》的写作方式有许多的相近之处，都是从私人阅读经验出发，返回历史，搜索记忆，梳理书籍的盛衰史，但又比《阅读史》明显多了几分"后读书时代，阅读何为"的沉痛和迷惘。

2008 年曼古埃尔又有一本新作——《词的城市》(The City of

Words）问世。这位痴迷于无限的阅读、创作力源源不断的作家，似乎越来越愿意沉浸在自己书斋中，寻找阅读之间的神秘联系了。

对于曼古埃尔，从一开始我就有一个疑惑：从他的自身的成长体验来看，早年因政治避难而离家，在随后的大半生中足迹遍布全世界，他应该属于那种流亡型的作家，但是从他的作品的字里行间很难发现他有关于这方面的描述——孤独、冷遇与悲惨生活状态，与周围环境的格格不入，深刻的疏离感，如此等等，这些流亡作家的常态他都鲜有提及。

其后的《阅读笔记》，曼古埃尔终于涉及了这个问题："和我遇到的许多作家不同的是，我从未产生过自己被放逐的感觉。"之所以如此，是因为"流亡生涯使他对一个已经不再存在的、可能从来就没有存在过的国家，至少在他的记忆中就是如此，产生了强烈的思念之情——这个国家由于一层一层记忆的叠加而被变形，被修正，变得花团锦簇起来……从这个意义上来说，无论什么地方都是凝聚想象的。"他所警惕的正是那种用流亡的悲惨对比想象出美好的国家的心态。对于他来说，"文学才是那一支吹响的号角"，而对阅读无止境的追求是抵御流亡作家的那种顾影自怜最为有效的方式之一。

阅读的
傲慢与偏见

阅读约翰·凯里《阅读的至乐》，很容易联想到其他的书，比如那本由哈罗德·布鲁姆撰写的厚厚的令人望而生畏的《西方正典：伟大的作家和不朽的作品》，除了介绍文学史上著名的作家及其代表作，更在其书后开列了一份长达四十页的经典书目。而约翰·凯里似乎特意要反其道而行之，《阅读的至乐》的副标题是“20世纪最令人快乐的书”，以“纯粹的阅读愉悦”作为衡量标准，按照时间的顺序介绍了二十世纪的五十位作家及其作品。

按照凯里在那篇旨在引起争端的序言中的说法，这些图书的入选“不是因为它们有‘伟大价值’或是体现了人类精神，或是其他类似的理由”，他的选择标准就是一种纯粹的阅读愉悦，“这些书给我带来快乐，我也希望其他人想起这些书或者接触到这些书就会感到快乐”。

那么说，他的预期效果如何？如果说阅读这些书给他带来了快乐，我无法质疑，但是怎么能预期这些书同样给其他读者带来同样的快乐？更何况，“愉悦”作为一种人类的情感状态，与阅读本身的状态和行为有着千丝万缕的联系。如果凯里介绍这些书籍是为了引领大众的阅读，那么大众的阅读品味如何划定？

其实更重要的问题在这里。凯里的成名作是1992年出版的《知识分子与大众》，那本书的副标题很有意思——“文学知识界的傲慢与偏见，1880-1939”。书中核心观点认为，二十世纪勃兴的现代主义文学可看作是对前所未有的巨大读者群的一种敌对反应；所谓大众其实是知识分子虚构出来的一个概念，旨在“取消大多数人作为人的地位，或至少剥夺大多数人的显著人性特征，以使其使用者自以为是地高人一等”。换句话说，大众其实是不存在的，或者说是不能被具体化的，他们形象的复活是因为二十世纪以来的现代主义的文学作品的渲染和假想。

某种程度上来说，现代主义文学虚构了大众这一形象，主要目的是为了对其进行嘲讽和污蔑，甚至现代主义创造出这一大众形象，归根结底就是为了消灭大众。知识分子的高贵和卓越，大众的野蛮和无知是两种泾渭分明的形象，他们之间以敌对方式的存在构成了二十世纪现代主义文学中的经典画卷。如果按照凯里在《知识分子与大众》中的这种观点对照分析《阅读的至乐》会是一件很有意思的事情。

首先，《阅读的至乐》基本可以看作《知识分子与大众》一书的注脚，前者介绍的大部分作家和作品都曾出现在后者当中，比如《阅读的至乐》和《知识分子与大众》开篇都提到了福尔摩斯，介绍到了柯南·道尔的《巴斯克维尔的猎犬》。其次，如果说大众作为一种虚构的概念是不存在的，那么凯里在《阅读的至乐》中所谓要以阅读愉悦的方式引领大众阅读就变得有些扑朔迷离起来。退一步说，即使大众是存在的，也是存在于那些现代主义文学的“傲慢与偏见”之中，这就意味着引领他们阅读的方式也是“现代主义”的。另外，作为英国杰出的文学批评家、牛津大学的教授，并且多次担任英国最著名的纯文学性质的布克奖的评委会主席的约翰·凯里，这位多重身份指引下的知识分子，如何突破自身阅读的精英主义论调，下降到大众阅读品味，我看不大不小也是个问题。因此，我认为，《阅读的至乐》一书所提出的引领大众阅读，“这些书给我带来快乐，希望其他人想起这些书或者接触到这些书就会感到快乐”，这样的想法颇为可疑。

书中评介作家和作品时，凯里多采用文本细读的方法。比如他介绍当红的英国作家麦克尤恩的《水泥花园》，开篇说：“传统的英国小说的恐怖通常被包裹在哥特式的隐晦中。而麦克尤恩则不同，他用清晰明朗代替了阴森黑暗……不过恐怖从来都不是重点。一种积极大胆的思维主导着故事的叙述，要求我们重新审视自己对于‘自然的’行为的看法。”这是凯里对麦克尤恩的小说极具洞察力和颇为精准的概括，在叹服的同时，我不得不说，这种观察和概括本身就是一种现代主义的探究。

传统的小说是现实主义的，而现代主义小说是心理主义的；传统小说是关注外部表象的，而现代主义小说是倾注自我的。凯里对麦克尤恩的概括无疑符合现代主义的特点。

接下来的部分中，凯里用了大部分的篇章来复述了《水泥花园》的故事梗概，并对其主人公进行了心理分析，并且最终把这种心理动因归结为了麦克尤恩自己亲身经历过的成长的痛苦。这种现代主义的评介文本的方式，在我看来与凯里所提倡的大众阅读的愉悦感还是存在差距的。

读这本《阅读的至乐》还让我想到了博尔赫斯的《私人藏书》。

同样评介作家和图书，同样注重阅读时的愉悦，但在博尔赫斯看来，他只是一个敏感而心怀感激的读者。一本书只不过是世上所有书籍中平平常常的一册，直至找到它的读者的那一刻起，才会产生那种美的奇特的激情，一种任何人都无法破译的美丽的神秘。所以，博尔赫斯才一次次强调说，他所评介的作家和图书不过是他“个人的偏好”，或者说是一种阅读的“傲慢与偏见”。

我们都是书的囚徒

看过媒体上有篇这样的报道，香港一知名书店老板在仓库整理书籍期间，遭二十多箱倒下的书本压困，失救致死。后有学者评价此事。有人说读书人能死在书堆之中，是一种黑色幽默；还有人认为这样死得很文学性，是一种诗意的死法。如果说能有比这种死法更有诗意的，那就是乌拉圭作家卡洛斯·M.多明盖兹的小说《纸房子》中的女教授布鲁玛·伦农在开篇的猝死：她在旧书铺买了一本《艾米莉·狄金森诗集》，边读边走，才刚读到第二首诗，就在街口被汽车撞到了。

故事由此展开。丧礼上，布鲁玛的同事写了篇沉痛的悼文，追念她在学术上颇有建树的一生，但结尾的一句话剥离了这种诗意之死的沉重面目：布鲁玛将毕生献给文学，却万万没有料到文学到头来却夺去她的性命。

如果说开始我还认为因书而死是读书人的一种荣幸，一种诗意的话，那么至此我改变了我的看法，其实所谓死的文学性，死的诗意的说法全是一派胡言。因书而死应该是读书人最大的恐惧，因为它证明了一种我们永远无法摆脱的宿命，一种永远无法逃离的绝望。我们终究都是书的囚徒。

读书对我们而言显得意义重大，我们或者想从书中得到问题的解答，或者想从书中得到心情的抚慰，抑或想从书中了解世界的意义，得到人生的寄托，但最终，我们却因书而困入牢笼，因书而死。我们常说，书籍能改变我们的命运。想想看，这句话用到这里，难免会让人觉得这是上帝给我们开的玩笑，而且这个玩笑有点太大了。对我而言，读《纸房子》的体验就类似于我们被上帝涮了一把，而且这种涮法一点都不好玩，是一种恐怖的体验。

怎么形容呢？我觉得，读《纸房子》是一种平面的恐惧，一种类似被压抑着的恐惧，就是那种平时怎么也和恐怖体验联系不到一起的东西，突然你发现字里行间原来都是恐怖的字眼隐约闪烁。这种体验一点点地聚集，一点点地积累，原本星星点点的恐惧感像一个雪球一样越来越大，并且在你身心完全不设防地时刻重重地压在你的心头。这就是我合上这本薄薄的看似很容易就读完的书的那一刻的真实体验。我们都是书的囚徒。

说故事吧。我们可以拿此书跟博尔赫斯的小说对比着来说。博尔赫斯的小说会让你觉得神秘，会让你在觉得一切都不可思议的时刻还继续相信他的叙事，但博尔赫斯不会悄悄地让你积累起一点点的恐惧感。这就是不同。

《纸房子》中，女教授布鲁玛死后，他的同事，收到了一位藏书家卡洛斯·布劳尔寄给她的一本康拉德的小说《阴影线》。奇怪的是，这本书不但有布鲁玛的题词，而且这本书貌似被水泥砌过。一个爱书人，一个藏书家怎么会让一本书沾染如此的污浊？满心好奇的同事开始了一段跨越大西洋的追寻之旅，追寻这个藏书家布劳尔与布鲁玛之间的神秘情缘，追寻一位爱书人的藏书之路。期间，他认识了不同类型的藏书家，通过这些人物的复述，一个个片段，终于完整地组合出了藏书家布劳尔藏书入魔，为书所困，最终用自己多少年辛苦所得的藏书在海边给自己盖了一个纸房子的荒诞故事。

值得一提的是，书中的布劳尔从头到尾没有出现，完全都是通过别人的转述来复原他的形象，所以当我们通过线索一点点拼凑出布劳尔的全貌的时候，作者多明盖兹明显借用了侦探小说的形式和推理。这种形式上的新颖也是这本小书的一大特色。

尽管我阅读《纸房子》的总体体验并不是十分愉悦，但是我得承认这本书在细节的经营上有很多让爱书人欲罢不能的地方。比如，那位书商曾说，藏书家分为两种：一种是一心一意搜罗稀罕的本子，但这样的藏书家一般不会展读他的藏书，只是把自己的藏书当作一件件艺术品把玩赏鉴，他看重的是书的形式与装帧；而另一种藏书家，本身也是读书人，他会用毕生之力收集自己感兴趣的图书，并力图在有生之年一本本地阅读他的藏书，他看重的是书的内容与思想。很显然，布劳尔是第二种类型的藏书家。而这种藏书家从藏书开始必定会为书所困，成为书的囚徒：首先，“持续购置某些主题的书籍，长此以往，我们难免据此诠释世界，或者，像某些人爱用比喻，此乃亦步亦趋追随前人的步伐”；其次，“作为一名读者，说穿了无非只是游荡在别人设定好的风景之中。尽管里头无限宽广，其中的一树、一石，就连吹拂枝叶的风、因树摇枝动而勾动的愁绪怀思、对于其所赐予的庇荫之感念恩情，人家早都原原本本写在那儿了”，阅读在这里不过是一种反复的体验，就像神话中的西西弗斯一样，是一种永远没有希望的体验，是一种得不到救赎的体验。

我们都是书的囚徒，所以，当布劳尔力图通过阅读想要征服自己的藏书，他也许想反抗的不是图书，而是被图书改变的命运。就像布鲁玛之死是宿命一样，也许我们会说她是被汽车撞死的，但是从另一个角度来说，她何尝不是被狄金森的诗集给谋杀了呢？阅读行为在这里确实是具有了一种形而上的危险性，而布劳尔最终的疯狂，用一本本的藏书砌成一座纸房子的做法，更让我们这些书痴书狂们成为了“书囚”这一沉重隐喻的最好诠释者。

杜拉斯
和她的书写世界

杜拉斯说她最初阅读是因为匮乏。然后又说她写作是因为困扰。在她看来，生活中遭遇到的最严重的事情就是写作了，她甚至说对一个女作家来说，如果有比写作更严重更强烈的事情的话，那也就是女人的生育。

杜拉斯的习惯是在夜里阅读。这个习惯好像大多数作家都具有，但是杜拉斯会不厌其烦地解释她这样做的原因。她认为，人不能同时在两种光线下阅读，一是日光，另外是书的光芒。她喜欢在电灯下阅读，因为这个时候只有书页在闪光，房间在灯光的阴影里，默默无言。我知道杜拉斯这样说是想描述出一种能让她沉静下来阅读的感觉和氛围，但是总觉得她有些捉摸不透。

对于写作，杜拉斯感到无时无刻的惶恐。想想也真觉得奇妙，一张张白纸，本来上面一无所有，但是两个小时后，纸上写满了整个“世界”的悲欢离合。就好像冥冥中你和上帝在窃窃私语，然后偷偷盗取了上帝的思想，窃取了奥林匹斯山众神的秘密。自然，这种写作时的神秘的惶恐会伴随你的一生。

我喜欢这个乱发议论的杜拉斯，她的关于阅读与写作的胡思乱想，让我觉得新奇和不安。但是，我知道我喜欢这种新奇和不安。读杜拉斯的《外面的世界》的时候，这种新奇和不安就没有消失过。

我知道杜拉斯怎样区分她自己的书写的世界：她的书写有时源于外界，有时源于内界。她写整本书的时候是源于内界，从自我的审视开始。这个时候，她每天都在不停地写，蜷缩在被窝里，每天写八小时，时间在书写中悄无声息地流逝。而她写其他文章，或者说为报纸写作的时候，她就会走出这八小时之外，走出家门，走出时间的空洞和迷茫，进入外面的世界，感受自我之外的气息流动。《外面的世界》就是杜拉斯对外面世界的一个回应——她为报纸写的文章的集结。

克里斯蒂娜·布洛-拉巴雷尔，这位《杜拉斯传》的作者，同时也是《外面的世界》的辑录者。她说，杜拉斯写这些文章有的源于政治或社会事件，出于义愤，有的因为一部心爱的电影，一帧看了良久的画，甚至“一次相逢，一夜寂寞”——我喜欢这种迷人的说法。

在《外面的世界》中，因为有报刊写作的即时性要求，这些文章能让人感觉到一种速度和力量，一种随意和紧张，一种迅捷和不假思索，一种乱花渐欲迷人眼的缭乱，一种杜拉斯特有的文本魅力。也许，随着时光的风尘的掩盖，这些具有新闻时效性价值的文字已经丧失了当时语境的光芒，但是在几十年后读这些急就的篇章，仍旧可以感受到杜拉斯身上的那种焦灼、嚣张、短促、断裂，有时候甚至是自恋、喃喃自语似的复杂气质。

《外面的世界》中谈论写作本身的篇章不多，都是只言片语性质的。但是，正是这些只言片语的文字让我们认识到了杜拉斯的许多面。她毫不隐讳地说，很多人看了她的书之后自杀了，这不会妨碍她的写作。她认为，她写的东西都能让自己想去死，所以让其他人想死是很正常的。这种肆无忌惮的言论倒是让我想到了张爱玲。

张爱玲在得到另一个作家顾明道的死讯后说，她很高兴知道顾明道死了，就因为他的小说写得不够好，他的死让她很高兴。这种口气的嚣张和杜拉斯比起来绝不逊色。

在《外面的世界》中有一篇文章是给法国的女作家芭芭拉·莫里娜尔的小说写的序言。芭芭拉是一个很奇特作家，她每天都用十二小时进行写作，连续写了八年，积累了大量的文稿。但是，芭芭拉写作的同时，也在撕毁自己的作品。几乎她所有的文稿都难逃这样的命运，撕毁了，然后被重写，又被撕毁了，又重写，这样重复连她自己都记不清了，也许“直到意义完全沉没在母体痛苦的茫茫黑夜里”的时候吧，杜拉斯如是说。

我们无法探究芭芭拉这种做法的意义何在，也许也没有必要这么做。对于作家来说，写作的本身才是最主要的，因此杜拉斯能帮助她朋友的就是尽量从芭芭拉手中抢救那些随时可能被销毁的手稿。而我关注这个有些神秘意义的事件的目的就是，我能从中感觉到写作的某种魔力。

无论写作的过程是如何的痛苦、恐惧、焦虑和绝望，感受到写作的那种魔力，写作依然会继续。这里，写作本身自成一个世界，与上帝创造的那个世界无关。所以，你才能理解杜拉斯的那句名言，一个社会真正的死亡不是科学的消失，而是写作的消失。

写一本书，比世界还宽广

如果把文学写作看作是一场惊心动魄的历险，写作本身就蕴含着一种宏大的野心：有的写作力图寻找这个混乱世界的秩序，有的写作力图还原世界的繁复。当这种写作的野心愈加膨胀，膨胀到现实也无法容纳的时刻，写作者就把目光投向了广阔的宇宙和迷人的虚无。他们力图凭空创造另一个与现实平行的世界，重新建构他们的语言与文化，种植树木与花草，找寻现实中无法存在的角色，书写迷人的格言与警句，重新定义了经典与神性。更重要的一点，由于这种写作独一无二的无参照性，作品世界和那些句子都是自我指涉的，满足了一种伟大作品无穷递归的属性。文学史上，我们习惯用后现代主义小说称呼这些迷人的作品，也有人称之为小说中的百科全书，书中的绝对之书。

塞尔维亚小说家米洛拉德·帕维奇的《哈扎尔辞典》就是这样一本小说。你无法用小说的常规定义来说明它，从虚构的角度讲，它是有关历史的，讲述了一个原本独立强盛的哈扎尔民族是如何从历史的舞台上消失的；从现实的角度讲，如果这个民族确实已经消失，他们的语言与文字构成的文化自然也已消散，我们又如何讲述这个不存在的故事？这种互文性的矛盾在某种意义上构成了这本书写作的张力。

从历史的空间和虚构的时间上定义这本小说显得玄妙无比。因为我们已经无法知道真相，所以只能通过遗留下来的断篇残简，以及口头传诵，综合各种传说管窥。从这里，我们可以得知这样一本小说所涵括的野心有多大。

想通过一本书重新建构一个民族的文化与历史，这本书本身已经是个宏大的世界，但是当我们得知这本书不过是由一些残存的碎片构成时，就可以想象一下那个保留在历史记忆中的哈扎尔民族的世界有多宏大：从一本书指向了那个无限的世界。

《哈扎尔辞典》的卷首导语里写道："这本在1691年出版的书是有关哈扎尔问题的史料汇编，其所采用的形式是唯一能以集许多世纪以来所有摇笔杆子的人舞文弄墨之大成的形式，即辞典之形式，并冠以《哈扎尔辞典》这一书名。"这种煞有介事、一本正经地虚构占据了小说的大部分篇幅。从作者的角度看这个问题是另外一种含义，我们公认帕维奇通过这本小说创造了一种辞典文体——虽说这并非前无古人，但是这种形式在此有其独特的文体属性。

辞典，以词条的形式打乱了小说的顺序，意味着我们无法按照历史的正常序列梳理哈扎尔这个族群的历史，从后现代诗学的特征看，这是超历史小说的特征。从另外一个角度分析，辞典的形式意味着我们只了解一些碎片，只能通过这些碎片折射出他们的历史。这种碎片化写作，我们一般都认为是后现代小说的惯用手法，但是意义不仅于此。

辞典，小说中的那些分散的词条，这些碎片，每一片都自成一个世界，就如同我们从打碎的每面镜子中都能看到完整的自己。于是，这些碎片的写作就有了自我指涉的特性。这本书就变成了一个无限的宇宙空间，每个词条都指向别的词条，另外的词条指向下一个……所以，这本书永远没有结尾，也没有真相，这是个无限循环的自足空间。

卡尔维诺在评价普鲁斯特的《追忆似水年华》时也有类似的看法："他找不到结尾是因为这部小说是以自己内部的有机生命力不断生长，愈来愈密集，连结一切事物的网，也是普鲁斯特的主题，但他的网是由时空中的一个个点构成的，这些点被每个人不断占据，形成了无限繁复的空间维度和时间维度，那个世界不断扩张，直到它再也不能被理解。"

我们之所以称这样的小说是百科全书，就是因为这个世界已经蕴含了无限的可能。它所不能理解，正如我们不能完全理解这个世界一样，我们只能从触目所及开始，向外围扩张。

《哈扎尔辞典》中的三种不同的视角和叙事，各有自己的真相，我们无法确认哪一种是真实的——从这种小说的本体论意义上看，真实对这部小说没有任何意义，我们所求得的只能是阅读的这个姿态本身。我们可以从这本书的任何一个词条开始阅读，而不影响对小说的理解。碎片化写作最终指向的也是一种碎片化的阅读。我们能从任何一次阅读中享受到一种精神的愉悦，领略到它的隐喻之美，文字之美，构建的世界之完美。这正是小说中的"萨洛尼卡的梅福季"中所写到的："阅读时，我们接受不了文字所表达的全部含义。我们的思想嫉妒他人的思想，我们的思想每时每刻都在歪曲他人的思想。"

《哈扎尔辞典》是一本无法诠释的书，因为它的百科全书式的繁复；它又是一本需要阐释和过度阐释的书，因为它无穷无尽的组合，仿佛有了无尽阅读和解读的可能性，它的每一词条都与剩下的所有词条有了互文性的神秘关联，这种排列组合，仿佛打乱的世界——或许世界的繁复也无法涵盖它的复杂，这正是这本书最为宏大的野心：写一本书，比世界还宽广。

博尔赫斯说，读一本伟大的书就仿佛与它伟大的阴影搏斗。并非所有的阅读都是愉悦的，当你在阅读中感受到愉悦以外的疼痛，你就开始进入了另外一个世界。帕维奇借小说中的人物之口说，除了上帝的语言，我们所有的语言皆为疼痛的语言。疼痛是因为时间在我们的体内流逝造成的精神荒芜。此时，阅读是抵抗疼痛的唯一方式。

阿赫玛托娃
与她的情人们

1946年8月9日，苏联作家协会在莫斯科召开了一次会议，主要讨论诗人安娜·阿赫玛托娃的创作问题。就是在这次会议上，斯大林授意列席的作家对女诗人发起了臭名昭著的攻击。他们声称阿赫玛托娃的诗歌与苏联文学格格不入，“局限在非常渺小的范围之内，这是奔走于小客厅和祈祷室之间的狂怒的贵妇人的诗作。它的基础——就是恋爱与色情的曲调，与悲哀，忧郁，死亡，神秘主义和注定灭亡交织在一起……不完全是修女，不完全是荡妇，更确切地说，是混合着淫秽和祷告的荡妇与修女”。

这种“半是修女，半是荡妇”的论调其实由来已久，这次不过是老调重弹。早在1922年，批评家鲍里斯·艾亨鲍姆对阿赫玛托娃的诗歌进行评价的时候，最先采用了这种揶揄式的口吻，说诗人在诗歌与生活中的形象是“双重性的”。

其实不止一个人对阿赫玛托娃有这种印象，就连她十分仰慕的诗人亚历山大·勃洛克也曾含蓄地批评过她：“她写诗似乎是站在一个男人面前，而诗人应该站在上帝面前。”阿赫玛托娃在1914年曾经为勃洛克写下一首诗，其中有这样的句子：“他的那一双眼睛/谁看了都难以忘怀/我最好还是小心点/完全不看它们一眼。”诗歌发表后，浪漫多情的俄罗斯人都认为他们是一对儿。

我们习惯在诗人身上投射一种浪漫情愫，对他们身上发生的一次次美丽的邂逅报以极大的同情，甚至艳羡。这里面有时代的因素，有我们对过往那个世界宽宏而美好的向往，更多的时候，我们会觉得诗人与艺术家的生活可以凌驾于一般道德之上——但是这种宽容只不过是我们看待历史的一种方式，并无益于了解他们的生活。尤其是，阿赫玛托娃私人感情世界的混乱程度，确实超出了我们平时的想象，某种程度上而言，斯大林能授意到席作家用这么羞辱的言辞批判她，恰好也正因为她自身糟糕的感情生活给人留下了的话柄。

英国传记作家伊莱因·范斯坦著的《俄罗斯的安娜》，在同类的传记当中并不算突出，中规中矩的写法，印证了诗歌与生活之间纠缠不断的关系。但是，这本传记对诗人生活的梳理确实下了很大的功夫。

阿赫玛托娃一生经历了三段失败的婚姻，同时还跟一大把的男人有着暧昧关系，除了向勃洛克表达过爱慕之意，还有奥西普·曼德尔施塔姆、帕斯捷尔纳克、以赛亚·伯林都甘心臣服于她傲立群芳的气质、雍容华贵如女王的气场之下。

1945 年伯林得知她还活在人世的消息去拜访时，阿赫玛托娃已经五十六岁了。三十多岁的伯林见到她："安娜·阿赫玛托娃极为雍容华贵。她举止从容，道德高尚，容貌端庄而又略显严肃，而且表情总是流露出一种深深的忧郁。我向她鞠躬致意。看起来我做得非常得体，因为她的尊荣和举止就像悲剧中的女王。"他们一夜倾谈，伯林早晨回到住处，辗转反侧，翻来覆去只有这句话：

“我爱上了，我爱上了。”

阿赫玛托娃的第一段婚姻持续了八年。1910 年，在拒绝了多次之后，阿赫玛托娃接受了热衷于探险与文学的尼古拉·古米廖夫的求婚。这桩婚姻注定是个悲剧，因为“她不爱他，但他代表了她所渴望的文学世界”。

古米廖夫早在结婚之前已经开始厌恶被婚姻所束缚，他与其他女人都有着亲密的关系。伊莱因从他当时的诗歌中揣摩这种奇特的婚姻关系：“也许，他的不忠无非是贵族常规的行为，他被阿赫玛托娃迷住已有七年，苦苦痴缠着直到她放软了心肠。现在他占有了有血有肉的女人，其热情便冷却了下来。”

他们两人之间的冷漠婚后不久就表露无遗。1911 年，正是为了躲避开疏远的丈夫，她远去了巴黎，邂逅了穷困潦倒的意大利画家阿梅代奥·莫迪利阿，后者曾为其画了不少裸体画，他们的亲密关系可想而知。尽管他们从不承认是情人关系，但是他们之间的友情显然已经超越了世俗的界限。

1914 年，阿赫玛托娃先后遇到了几个在她的感情生活中占据重要地位的男人，他们中的第一位，阿图尔·卢里耶，先锋派的艺术家与音乐家。1921 年夏天，在她的第二段婚姻同样不幸时，卢里耶邀请她去家里与另外一个女人同住。阿赫玛托娃也承认，卢里耶是她的丈夫之一。她与另外一个女人共享一个情人，这在阿赫玛托娃那一段的生活中并非只此一次；她的朋友就曾认为，卢里耶是“无与伦比的后宫占有者”。

她还在 1914 年结识了艺术史家尼古拉·尼古拉耶维奇·普宁——这个同样要求两个女人共享一个情人的男人，占据了她生命中的大部分时间。另外还有两个男人是她的情人，他们是诗人、批评家尼古拉·涅多布洛沃，以及他的好友鲍里斯·安列普。

涅多布洛沃是个富有修养的贵族，他敏锐地察觉到了女诗人优雅倦怠的背后有着铁一般的脊梁，他了解她的道路和未来。阿赫玛托娃受到了同类欣赏的吸引，接受他作为情人，对他的妻子进行了无情的嘲讽。尽管她欣赏他的文雅和书卷气，但是她最钟情的还是他的朋友安列普：他们一度相爱。她在1915年写的诗歌大都是围绕着这段感情而写，甚至说她会等他一辈子，说她即使知道安列普有妻子以外的姑娘，她仍然忠实于他，直到晚年还对其念念不忘。安列普是个镶嵌画家，肤浅、轻佻、有着俊俏的模样、贵族的风度。阿赫玛托娃的很多朋友对这段感情不甚了解，都不知道诗人喜欢上他的什么优点。

看到诗人这么多风流韵事也该知道，她的第一段婚姻结束了。阿赫玛托娃与古米廖夫于1918年8月离婚，同年12月，她嫁给了弗拉基米尔·希列伊科，这是一位言必称埃及、巴比伦和亚述的考古学学者。阿赫玛托娃把自己选择希列伊科形容为一种近乎宗教皈依的形式："我走向他，感觉自己是这样肮脏，我想净化自己。"

但是，这种净化的结果证明是一个"悲惨的误会"。阿赫玛托娃决心过一种一夫一妻制的生活，但事后证明，希列伊科并不是一个她理想中的丈夫。因为她最终发现，他需要的是一个老婆而不是诗人。她曾在诗歌中写到这位丈夫"黑色的嫉妒"，写到这段时期的生活——"丈夫是屠夫，家庭如监狱"。而且他们的生活越来越糟糕，不仅是精神默契上，更多的是物质上。当时，整个俄国都陷入了贫困状态，有朋友记得当时看到阿赫玛托娃像"可怕的骷髅”。他们结婚后，阿赫玛托娃既与阿图尔·卢里耶、又与剧院经理米哈伊尔·齐默尔曼来往。传记作家伊莱因忍不住评论她：“事实上，阿赫玛托娃这两年的生活过得既轻佻又不道德，她业已厌弃专注于某一特定的男性……她诗歌的名声再次成为她的自尊最持久的支柱。”

阿赫玛托娃在1914年结识的几个情人之间，还有一个未提：普宁。这是一个不同寻常的人，是一个冷酷的自我中心主义者和被性欲轻而易举征服的男人。他们早就相识，却直到1922年9月才真正开始一段长达十三年的“不忠”之恋。有信件表明，主动的一方是阿赫玛托娃。

值得一提的是，就在他们成为情人之时，他们都与别人有着亲密的关系。普宁有自己的妻子，同时与几个女人有染。这是一段纠缠不清的关系，互相不忠，互相嫉妒和猜疑，但是却用一种互相折磨的方式相爱。

普宁嫉妒她的美貌、才华以及身边从不间断的爱慕者，他在日记中曾经写道：“我不知道会有这样的人，如此完美和纯洁的天使竟会与如此肮脏和罪恶的肉体合为一体。”但是，他的指责从未能阻止他的性冒险，他们之间的爱情是一种奇异的坚守。

1925年11月，阿赫玛托娃开始搬进普宁的住宅，带着自己的孩子列夫·古米廖夫，与普宁的妻女生活在一起。在此之前，她签订了一份婚约：“我同意尼·尼·普宁与别的女人生孩子。”这段畸形的感情，充满了非人的密切，也充满了非人的暴虐和痛苦。

我们可以通过阿赫玛托娃混乱的感情生活隐约察觉到一种不安，这种不断地追逐情人、抛弃情人、重新追逐的游戏预示了一个更为严苛的清洗时代的到来。当我们无法察觉到未来，多少会对现在的生活产生一种得过且过醉生梦死的想法。

不断地有诗人自杀、被枪毙、被消失、被拘禁、被流亡，其中有她的爱慕者勃洛克、她的丈夫古米廖夫、她的朋友曼德尔施塔姆、她的儿子列夫、她曾经的情人卢里耶和安普列。她生命中看重的一个人、既是朋友又是敌人的诗人玛丽娜·茨维塔耶娃也面临着一系列的窘况，她的死亡即将来临。愈加清贫与困苦的生活只能让这位固执独立的女诗人展现出她女王一般的高贵姿态。

1937年秋天，她又爱上了另一个人，弗拉基米尔·加尔洵大夫，这也是一个有着非凡个人魅力的男人。但是直到1938年她还无法离开普宁，“她与普宁过得这样痛苦，只是在她离开以后才意识到，她太消沉以致不能及早分手”。这些年的生活碾碎了她的精神。这时候的阿赫玛托娃像个普通而认命的女人：“这就是我的生命，我的传说。有谁能拒绝自己的生活呢？”

生活又一次折磨了她。经历了大清洗、战争、贫困、儿子的被捕、朋友自杀，她在莫斯科与列宁格勒（圣彼得堡前称）两地奔波，熬过了1944年，她接受了加尔洵的求婚。刚刚经历过战争的列宁格勒，一片废墟，而她带着满腹对共同生活的希望去见加尔洵。然后悲剧得到了证实：她又选错了人，她最终只能自己过。有人说在长时间的围困中，加尔洵目睹了饥饿和同类相残，已经患了精神病；另外一种说法是他有了其他的女人；还有一种说法是，他去世的前妻托梦给他阻止他们在一起……

阿赫玛托娃的最后一段激情之恋，应该是1945年伯林的到访，但是这种感情更多的是出于一种精神上的相互吸引。伯林曾经在后来的回忆中说，1965 年他们在牛津再次相会时，她告诉他，她确信她与伯林的相见惹得斯大林暴跳如雷，这个事实某种程度上加剧了冷战的爆发。她改变了历史，她如此确信。也正是在他们那次著名的彻夜长谈中，伯林问她是否有给《没有主人公的叙事诗》作注的打算。她回答说，当那些了解她说的那个世界的人行将就木之时，就是这首组诗的生命到达终点的时刻：“它不是写给永恒的未来，甚至不是写给子孙后代：唯有过去对诗人才有意义——尤其是童年——那是他们渴望重生、渴望复活的情结。”

在生命的最后时日，她回顾她的一生，说她不希望被怜悯。她已经面对了各种恐怖，也体会过最让人悲痛欲绝的不幸。她要求她的朋友们允诺不准对她流露出一丝一毫的怜悯：仇恨、侮辱、轻蔑、误解、迫害，她都能忍受，但无法忍受掺杂着怜悯的同情。她仍然是那个一半是修女、一半是荡妇的女王。

波拉尼奥的虚构世界

这两年，随着《荒野侦探》和《2666》的出版，智利作家罗贝托·波拉尼奥的小说大热，但是这两本小说的长篇巨幅形式也让很多人觉得有些吃不消。我不知道有多少读者是真心喜欢这样的作家，有多少人是为了跟风这种文学的潮流，波拉尼奥的小说一度成为了文学爱好者圈子里的接头暗号，所谓暗号其实就是标签的意思，可拿出来显摆的并不代表你真正感兴趣。

也正是这种火热的劲头让我更加怀疑有多少人真正啃了这两部都将近千页的作品。文学也是有重量的，有时候看着一本大书的畏惧不亚于看到了一场筋疲力尽的搏斗。与文学的搏斗并不都是愉快的。文学史上有很多天书似的作品，机缘巧合之下才被搁置到了文学众神殿，被后来人顶礼膜拜，比如乔伊斯就是专门制造这种神谕文学的。这是一条不成文的规律，适合被膜拜的作品也许适合敬畏，适合被更加专业的研究者过度阐释，但是并不适合普通读者的阅读——所谓适合，就是没有职业评论家的吹捧，读者也会自发地喜欢阅读。幸好波拉尼奥的两部传世之作具备了传世的理由，也具备了普通读者也可以轻松走进去的理由。这是两部容易为人亲近的作品，唯一令人畏惧的可能是初次接触时，拎在手中沉甸甸的感觉让人有点无所适从。

我有个朋友出门远游的时候总是拎着一个《2666》的袋子——这属于文学宣传的一部分，但是从个人意义上说，她无疑践行了波拉尼奥的流亡般的行为艺术，而且用一种波拉尼奥喜欢的方式，或者说她喜欢波拉尼奥的形式。

我还有一个朋友，她要我推荐波拉尼奥的作品："哪一本更适合阅读？"这句话的潜台词是，她这种文学上的欣赏品味是否会在阅读波拉尼奥时遇到障碍。要是前两年，《荒野侦探》和《2666》刚出的时候，我还真有些犹豫不定，现在刚好，波拉尼奥的短篇小说集《地球上最后的夜晚》刚刚上市，把这本迷人狂野的集子作为阅读波拉尼奥的入门书，是再好不过了。

说这些好像都是废话，但是《地球上最后的夜晚》确实更适合作为了解波拉尼奥的入门小说，一个原因当然是其篇幅短小，十四篇小说有利于阅读的中断与思考。想想在阅读《荒野侦探》和《2666》时，思绪的中断可能意味着你失去了阅读的兴趣与线索。

按照心理学的说法，一个人的注意力持续集中也不过两三个小时，再多的时间意味着阅读的兴趣变成了煎熬。博尔赫斯曾经说，阅读一本伟大的作品就仿佛与一场伟大的阴影搏斗。博尔赫斯举的例子是陀思妥耶夫斯基，那个沉浸在灵魂苦难中，像阴郁的天空一样深邃的作家，而阅读大多数作家的时候并不能带来这种成就感，因为那种搏斗更多的是因为无法忍受。

国内有一位作家打破了创作以来的纪录，写了一套四千多页的书，还因此获了奖。我对这样的写作充满了敬意，但与此同时总怀疑是不是有人真正读过全套书。这不是怀疑一个作家的创造力，而是怀疑一个普通读者的忍受能力。与此不同，在阅读波拉尼奥的《地球上最后的夜晚》时，你不会有这种担忧。十四个短篇，不同的规格，不同的故事，正适合每一个夜晚读两篇；至少这不是地球上最后的一个夜晚，不用担心读不完留有遗憾，你还能有充裕的时间读完这本集子，带着一天幸福的心满意足入睡。

《地球上最后的夜晚》更适合了解波拉尼奥还有一个原因，它可以作为波拉尼奥的精神自传来阅读。当然，我们总是说文学是作家最好的自传性说明，但是文学的虚构性横亘在作者与读者之间，尤其是对一个智利作家而言，某种陌生性还是存在的。

作家总喜欢隐遁在作品的后面，对读者察言观色。作家不喜欢抛头露面，一方面是因为作品已经完成了，他不需要再画蛇添足，指手画脚，解读权应该交给读者；另外一方面也是因为作品自有生命，它的衍生与传播是不受控制的，读者喜欢在小说中倾注自我的情感，融入自己的解读方式，聪明的作家自然不想与读者的再创造发生冲突。

但是文学中总有一种类型是自传性质的。比如雷蒙德·卡佛总结自己的创作时就说，一点点自传性和大量的想象是最好的方式。我说这本小说集是波拉尼奥精神上的自传也是这个意思。自传当然要求恰如其分的真实，而且一般写自传的人都是功成名就的作家，觉得自己的人生基本可以圆满，担心别人作传达不到自己要求的完美，纳博科夫就是基于这种求全责备的心理，最终还得自己动手写了《说吧，记忆》。

波拉尼奥生前属于那种郁郁不得志的作家，2003 年去世前虽然留下了数量众多的作品群，但是能够给他挣得荣誉还在他去世之后。《地球上最后的夜晚》中收录的作品中的主人公大多数时候叫B，偶尔会有别的名字，但无一例外都是一位来自智利的流亡者。波拉尼奥用这种形式丰满了自己生前的经历。他的自传是虚构的文学，是一点点现实的影子加上阳光的折射，光阴的渲染，融入了很多文学意识，霎时间就变得丰满起来。

如果说波拉尼奥的长篇让人敬畏，这些短篇作品却是十分迷人。波拉尼奥善于写这些失败的文学青年，诗人，流浪者——说他是流亡者有些过誉，他想通过这些作品制造自己的传奇，但他最终明白，他的传奇只能通过写作来完成，而不是通过政治。

小说集中最后一篇《邀舞卡》写到了主人公 1973 年回到智利参加革命，结识了形形色色的革命者，“他们说起死亡来，如同讲述电影故事一样”。随后，他被捕入狱，关押了几天后，因为偶遇到两个同学警察才摆脱了困境。“1974 年 1 月我离开了智利，再也没有回国”。这是波拉尼奥对革命幻想的破灭，也是诗人浪漫梦想的终结。

波拉尼奥以流亡者的角度写了很多文学上的流亡者，大部分都是虚构的，除了他自己。换句话说，他以虚构文学史的方式创作了文学史上最有魅力的角色。比如：小说集中开篇《圣西尼》中提到的来自布宜诺斯艾利斯的流亡小说家圣西尼，流亡期间，他只能通过不断地参加各种文学竞赛的奖金维持生活；《亨利·西蒙·勒普兰斯》中失败的作家，“他已到中年，独身，已经习惯了挫折。他按照自己的方式讲究淡泊。带着骄傲和挑战的意味阅读司汤达的作品”。还有《恩里克·马丁》中的诗人“打算用他的方式吞下全世界”，他愿意成为一个诗人，最终却只能以一种被人同情的方式戴上文坛圣人的桂冠，“只有青年诗人和老妓女才会赏识”。在《一件文学奇事》中，波拉尼奥终于迎来了他自己，也就是小说中的B，“没名气，没钱，他的诗作发表在少数人看的杂志上”。波拉尼奥嘲弄一位功成名就的作家，以一种见不得人的方式，把作家写到了小说中。这其实正是波拉尼奥的小说最大的特色，他用文学指涉的方式成就了自己的文学，在文学中虚构了文学，在存在中虚构了存在，而且煞有介事，与其说波拉尼奥写的是虚构的小说，不如说他书写了一部流亡者的虚构文学史。

很多评论者把波拉尼奥的小说看作是后现代小说，我却觉得就是从最广泛的意义上，波拉尼奥的小说也不是后现代主义的风格。他不玩弄技巧，不卖弄学识，不构建圈套，不故作深奥，不挑战读者，不设置隐喻，他的小说就是他的世界，他的小说只是文学。

很多作家写作为了生活，某种意义上，波拉尼奥就是这样的作家。他去世前的几年里疯狂地写作，只想在这个虚妄的世界留下自己的影子。但是，当我们阅读他的作品时才发现，他的生活就是文学本身，他已经不证自明了文学在这个世界上的意义所在。

余华写作的“中年危机”

我向很多人都推荐过余华。

在当代作家群里，余华曾经是写得最好的作家，没有之一。他正好是莫言的反面，他的很多作品以文学的荒诞指陈残酷的现实，以明晰的语言抵御毫无节制的泛滥，以简洁多变的风格给先锋文学定型，以不动声色的叙事给当代文学划定了新的疆域，从而树立了一个新的写作典范。

我向很多初涉写作的人推荐余华的小说和随笔，这是因为从他的写作生涯中，我们能发现一个好的作家是如何形塑多变的。如果说，作家的写作都是在寻找自己的声音，那么余华的优势在于，他不是在寻找一个声音，而是每一篇小说都是一个新的声音。读他的小说，初而惊艳，再读沉迷，反复阅读后会击掌赞叹——我还记得当年读他早期的作品时的那种惊喜萦绕心间，国内还没有一个作家能持续给人这样的惊喜：原来小说可以如此多变地写下去。

当然，我一直强调，为余华早期的作品击掌赞叹。从《活着》开始，或者用余华自己的说法，从他回归到现实主义开始，从他寻找到一个“讲故事的人”的声音开始，他此后的作品逐渐变得更为大众化、商业化，当然，更加固定化，那个对小说的形式和写法一直进行尝试与探索，并且乐此不疲的余华不见了，我们看到了另一种形式的写作，那就是只用一种声音说话的余华。

余华在《我的写作经历》中提到他在二十世纪九十年代有一个写作上的转向，从先锋与实验性的写作，回归到传统的现实主义写作，一切都回到了故事身上，小说的形式被抛弃了。在他看来，这种变化是叙述指引他写下《活着》和《许三观卖血记》这样的作品，他说他发现了小说中的声音："在此之前我不认为人物有自己的声音，我粗暴地认为人物都是作者意图的符号，当我发现人物自己的声音以后，我就不再是一个发号施令的叙述者，我成为了一个感同身受的记录者，这样的写作十分美好，因为我时常能够听到人物自身的发言，他们自己说出来的话比我要让他们说的更加确切和美妙。"作者成为了一个单纯讲故事的人，他讲述自己的故事——通过写作，讲述别人的故事——通过代言。而在他的最新作品《第七天》中，所有的故事我们都知道是真实的，但这些故事却在作家的笔下丧失了真实的魅力，这个过程当中到底发生了什么？

阅读《第七天》的过程并不愉悦，网上沸沸扬扬的评论已经很多了。无论是吹捧，还是批评，这些并不重要。任何一部好的作品都可能遭遇到一种两极化的评论，但是《第七天》的两极化评论显然不是因为这是一部好的作品，不是一部沉寂七年之后的厚重之作，更多的争议源自小说以外的评论。换句话说，一本小说的出版成为了一种文学现象，我们更多的是针对这种文学现象进行批评。小说本身的问题成为了一个话题的引子，而由此引发的争论显示了一个作家陷入了纯文学写作与商业写作的漩涡。在这样一个挣扎的过程中，如何取舍与平衡就是需要仔细考量的问题。

作为一种文学现象的《第七天》已经超越了小说所能承载的社会学意义。而且这种文学现象很显然是故意被制造出来的，因为只有小说成为一种文学现象，才会有助于商业上的成功。从《活着》之后余华已经对此有了清醒的认识，这是一个有意识转型的写作信号："我知道自己的作品正在变得平易近人，正在逐渐地被更多的读者所接受。不知道是时代在变化，还是人在变化，我现在更喜欢活生生的事实和活生生的情感，我认为文学的伟大之处就是在于他的同情和怜悯之心，并且将这样的情感彻底表达出来。"

同样是在这篇回顾和总结自己的写作历程的短文中，余华说他希望能继续写出拥有"灵魂与希望"的作品。几年之后，我们先读到了混乱的《兄弟》，现在又读到了乏味的《第七天》。但是这两部作品本身的品质并未影响他们在商业模式上的成功。我总觉得这两者之间有着密切的关联。就好像当你意识到你可以写出这样平易近人的作品后，你就渴望再多一点平易近人，所以我们才领略到了《第七天》中那种直白、浅易，甚至更接近流行于网络之间的耽美小说的审美语言。我很惊讶的是，一个明明已经有着很好的语言掌控能力的作家，会放弃自己的语言风格，转而诉诸一种如此白话和肤浅的抒情风格。

书名"第七天"是进入文本的关键词语，它不仅仅是形成结构的核心要素，还隐含着作品的核心旨归。这本来是一个极具容纳性的结构，七天是一个时间概念，而阴阳两届是一个空间，时间和空间两个维度结构了整部文本。但余华并没有很好地利用这个结构，因为他只过多攫取了其中的"时间维度"，用杨飞的鬼魂在七天的时间里所经历的事情串起并不复杂的故事，而忽略了"空间维度”，因而显得单薄和狭窄。但是同时，余华又在这一并不协调的结构里投放了太密集的素材，以至于素材撑破了结构，但又显现不出张力和意义。

书名和其中对《圣经》的引用形成了互文。学者郜元宝曾在采访中说：“（对《圣经》的引用）似成问题，不妨引起讨论，因为创世记的语境与小说的主题或寓意严重不符，看不出非要联系在一起的必要性。”郜元宝看到了《圣经》中上帝用七天时间创造世界和余华之《第七天》之间的巨大裂隙，但同时也可能忽略了余华的某种潜在想法。事实上，从整部书的内容来看，它应该叫作“七天”，而不是“第七天”，因为他写的是七天的故事，而不单单是第七天的故事。多出的一个“第”字，很可能是窥视余华写作心路历程的关键。

《圣经》的原话是说：“到第七日，神造物的工已经完毕，就在第七日歇了他的一切的工，安息了。”（《旧约·创世记》）书名为“第七天”，而不是“七天”，表明余华最看重的是第七天，因为在第七天，神的工作完毕，余华的工作也完毕。或者说，在整个七段文本结构中，第七段才是最重要的，因为前面六段所写的一切孤魂野鬼，都在第七段有了自己安然的归宿：鼠妹有了墓地，杨飞父亲、谭老板等人则找到了一块人人死而平等的“死托邦”——反而消解了这些冤魂存在的真正意义，他们的隐忍只能助长世界的残暴像荒草一样疯长。

《第七天》最好的部分是杨飞遇到鼠妹——鼠妹是因为她收到了男友送的一个山寨版的 iphone，跳楼自杀身亡——两个幽灵在荒野里游荡，他们在寻找一个可以落脚的地方：“我们走在寂静里，这个寂静的名字叫死亡。我们不再说话，那是因为我们的记忆不再前行。这是隔世记忆，斑驳陆离，虚无又真实。我感受身旁这个神情落寞女子的无声行走，叹息那个离去的世界多么令人伤感。”

这个段落恍惚让我看到了全盛时期余华的影子，对句子的氛围，字句的拿捏，感情的融入与疏离都把握得恰到好处，试图以一个句子终结一切事物的语言，瞬间感染了我们。但是也仅此而已。

当杨飞和鼠妹来到一个陌生的世界时，下面的描述又坠入了一种想象力极度贫乏的境遇：“我惊讶地看见了一个世界——水在流淌，青草遍地，树木茂盛，树枝上结满有核的果子，树叶都是心脏的模样，它们抖动时也是心脏跳动的节奏。”他们看到了一些只剩下骨骼的人走来走去，杨飞问鼠妹这是什么地方。她说：“这里叫死无葬身之地。”——我们甚至能察觉到作者在写出最后一个句子时的那种得意，乃至于这个句子在小说结尾时又被重复与强调了一次，仿佛一种炫耀。也许这个句子值得得意，他借用一个俗语巧妙地描述另外一个世界，但是这个世界不是炼狱，更像是伊甸园，更可怕的是，当我们无法想象出神话中的伊甸园是什么样子时，余华竟然用了一种十八岁少女般的幻想，以无比幼稚的笔触来描述那个收留孤魂野鬼的世界。

《第七天》给人的印象就是，这是一部面向西方评论界的小说。余华应该是当代中国最优秀的小说家之一。当然，这个观点随着他近些年作品已经有所改观了。我的意思说，余华自然也明白他在国际上身为一个中国作家的影响力——频繁获奖，作品被翻译成多种语言，这是作品走向国际化的一个特征。当他越发意识到这种存在感时，他的写作已经有意识地开始迎合世界文学的特征。

如果说《兄弟》是个毁誉参半的尝试，在国际上的口碑并不完美，七年之后的《第七天》他已经有意识在小说中选用西方文学语境常用的语言、故事、形式等，尤其这种上帝七天创世的模式，该书分成七章讲述，还有那些在现实中更加惨烈的故事，以及故意采用了一个死人的视角，幽灵的话语，还有结尾处那种肤浅的幸福幻觉……这些若搁置到一个西方语境中，会变成一种全新的、荒诞的、猎奇的、充满东方奇观的、符合西方评论界对中国认识的新东方写作策略。这种写作策略已经预设了西方评论对这种荒诞与现实之间冲突与张力的高度认同。

这种写作策略还有一种优势，余华在小说中写到的一个个故事，因为是残酷的现实，造成了国内评论界集体的失语。很显然，当我们想要批评小说的时候，首先想到的是，我们能忽略他小说中写到的现实存在吗？如果不能忽略现实，我们的评论如何解构这种现实的残酷性？是否理性的评价就意味着我们对现实的冷漠呢？或者说，我们理性地评价这本小说会不会让人以为缺乏某种对现世的悲悯之心呢？

对于这种认真的考量，我只能说，让文学的归文学，让现实的归现实。对文学的理性，正是为了尊重现实的荒诞。当余华在《第七天》中几乎没有任何修改，就把新闻报道出来的“人间悲剧”血淋淋地展现在小说时，这位曾经优秀的小说家已经丧失了他的独特性。我们不缺乏这样的写作，当把余华置换成任何一个对现实有着清醒的认识和良知的作家后，他都能复述我们生活中发生的惨烈故事。而一个作家应该不甘心简单复述这些故事，作家与现实的关系应该是冲突的、敌对的、质疑的、充满张力的。

作家们经常会感叹，现实比小说更荒诞。这话没错，也恰恰表明文学之必要。因为现实作为题材，它的荒诞是既成事实，是排除了其他可能性的，而且再荒诞的现实事件也能寻找出一个逻辑线索。小说以此为素材毫无问题，但小说除了写出故事的荒诞之外，更应该写出荒诞的本质，至少应该比现实的逻辑更深刻地解释荒诞的秘密。这一点，也并非什么过高的要求。托尔斯泰的巨著《复活》的原始素材是来源于真实的故事，陀思妥耶夫斯基的伟大作品《罪与罚》更是来源于刑事案件，但对比他们的作品和故事原型，很容易能辨别出大师们为故事注入了什么，又改造了什么。现实事件，只不过是他们切入更为宽广和深厚的精神世界的入口，而不是只用文学语言来复述一遍的故事。

我想借用一个术语来评价余华这些年的转型写作，也许这种归纳并不准确，但是我想尝试着说明余华与“余华们”的写作失语。这个术语就是诗人欧阳江河在他的诗学评论中提到的：写作的中年特征。当然，这不是一个严格的文学术语，也不是单纯的因为生理的变化引发的写作上的风格转变，这个说法更多的是想表达一种写作从青春期到中年写作的风格转变。正如欧阳江河在他的评论集《站在虚构这边》中提到的：“这一重要转变所涉及的并非年龄问题，而是人生、命运、工作性质这类问题。它还涉及写作时的心情。中年写作与罗兰·巴特所说的写作的秋天状态极其相似：写作者的心情在累累果实与迟暮秋风之间、在已逝之物与将逝之物之间、在深信与质疑之间、在关于责任的关系神话和关于自由的个人神话之间、在词与物的广泛联系和精微考究的幽独行文之间转换不已。”

中年写作强调时间性和量度，强调重复与反复，与青春期写作的无所畏惧不同，中年写作的迷人之处在于，他们只写已经写过的东西，欧阳江河用了一个很巧妙的比喻：“正如我们所爱的是已经爱过的，直到他们最终变成我们从未爱过的，从未写下的。”中年的写作是缺席的写作，他们可以把文章写得好像是别的人在写，他们的写作仿佛是一个陌生人，仿佛是寻找另外一个陌生的声音。中年写作都是处于过去写作，本质是一种怀旧型的写作。

余华的《第七天》写作具备了这样的中年特征。他在寻找一个声音，然后让自己变成了一个陌生的声音，变成了一个幽灵的写作，他的重复只能让人感觉到写作能力的蜕化，他的文学语感的丧失让人感觉到一个作家可怕的迟暮。这样的写作者在他的小说中失去了真正的意义，他的写作只是用文学复述现实。文学与现实的距离无法拉开，他变成了一个单纯的新闻记录者，更糟糕的是，因为文学本身的虚构性，他想描述的惨烈现实，反而被人怀疑是否具备真实性，从这个意义上说，他写作的批判性就大打折扣。

而且，《第七天》建构的乌托邦具备了中年写作的怀旧特征。这种怀旧本身就是温情地询问，不是悲痛地质疑；是温柔地抒情，不是强烈的批判；是泛滥的同情，不是可贵的怜悯；是空洞的人性，不是高贵的灵魂。他用《第七天》建构了一个乌托邦，想容纳那些被侮辱与损害的人们，但是这个文字的乌托邦如此脆弱与苍白，根本无法抵御现实的荒诞。

当然，我要最后说明一点，相对于一大批陷入中年写作危机的作家，相对于那些功成名就、大腹便便、却再未有过新作的作家，相对于如此惨烈而荒诞的现实却视而不见的作家，相对于大多数已经被体制与学院收编的作家，相对于游戏人生、无法承受生命之重的作家，余华的《第七天》至少证明了一个作家的勇气与良知。他渴望发出声音，成为这个万马齐喑的时代里第一声惊雷，他的努力不应该被《第七天》的批评所淹没。

我们佩服这样渴望介入现实、渴望书写时代精神的写作者。也许，余华唯一的不足就是，他应该写得再好一点。一个普通读者的批评只是因为关注与期待，不是为了污蔑与损害，我们渴望一个作家写出好的作品，就如同我们渴望一种黑暗时代里的启明星。

杀妻哲学家
阿尔都塞

我不想从那个悲剧性的一幕开始讲起，但如果没有 1980 年 11 月 16 日早晨发生的事件，法国哲学家路易·阿尔都塞也不会如此引人注目。事件发生之前，阿尔都塞已经很有名了，知识分子的摇篮巴黎高师的出身，与葛兰西并列的马克思主义思想家，著名的哲学家，共产党员，娶了一个引人注目的女人为妻——这些都积聚在那个周日的早晨，迅速酝酿发酵成为了一个巨大的丑闻：一位巴黎高师的哲学家勒死了自己的妻子。

事实上，我极其反感在一些谋杀与死亡事件上利用谋杀者的独特身份制造舆论。无论是诗人顾城杀妻，还是这里提到的这位哲学家勒死自己的妻子，都无法逃脱世俗法律的限定范围。诗人与哲学家的身份在这样的悲剧性事件中本该不具有任何特殊性，无论是极端的恶还是平庸的恶，那是属于法律层面以外的问题，根本不能成为原谅的借口。如果说我们把目光聚集在谋杀者诗人或者哲学家的身份上，只能证明这样身份的脆弱性，以及人类不可遏制的劣根性——无论是伟大的诗人或者哲学家都无法利用知识的智慧逃离宿命。

但是对于阿尔都塞而言，这个案件的特殊性在于，他很早之前就在接受抑郁症的治疗，接受精神分析。在杀妻之前，他已经陷入了严重的精神错乱和谵妄的梦幻之中。这些再加上他当时的精神分析师的证词，以及在圣安娜医院接受的医学鉴定，使法院最终作出了不予起诉的裁决。

阿尔都塞在医院一直待到了 1983 年，而后，他独自一人在巴黎北部，一个离高师所在的拉丁区很远的地方生活，直到 1990 年去世。1985 年 3 月，他开始整理自己的观点，想讲述自己的这段特殊的历史。短短几个星期的时间，他完成了《来日方长：阿尔都塞自传》的写作。

这本书并不是一本严格意义上的自传，也并未像我们想象中的是一本卢梭式的忏悔录，或者回忆录。想要归纳这本书的概要有些困难，阿尔都塞的写作具有一种疯狂的特征，章节之间缺乏必要缜密的联系，文本中充斥着大量陷入疯狂的幻想一样的情节。

我印象最深的是，阿尔都塞说他对生锈的菜刀有一种偏爱，从一个商店里偷了好几把，第二天又以不合适为由，送回给商店的女店员。这个事件多少还有些可信度，可他接着又说，他想偷一艘核潜艇，冒充海军部长，以晋升为由支走了潜艇的艇长，给全潜艇的官兵放假一周。这是一种精神病人的典型特征，从幻想写到真实，最终我们无法区分其中的界限。

这是一个典型的精神分析文本。唯一不同的是，这本书的作者也是精神分析的对象。而且因为这种自我对他者的模糊性，让这个文本多少有些可疑。如果说在法律层面上，阿尔都塞逃脱了谋杀的嫌疑。但是在道德与伦理的层面上，他陷入了更深更大的痛苦。

这不是一本自白书，但是他选择了另外一种形式，从自己的成长与童年经历中找寻内心抑郁与暴力的影子。对自己进行精神分析的一个优势在于，他知道如何建构自己的精神分析叙事，知道如何从童年或者回忆中寻找到那些蕴含着性隐喻与阉割象征的场景与画面，从这些大量散乱隐喻中找寻到一种说服自己的证据，进而说服自己是真正的陷入精神错乱，自己才是真正的受害者，而他的妻子不过是一种附带伤害。所以说，阅读本书，我总有一种错觉，阿尔都塞杀妻事件是因为长期的精神抑郁；但是这本书所陈述的从童年遭受母亲的象征性阉割，到五年的战俘生涯中发现手淫的快乐，乃至最后求学高师，留校任教与妻子埃莱娜及其他女人之间的紧张关系，这些故意选择的经历与事件都太具有代表性了，仿佛一种精明而故意的暗示，提醒我们他确实陷入了一种疯狂的谵妄之中。换句话说，这本书的写作根本不具有任何自传性写作的客观性，他完全从自己的角度出发解释了整个事件的发生，而且对这种发生进行了从童年的阴影中就开始的长达一生的辩护。这样的辩护越多，只能证明作者内心耿耿于怀的是如何在意别人对他的评价。正如他在自传序言中所言的，他的辩护“也是为了我自己：为了稍稍掀起压在我身上的这块沉重的墓碑。是的，为了完全靠我自己的力量解放自己，无须任何人的建议和指教”。

托尼·朱特评价阿尔都塞的话是对的，在这样一本具有魔幻现实主义风格的回忆录中，我们阅读到的东西，只是阿尔都塞想呈现给我们的，“他并非由于发疯了才只能做一个平庸的哲学家；实际上可能是由于认识到自己的才智平庸，才导致他变得沮丧，所以精神失常。假如说知识分子的历史由于阿尔都塞事件而蒙羞的话，那么这种羞辱不是他一个人的”。这种羞辱因为一个法国哲学家、一个著名的知识分子、一位共产党员的杂糅身份变得复杂起来。

某种程度上，普通人的谋杀只是谋杀，而一位名人的谋杀才能成为一种文化与历史现象，因为我们渴望从这种独特的现象中观察到一种知识与权力的媾和。那些普通的谋杀者是失语者，而哲学家的谋杀可以成为精神分析文本，可以成为一种巨大的丑闻，也可以成为历史的注脚。总之，我们在阿尔都塞勒死自己的妻子事件中，想融入自己的想法和分析。仿佛这不是一场谋杀，而只是一种文化的滋生与对抗。

对的，悲剧性的死亡上升到了一个巨大的文化事件，至少这本书《来日方长》的写作就是这种文化事件的最终结晶，而且是由谋杀者亲自精心挑选的一系列事件组合而成的。因为这本书太具有个人魅力了，阿尔都塞的写作深具蛊惑性，我们陷入他的叙事中不可自拔，而且对他的自我剖析深表赞同，乃至于不知不觉中会暗暗迎合他所表述出来的一切。他总是在书中使用这样的句子：“我想大家可以理解，为什么害怕被人抛弃竟能在我心中引起焦虑，使我陷入抑郁症……”或者“大家知道，我和死亡始终保持着多么能动的关系。”还有他不断地示弱使用的句子“害怕被母亲抛弃，害怕父亲半夜出走，害怕埃莱娜粗暴地出走”，等等，这样的措辞容易使读者陷入到深深的情感认同当中。

阿尔都塞与他女友们的关系也十分复杂。考虑到二十世纪法国那种独特开放的环境，众多知识分子与哲学家之间发生的风流韵事，我们无法苛责阿尔都塞，但是在这本书中，他与妻子埃莱娜之间因为众多女人的关系也变得紧张和抑郁。阿尔都塞写道：“我始终感到，除了她之外，还需要给我自己建立一个‘女人的储备’，并需要促使埃莱娜明确赞同致力于此。大概我‘需要’这些女人作为爱欲的补偿，以如数满足她不能给予我的部分：一个没有痛苦的年轻的身体和我梦寐以求的那个永恒的侧影，这是我受到损害的欲望所‘错失了’的，以证明除了那个父亲-母亲的形象之外，我也能够对一个简简单单、撩人欲望的女人的身体有所欲望。”这样的辩护词把一个虚伪的哲学家与深陷欲望之中的男人的形象统一了起来。

在本书快要结尾部分中，他说他开始写作这本书，是因为他一个非常喜欢的女友说过一句话：“我不喜欢你的地方，就是你想自我毁灭的欲望。”阿尔都塞说，正是这句话提醒了他开始写作这本书：“实际上，我是想毁灭一切，我的书，我杀死了埃莱娜，我的精神分析师，但这都是为了确保能够毁灭我自己，就像我在自杀计划中幻想的那样。”他终于在长途跋涉的对自我的成长进行精神分析之后，得出了这样的结论。

不过，阿尔图塞好像也知道自己得出的结论并不能令人信服，所以在本书的最后还收录了一篇一位医生对他的精神分析，暗示说埃莱娜的死其实是她的想死的欲望作祟，而他只不过是帮助她完成了死亡的愿望。而他活了下来，写了这本书，而且说服了自己以革命导师的形象继续活下去，正如那位医生所言：“不管怎样，我把你的公开解释理解为你自己从你的哀悼、你的生活中恢复过来了。”逝者已逝，生者总要给自己寻找活下去的理由，这就是《来日方长》的真正含义吧。

《巴黎评论》中的那些大作家

《巴黎评论》对约翰·厄普代克的访谈中，提到一种观点：作家访谈从本质上来说都是虚假的。因为任何访谈中，你说过的话，要不是被曲解，就是被忽略。媒体需要的是一种掷地有声的观点，而作家最不擅长的也许就是对自己不熟悉的事物发表看法。他会陈述很多，表达很多，但访谈者最终需要的是如此之少，以至于不惜断章取义，从中提取他认为需要的观点。当然了，这种看法本身就是厄普代克的一种观点。厄普代克说，有观点很难，所以我们应该更在意开明和好奇的态度，而非判断。

《作家访谈》是美国著名文学杂志《巴黎评论》很著名的一档栏目，从1953年创刊号中对福斯特的访谈至今，已经有三百多篇，几乎囊括了二十世纪后半叶世界上所有重要的作家。我们现在看到的这本书，只不过是其中的集结之一，书中选取的十六位作家，早已为大众所熟知。也许这正是他遴选的标准——不是以时间顺序，而是以国人对这些西方作家的熟悉程度。其中收录的最早的对杜鲁门·卡波蒂的访谈已经超过了半个世纪，最近的则是对翁贝托·埃科的访谈，发生在2008年。换句话说，读过他们或多或少的作品，我们才能从这些访谈中获益。这些作家没有统一的风格、统一的国度、统一的流派，他们唯一相同的则是接受了《巴黎评论》的访谈，不管情愿还是不情愿。

还真有不情愿的，要不然厄普代克也不会一次次拒绝。第一次拒绝是在1966年，他觉得自己写小说已经把问题说清楚了，没必要接受什么访谈。第二年终于答应接受访谈，也是一拖再拖——我怀疑他是不是有什么社交恐惧症之类的毛病。最终，我们看到访谈的时候，又发现了他对《作家访谈》这种形式大放厥词。

同样不情愿接受访谈的还有纳博科夫。他曾经说，他思考时像个天才，书写时像个作家，但“说起话来却像一个不善言辞的孩子”。在那本刚刚再版的中文版访谈录《独抒己见》中，纳博科夫说他接受采访需要有三个先决条件：“采访者的问题必须书面递交给我，我进行书面作答，发表时一字不差保持原样。”刊登在《巴黎评论》中的访谈很明显也是这种妥协的产物——否则你没法解释，一个对语言的炼金术如此痴迷的魔术师一样的作家，在访谈中的语录是如此的呆板、僵硬、了无生趣。我可以毫不留情地断言，这是收录到这本集子中最无趣的访谈。

与此相对应，我可以拉出埃科的访谈作对比，这是其中最有趣的一篇访谈。也许，我们可以做出这样的假设，从二十世纪六十年代到二十一世纪初，作家最大的变化是对大众媒体的看法。老派的作家排斥媒体，对这种正统的文学杂志访谈也充满了敌意，而当代的作家学会了应对各种形式媒体的轮番轰炸。老派的作家对媒体的访谈虽然充满了敌意，但一旦接受访谈，就会极其郑重、正式、正经地回答各种问题。但是从电视媒体和网络媒体的兴起来看，当代的作家应对的方式更为灵活多变，他们知道大众想看到什么，回答访谈的话语幽默，风趣，而且充满了轻快的机智。

埃科的访谈中，《巴黎评论》问：“在你的所有小说中，你只写过两幕做爱的场景——一次是在《玫瑰的名字》里，另一次在《波多里诺》里，这有什么原因吗？”埃科的回答明显是逃避策略，但毫不含糊，干脆利落，引人发笑：“我想，相比描写性，我只是更喜欢身体力行。”

在另一个关于诗歌的例子中，埃科同样采取了这样的方式回答问题：“我觉得在一定年龄，比如十五六岁时，写诗像是种自慰，但到晚年，优秀的诗人会焚毁他们早期的诗作，拙劣的诗人则把它们出版。幸好我很快就放弃了写诗。”

老派的作家们，比如上文提到的厄普代克，他说，在访谈中承认有自己的观点很难。这是时代的因素使然，但在现时代中，埃科幽默的回答中处处都是观点——不在乎观点是否正确，只在乎它是否引起人们的注意。我们喜欢作出各种判断，是否有价值无关紧要，重要的是能够抓住大众的兴趣点，投其所好。对此，埃科似乎深谙其中之道。

当然，这样评价埃科有些不公，不同的时代语境中，对作家的要求随之改变。这是一个大众媒体张扬的时代，作家这个群体从精英变成了大众的一分子。这种源于文化的严重失落感，会影响他们的表达方式和语速。埃科的成功在于，他抓住了这种文化的节奏。一个研究中世纪生僻文化和符号学的学者竟然能够成为全球知名的畅销书作家，《玫瑰的名字》的畅销证明了埃科对大众文化脉搏的准确拿捏。但在访谈中，当问到他成为一个畅销小说家是否影响他的严肃思想家的声誉时，埃科给出了否定的回答，称“也许是我的学术工作，阻断了我想成为大众媒体眼中的作家的念头”。对他而言，作家只是他学术之外的身份，也许正因为他对中世纪学术的研究，才使他成为了一个作家。他不过是换了一种方式讲述了一个中世纪的故事，而这个故事凑巧满足了大众对历史的好奇心，因为“一本好书比它的作者更富智慧，它能传达出作者没有意识到的东西”。

村上春树也谈到了类似的问题。在 2004 年进行的访谈中，村上说自己与马尔克斯、卡夫卡的不同在于，他“是一位当代文学作家，这和他们非常不同”，“在卡夫卡写小说的年代，人们只有音乐、书籍和剧院，现在我们有互联网、电影、影碟出租，以及更多。如今我们有如此多的竞争对手，而最主要的问题是时间”。小说以往是闲暇的艺术，但是现在闲暇已经不复存在了，小说本身也经历了很大幅度的改变，“我们不得不抓住读者的脖子硬把他们拖进来”。

换句话说，作家也需要在某种程度上迎合现在一直在赶时间的人群。当然，这不是谄媚大众。相对于传统中的隐微写作，作家需要换种吸引人的方式写作。村上就承认，相对于现实主义风格的作品，他更喜欢超现实主义风格的，但是如果他坚持写超现实的小说，很可能只会成为一个小众的邪典小说家。他想进入主流，就需要证明自己有能力写现实主义的小说。《挪威的森林》就是这种尝试的产物。他不但成功了，而且对这样的成功早有预料。

老派的作家不会想到市场和销量，他们的写作更多是出于自我认知和价值的考量，他们觉得对公众有种启蒙者的责任感。但是当代小说家，更多考虑市场因素。这种策略并非意味着当代作家的堕落，只是换一种方式，正像村上所言，很多人会喜欢《挪威的森林》，然后这些人又会对他其他作品产生兴趣，所以它很有帮助。

我们喜欢作家访谈，某种程度上说，是想窥探作家的隐私、八卦，乃至他们成功的秘诀，想求得一种在他的作品中无法得到的私人信息。纳博科夫就曾说，我的小说很少机会给我表达我的私见，所以才偶尔接受那些聪明的来访者的一大堆提问。我们总觉得作家的访谈可以暴露出他们或迷人或好玩的另一面，也许这些作家有某种写作或者生活上的怪癖。比如：杜鲁门·卡波蒂会强迫症似的，执迷于一个逗号的位置或者分号的重量；欧内斯特·海明威会在开始站在写字板前写作，稍微顺利时采用打字机；杰克·凯鲁亚克会像他写《在路上》时的自发性写作状态一样滔滔不绝，根本容不下别人插嘴；加西亚·马尔克斯很讨厌录音机；雷蒙德·卡佛庆祝作品首次发表的方式是带着杂志上床；米兰·昆德拉拒绝谈论自己，他的访谈成了小说理论的研讨会；君特·格拉斯需要日光才能写作；村上春树认为电子游戏比任何东西更接近文学；恐怖小说家斯蒂芬·金爱极了卡森·麦卡勒斯的小说；埃科很喜欢美剧《境界双雄》《犯罪现场调查》《迈阿密风云》《急诊室的故事》……

其实，集子中给我印象最深的是奥尔罕·帕慕克的写作习惯。他认为生活和写作一定要分开，因为家庭的琐事和细节有时候会损害想象力，会让人对其他世界的向往渐渐消逝。但在美国期间，他和妻子只有一个公寓，生活和写作只能在一个地方，为了维持这种写作习惯，于是“每天早晨，我都跟妻子告别，仿佛去上班一样，离开家门，走上几个街区，然后再回来，就仿佛到办公室一样”。

还有一个，埃科提到他父亲年轻时酷爱读书的故事。由于他父亲年轻时买不起书，只好经常去书摊旁站在街上看书，书摊主人见他留恋不走，面露不耐烦之色，于是他就只好走去下一个书摊，读第二部分，就这样才能把一本书完整地读完。

你能感觉到这两个故事之间共同的玄妙之处吗？除了它们都是真实的故事之外，它们还都属于精彩的保罗·奥斯特故事！甚至可以收录到奥斯特与美国电台合作的“全国故事项目”中去——中译本可以参见保罗·奥斯特主编的《美国短篇故事 125 篇》——正是这种真实创造了虚构作品。

我们往往极力想从作家访谈中寻找创作的秘诀，但其实什么也没有。我们所能做的就是，像村上所说的，等着真实的故事发生……

狄更斯的虚伪

奥威尔在那篇关于查尔斯·狄更斯的研究论文中，第一句话就有了惊人的效果：狄更斯属于那种很值得一偷的作家。撇开这种故作耸人听闻的效果不谈，奥威尔想表达的意思到底是什么呢？狄更斯有什么可偷的？为什么要从他那里偷东西？奥威尔还说，狄更斯碰巧属于那种伟大的作家，这个很值得玩味的“碰巧”又作何解？难道说，狄更斯根本不是伟大的作家？

在狄更斯诞辰二百周年纪念到来之际，英文世界又有两本关于他的传记出版，披露了更多的细节，让我们对这位年代十分久远的作家有了更为清晰和直观的认识。一本是由罗伯特·道格拉斯·费赫斯特著的《成为狄更斯：小说家的创作才能》，另外一本是由克莱尔·托玛琳著的《查尔斯·狄更斯：一生》。

在我们的印象中，狄更斯属于一个更为悠远的传统，即是说，我们已经很少读他的作品，但是他的影响却一直都在。这也许就是“伟大作家”存在的一个标准，我们看不到他的存在，但是他一直都在那里。

多少年前奥威尔已经发明了这种网络语言评价狄更斯：不管你喜不喜欢他，他永远都在那里。狄更斯的无形存在成为文学传统高高在上的一个标准，一旦成为这种级别的作家，我们就很难把他拉下神坛，还原成一个活生生的人。狄更斯与他小说中的众多人物已经融为一体，我们对他过往的人生往事不再有兴趣。对我们来说，狄更斯已死，只有他的小说中的人物还栩栩如生。于是，狄更斯成为了他虚构作品中的一个角色。

有个狄更斯钓鱼的段子很有趣。话说，一个星期日，狄更斯到河边去钓鱼，他等了半天也不见一条鱼儿上钩。这时，一个陌生人走过来问道："您是在钓鱼？""是啊！"狄更斯怏怏地说，"今天运气不佳，昨天就在这里，我钓了十五条鱼呢！""是这样吗？"陌生人说，"您可知道此地禁止钓鱼？我就是负责看守的！"说罢，他从衣袋里掏出一个本子，要对狄更斯罚款。狄更斯答道："您知道我是谁吗？我就是作家狄更斯，您不能罚我的款。刚才我说的是一个虚构的故事，而虚构故事正是作家的职业！"

虚构故事是作家的职业，但虚构的不应该是作家的生活和人生。当一个作家成功后，尤其经过了百年后的时光淬炼，作家往往会被渲染成一个天才，就如同现在我们大多数人看到满满的数十卷的作品后，总想当然认为狄更斯命中注定是一个天才作家，但正如奥威尔偏偏说他只是"碰巧"是个伟大的作家一样，费赫斯特在《成为狄更斯》中也同样提出了异议，并试图还原他早年的摇摆不定的困窘生活。

费赫斯特选定了1938年之前，那一年，狄更斯26岁，开始使用查尔斯·狄更斯作笔名。此前，他只是一个名不见经传的叫作"博兹"的小作家，给报纸杂志写过一些短篇故事——后集结成

《博兹特写集》——直到 1937 年出版了他的第一部长篇作品《匹克威克外传》，正是这部小说通过连载逐渐引起大众关注，而后的热销，让他动心成为一名职业作家。

但是，成为职业作家未必合适他。狄更斯 1812 年 2 月 7 日生于汉普夏的朴次茅斯，他的父亲是海军部军需处的职员，待遇优厚，但是父亲的过度挥霍和愚蠢行为常常使家庭陷于拮据的惨境。1824 年，狄更斯的家境已经坏到极点，身为长子的他已经辍学，要被送去工厂做工，而他的父亲则因欠债入狱。因为家庭生活窘迫，他只能断断续续入校求学，后被迫到工厂作童工。15 岁以后，他当过律师事务所学徒、录事和法庭记录员，甚至还想从事戏剧表演的工作。

费赫斯特指出，狄更斯曾乐此不疲地从事待选行业，追问自己该走哪条路不该走哪条路。他在 20 岁作为演员在试镜前曾写道："看，我可能马上就要过上另一种生活了。"又比如，他心有余悸地回忆 12 岁时："我极有可能成为小流氓或者小游民。"他确信，尤其在他父亲负债入狱，举家依惯例连坐时，这种担忧极有可能成为现实。对狄更斯而言，职业的选择其实就是生活的选择，金钱的选择。他不想过贫困和粗鄙的生活。当他发现可以通过写作摆脱生活的困境，就会极力通过连载小说改变生活的现状。他的一生共创作长篇小说十三部半，其中多数是近百万言的大部头作品，中篇小说二十余部，短篇小说数百篇，特写集一部，长篇游记两部，《儿童英国史》一部，以及大量演说词、书信、散文、杂诗等，可以说都是为生活所逼迫作出的反应。

也正是如此，克莱尔·托玛琳的《查尔斯·狄更斯：一生》中用了大量的篇幅阐述狄更斯与金钱的关系。随着写作小说的成功，他再也不是那个身无分文的穷小子——只是大约在 1840 年时举债，在外国生活了一段时间。随着年龄的增长，他赚钱的能力也越来越强，依靠他生活的人也越来越多——他的大家庭、众多的朋友和慈善机构都需要他经济上的资助。在他去世前，他的财富已经积累到了顶点。十九世纪六十年代，他发行的读物让他赚得盘满钵满，他的第二次美国之旅（1867 年）就净赚 2 万英镑。根据托玛琳的估算，十九世纪中叶的英镑换算成等值的现代货币要乘以因数 70，所以 2 万英镑就是现在的 140 万英镑。1864 年，他的最后一部小说《我们共同的朋友》提前获得 6000 英镑的稿费，相当于今天的 42 万英镑。

托玛琳通过此举向我们揭开了伟大作家的神秘面纱。狄更斯也是个普通人，他活泼、充满魅力、气质非凡、心地无私，同时他还拥有超凡的能量——例如，在1838 年，他就同时写《雾都孤儿》和《尼古拉斯·尼克尔贝》两部小说。但是，他也是人格分裂的个体——他受着折磨，他傲慢，怀恨在心，没有慰藉，而且还犯下了错误，尤其婚姻和爱情上，遭人诟病。有评论者甚至说，他是一个维多利亚时期“性虚伪者与痛苦天才的典型”。

1836 年，狄更斯与年仅 20 岁的凯瑟琳·霍格斯结婚。凯瑟琳是一位娇小的女子，精于女工刺绣，懂得音乐，并且说得一口流利的法语。但是作为一位名作家的妻子，她显得不够精明，也不会照顾自己和家人，尤其作家大多有些怪僻的脾气，她却一味顺从，助长了狄更斯对她的坏脾气。尤其是她变成一位生育了十个儿女、身体发福、面目可憎的女人后，狄更斯对她失去了兴趣。

“可怜的凯瑟琳和我并不相互般配，我们对此无能为力。”婚后二十年，他这样解释道。令凯瑟琳感到屈辱的是，他在他的更衣室和两人的卧室之间竖起了一道门。“住在这所房子里的每一个人，所有的仆人，所有的孩子都知道，凯瑟琳受到了深深的伤害。”托玛琳在她的书中如此评价。

1865 年 6 月 10 日，狄更斯从法国乘火车回他的家乡，在过一座大桥时，火车突然出轨，前面的七节车厢掉在了桥下，狄更斯所在的第八节车厢由于与其他车厢没有断开而悬在半空，狄更斯跌到车厢底下。狄更斯努力使他的同伴镇静下来，然后自己爬上了桥。

他找到了列车员，拿到了他们那节车厢的钥匙，打开车厢门，把同伴们都救了出来，然后加入了营救受伤者的行列。用狄更斯自己的话说他当时救人真是“不知疲倦”。那时，狄更斯已经 53 岁了。

但这样英勇的行为，在他以后的生涯里，他从来就不愿意描述。在后来的事故审判中，他甚至拒绝出庭作证，拒绝承认他当时就在现场。那么，为什么狄更斯要隐瞒他的英雄事迹呢？英国研究狄更斯的专家现在终于搞清楚了，因为他当时的旅伴正是他二十五年来的情妇奈丽·特南，他不想让人们知道他们之间的秘密。

他们在 1957 年结识，当年狄更斯 45 岁，奈丽·特南 18 岁，只比他的女儿凯特大几个月。他们因为特南饰演他笔下的角色而结识，狄更斯对她神魂颠倒。他对奈丽的迷恋暴露出人性中最恶的一面。他公开和妻子分手，还用最残酷的手段羞辱她。他用尽各种方法追求奈丽，她没有立刻答应他的追求，最后她成了他的情妇，并居住在伦敦郊外。当然，所有这些都是秘密进行的，我们对他的生活了如指掌也可说算个奇迹——如果不是因为那起火车“出轨”事件。

狄更斯终于如愿以偿地与凯瑟琳离婚，并重建了新的家庭，满足了自己的欲望。但他却日渐衰老、体弱多病。可能生活在维多利亚时代，生活的紧张使人们要面对很大的压力，而且狄更斯又是那么的出名，总之，只有五十多岁的狄更斯过早地衰老，饱受痛风、神经痛等病痛的折磨。1870 年，乔治·艾略特曾经这样描写过狄更斯——“他形容枯槁，面容憔悴”。

1870 年 6 月，狄更斯在写作《德鲁得疑案》中突发中风去世。

狄更斯死后，他的女儿凯特说，她虽然无比热爱父亲，但他却是“一个坏蛋”。她念及母亲凯瑟琳，如此消极被动，如此备受冷落，还饱尝生育之苦。托玛琳在她的传记中评价说，狄更斯醉心于他自身的影响力，那种使大众发笑和哭泣并因此而迷恋上他的影响力，他更希望这种情况出现在他著名的公开朗诵现场中，但正是这种影响力也让他变得冷酷无情。

奥威尔说，狄更斯是一个人们可以在一定程度上去模仿的作家。但是我们所能偷得的，只是狄更斯本人从更早的小说家那里学来的东西，他本身固有的丰饶的创造力是无法模仿的，“这种创造力，不是指有关人物的创造，更不是指有关‘场景’的创造，而是指语气和细节的创造”，因为他的小说，最突出的特点就是“不必要的细节”。

如果狄更斯的作品充满了这些“不必要的细节”，那他的人生，更无法剔除这些看似“不必要的细节”。因为伟大的作家与作家的伟大并不等同，结论就是如此简单。

第三辑

卖书人

旧书中的似水年华

在卡尔维诺关于“经典”的十四个定义中，他首先提及的是这样一种，即经典是那些我们经常听说“我正在重读……”而不是“我正在读……”的书。代表反复的“重”，放在动词“读”之前，对于某些没有读过某部名著的人来说，可能代表了一种小小的虚伪，但是不得不承认，对于那些爱书人来说，重读更多是代表了一种无限重复的姿态，生命不息，重读不止。就如同博尔赫斯所言，世世代代出于不同的理由，以先期的热情和神秘的忠诚，永无休止地重读下去。

旧书重读也许不仅仅是因为它是经典之作，只是因为它与我们过去的记忆相关。我至今还记得，许多年前的暑假，千里迢迢去看当时的女友，给她带了一本村上春树的《挪威的森林》。我至今都不喜欢村上的书，但唯独这本书还摆在我的书架上，不时重读，记忆会瞬间倒流，闪回到那个青涩毛躁的岁月，这种经验回想起来很是温暖。

也许，为了要使一本书吸引我们，就必须在它所虚构的故事与我们的经验之间建立某种神秘的联系，在我们自己的存在与书页之间的两种想象力之间建立一种联系。美国作家安妮·法迪曼编选

《旧书重温忆华年》时说出了自己的缘由:“就多数真正的读书人来说,他们与书的重要联系并不在尚未读过的新书,而在早已十分亲密熟知的旧书。”

我们在青少年时代读过的书,每一次阅读的经验都是新奇的;等我们年龄渐长,阅历渐深,返回头重读以前的那些书,也许我们会变得挑剔,也许我们会注意到许多细节,也许我们会用不同以往的眼光重新打量这些熟悉而陌生的面孔,但总有一点是不会改变的——第一次阅读时那种新奇的感觉会一直伴随我们老去。

夏多布里昂在《墓中回忆录》中曾经这样描述他童年时代的阅读:“我会偷走小教堂里的蜡烛头,晚上阅读那些描写不安灵魂的充满诱惑性的细节。”这样简单的句子在别人看来如此普通,甚至根本不曾留意就可以一扫而过,但是却让我想起了许多年前的那个漫长夏日里,我在阅读能找到的各种书籍。尤其到了停电的晚上,守在半根蜡烛摇曳的灯光下,对汗水浸透的背心浑然不觉,目光全被手中翻阅的文字所吸引。现在,我根本想不起来我那时在读的是什么书。是什么书还重要么,也许是经典之作,也许不过是一本泛滥的小册子,也许是一本微不足道的文学杂志,但随着我的目光恍惚,沉入梦乡,所有的故事也都中断了。

重读旧书,往往意味着,我读的虽然是故事,但在林间小路上遇到的却是年轻的自己,我相信《旧书重温忆华年》就是这样诞生的。其中的每位作者选出一本书,或者一个故事,一首诗,甚至一本唱片集的封面。这些东西在他年轻的时候留下了难忘的印象,又在他逐渐老去的年华中重新遇见。作者的心爱读物也许著名,也许无人知晓,也许是大家尊崇的经典,也许毫无价值,也许是孩子的童话，也许是初恋时读过的小说。这些都不重要，“因为文章不是普通的文学批评，而是谈论某种关系。人与书的关系是随着时间而变化的，所有重要的关系都是如此。”法迪曼如是说，“《旧书重温忆华年》既阐明了书，又阐明了读书的人，至少两者同样重要。每篇文章都是微型的回忆录，所谈的话题动人心弦，往往是有关爱的变化本质。几十年过去了，许多作家还记得原来那本书封面的颜色，座椅是什么样子，读书的季节和时辰。他们当然会记得这一切。你和初恋情人共同躺在一起的房间，床的方向，床单的颜色，枕头是硬是软，你难道不记得吗？”我喜欢这样的说法，我喜欢这样的书。

读这样的书会让人陷入长眠似的回忆和梦境，也许我们不熟悉每位作者选取的那本书，不知道他与这本书之间有什么故事，但是字里行间那种甜蜜的感伤，隐约的激情，回忆中渗透的甜美却是如此打动人心。这种甜蜜中夹杂着感伤的回忆已经与我们读过的那本书合而为一，成为了那本书独特的灵韵。以后的人生中我们不断地忆及，无数次地追忆，重温旧书中的似水年华，它已经是伴随我们生命成长的独特印记。阅读一本这样的书，很容易就勾起了我的书写欲望，也想写一本这样的书，我与旧书之间的约会，其中的缠绵悱恻映衬在我书写下的字里行间，满腹的神情倾注在笔端的倒影之中。

我想起了第一次读钱锺书的《围城》，至今还记得许多惊艳的句子，怯懦的好人方鸿渐，“局部的真理”鲍小姐，皮里阳秋的方遁翁，杀人有暇的庸医，大空心萝卜赵辛楣，嘴唇涂的胭脂“血淋淋的像侦探小说里谋杀案的线索”的沈太太，写“圆满肥白的孕妇肚子颤巍巍贴在天上”句子的大诗人曹元朗，但现在回忆起最为清晰的还是方鸿渐失恋时候的那种真真切切的感受。也难怪，那个时候我刚遭遇到人生中第一次失恋，自然对方鸿渐遭遇唐晓芙拒绝后的情形感同身受：“方鸿渐把信还给唐小姐时，痴钝并无感觉。过些时，他才像从昏厥里醒过来，开始不住的心痛，就像因蜷曲而麻木的四肢，到伸直了血脉流通，就觉得刺痛。昨天囫囵吞枣地忍受的整块痛苦，当时没工夫辨别滋味，现在，牛反刍似的，零星断续，细嚼出深深没底的回味。”在去三闾大学的船上，赵辛楣偶尔又提到了唐晓芙，方鸿渐“心里仿佛黑牢里的禁锢者摸索着一根火柴，刚划亮，火柴就熄了，眼睛没来得及看清一片又滑回黑暗里。譬如黑夜里两条船相迎擦过，一个在这条船上，瞥见对面船舱的灯光里正是自己梦寐不忘的脸，没来得及叫唤，彼此早距离远了。这一刹那的接近，反见得暌隔的渺茫”。这种感觉每次重读都难以释怀。

还有哈珀·李的《杀死一只知更鸟》，每次看到这本小说，我都会有一丝丝的愧疚，总觉得应该为它写点什么。2009年，这本书由译林出版社重版，并改名为《杀死一只反舌鸟》，名字不同，但再读的时候那种亲近一下子把我拉回了记忆中的岁月，还有那格里高利·派克饰演的同名电影也一次次地闪回在梦境中。

前段时间，偶尔看到有朋友在豆瓣上给这本书评分只打了两分，我的内心突然有种沸腾的愤怒，当时恨不得就去质问她。这种心情现在想起来有些可笑，别人自有别人衡量一本书的标准。也许在他人的眼里，这本用传统叙事手法讲述一个个善良的人们与黑奴制抗争的故事，在现代主义和后现代主义小说大行其道的今天，那种朴朴素素，简简单单，直指人心的讲故事的手法早该遗弃了。但在我看来，这本书已经超越了那个黑奴制叙事时代的局限，它对人的善良和美好品德的诉求永不为过。近期重读中，我甚至有了更为惊喜地发现——那一个个小的不为人知的细节所诠释出的正是一本小说的伟大品质。

尤其在结尾部分中，怪人阿瑟救了男孩杰姆，妹妹斯库特送怪人先生回家。这段描写在我看来表露了一个伟大作家所具备的那种细致入微的观察和书写能力。斯库特刚迈了一级台阶，但她马上又停住了，她想着："我可以领他在我家房子里穿行，但绝对不想带他回家。"于是，她转身对怪人说："阿瑟先生，你把胳膊弯一下，像这样。对，就是这样。"她把手滑进了他的臂弯里，"他必须稍微躬着身子，才能和我保持一致。不过，如果斯蒂芬妮小姐正从楼上窗子里观望的话，她会看见，是阿瑟先生陪伴我走在人行道上，就像任何绅士都会做的那样"。我们也许会说，一个小女孩不会有这样的深思熟虑，她根本不可能懂得这么复杂的礼仪和尊重。但是她懂不懂这些礼仪已经不再重要，是不是符合实际也不再重要，重要的是我们都情不自禁地相信有美好的事情会发生。而且如果一个八岁的小女孩都会如此平等，如此尊重一个怪人先生，不知道那些大人们会作如何想法。每次读到这个细节的时候，我的内心都无比的激动，我将此形容为一种"伟大的战栗"，这才是一本伟大的作品所具备的优秀品质。

絮絮叨叨说了这么多，其实就想表明，我们与旧书之间已经不是单纯的阅读和被阅读的关系，每一次重读都是第一次阅读，每一次阅读都意味着有新的生命印记融入我们的经验，每一次重读都有新的记忆沉淀。

《旧书重温忆华年》中有一篇写简·奥斯汀《傲慢与偏见》的文字，作者阿利格拉·古德曼在最后这样写道："我认为重读的目的就是为了展现。文章就像编织物一样，多次的阅读就能展现它各部分的不同脉络。然而文章每展现一次，在图书馆里，在床上，在草地上，读者的皱纹就增加一些。每次阅读都渗入了回忆和经验，每次相逢都预告了下一次再见。"还有比这更美好的话么，每次阅读都是相逢，每次相逢都是再见，每次再见都会无比的想念。

就像恋爱，我与旧书有个约会。

遥远的智慧，书籍的光芒

古希腊的苏格拉底有个著名的哲学论断，被后人引述甚多，博尔赫斯也曾无数次提及：在古希腊的传统中，口头吟诵的魅力远远大于书写文字。这确实有些讽刺意味，因为这个著名论断为后人所知，恰恰是因为柏拉图用笔记录了下来。

苏格拉底对书写毫无兴趣，更不相信其价值，他认为，写下来的东西，无论关于何种主题，基本都是臆造出来的，根本不值得注意。在那部探讨智慧与爱欲的《斐德罗篇》中，苏格拉底说："所以他不会看重那些用墨水写下来的东西，也不会认真用笔写下那些既不能为自己辩护，又不能恰当地体现真理的话语。"（《柏拉图全集》王晓朝译）相对于那些活生生的口头话语，书面话语只不过是它僵死的影像罢了。

英国古典学家弗雷德里克·G.凯尼斯在《古希腊罗马的图书与读者》中也提到了这种说法，在苏格拉底的另一个弟子色诺芬的著作中，也记录了他老师类似的观点。至少，这个论断可以说明，当时书写与书籍已经开始使用，也许只是没有普及开来，遭到了保守人士的抵制，比如苏格拉底更倾向于口头教导与对话的述而不作的传统。

了解这些古代人对书籍最初的看法很有意思的一个地方在于，当今时代里，我们更为倾向于悲观的看法，认为电子书的出现，可能会改变纸质书籍数千年的命运。这么说的话，书籍没有未来，阅读的风潮即将改变，我们终于与古代人的观点开始取得一致了。

值得注意的是，凯尼斯的《古希腊罗马的图书与读者》一书其实是他在 1932 年应邀在伦敦大学所做的三个讲座，主题虽然是关于古代图书的生产，但由于新的考古资料的发掘，尤其是很多纸草文献的发现，借此重新对古典学——古希腊罗马文明的研究——的发源研究进行了总结和推演。

稳妥地说，古典学研究习惯从文艺复兴时期开始叙述。因为文艺复兴之前，囿于书籍资料的匮乏，即使知道古代学术早已开始，但是面对那些零零散散的断编残简，也无能为力。而凯尼斯正是在这种学术的背景下做了这些讲座，根据当时新发掘的一些纸草文献，将书写传统出现的时间往前推演了几个世纪。

根据凯尼斯的考据，《伊利亚特》和《奥德赛》是以文字书写的形式撰写的，而且有其抄写副本以便游吟者记诵。但是，“要说清楚这些抄写副本的形式究竟是什么样子，或者它们究竟以何种方式传播，却要困难得多。没有证据证明有任何可以称之为‘阅读人群’的存在”。因此之故，诗作的抄写副本，即便存在，也非常少，归于一些专业的背诵者，大众则从专业的背诵者那里获取知识。这基本类似于我们小时候，走街串巷的说书人，他们通过说书的形式灌输给我们一些民间传说和文化。

图书史家沃尔特·奥恩在他的重要论文《口述文化与书面文化》里有一个核心的观点，没有任何一项发明，比书写更能改变人类的意识。因为从口述传统到书写传统的转变中，包含着一种社会方方面面的转型。这种转型借用、吸收，同时重塑了旧的传统，以适应新的交流形式和语境。

奥恩有一个很形象和巧妙的说法，他说："即使在口述环境中，口述话语也通常被认为是编织或补缀而成的。"口述传统中，为了保存知识，需要反复吟诵，方能熟稔于心。而在书写传统中，同样保留了口述话语的特质，最明显的一点就是，在书写过程中，我们总是预先设想了场景，并且在脑中反复放映这一场景，才开始进行书写。而苏格拉底对话录的形式一贯在口述到书写传统的转型当中充当了关键角色，这是因为最初手抄本盛行时，手抄本文化为一部书保留了一种说话的感觉，一种在对话中形成的过程，而不仅仅是一个文化物件。对话录设定的场景就如同口语文化中两个人相互交谈时的情景，他们的对话保留了口述这一传统的特点，但是又以文字记录的形式保留下来的。

从古希腊亚里士多德的时代开始，才真正具有了阅读的大众，我们也进入了一个读者和图书馆的时代。按照凯尼斯的说法，亚里士多德伟大的著作，无论是关于物理科学的，还是关于政治建构的，如果没有一批可供参考的藏书，是不可能完成的。而正是从他伊始，树立了一种学术的样板，他的弟子们也开始模仿老师的做法，搜集伟大的著作，雇佣专业的手抄者，传道授业，以此种方式延续学术的生命。也正是从此开始，希腊世界由口头传诵过渡到了阅读习惯的养成，真正的希腊文明得以传延下去。

古希腊的图书馆和档案馆事业在公元前六世纪进入了繁荣期，其后几百年间，书写文化达到了顶峰。书写和书籍是人类进步的重要因素。图书馆藏书的质量和规模更是评价一个国家文明程度的重要依据。除了公共藏书之外，这一时期出现了很多私人藏书，亚里士多德的图书馆就是古希腊最著名的图书馆之一。

他的学生和同行都可以入馆阅读。这个图书馆的命运也具有传奇色彩。据说，馆藏的图书多年后被亚历山大人或罗马人带走了，也有人说流传到了君士坦丁堡。

战争给古代各大图书馆带来了不幸。书籍和知识不仅吸引知识分子，同时也吸引着野蛮人。比如后来著名的亚历山大图书馆，几经战乱和火灾，损失惨重。但是，它的威名至今不衰，我们一直都在想象着那个遥远的智慧圣殿，一如博尔赫斯所言——天堂就该是图书馆的模样。那是对古希腊文明的致敬之辞。

凯尼斯的《古希腊罗马的图书与读者》一书，从古典文献学的角度，考证了那一时期从贵族到普罗大众对普及阅读、传播知识的巨大兴趣。希腊文明得以流传至今，与当时日益平民化的阅读氛围有关。那时，阅读荷马史诗，以及各种哲学家、喜剧诗人作品的读者比比皆是，这种阅读不但通过书面文字，还通过手抄文本，更通过口头传播的方式散播开来。之后，随着基督教的扩张，异教文化受到排斥，这股人文主义的思潮才陡然衰落。但谁敢说，这种衰落不是一次默默潜伏呢？当文艺复兴的光芒开始照耀历史的天空，文明，哪怕是以迂回曲折的方式，也注定会大放异彩。

书之爱，吾之爱

众所周知，卡夫卡曾经要求他的朋友马克斯·布洛德在他死后烧掉所有的作品，而布洛德最终违背了这一诺言，我们由此才得以认识这一现代文学史上的天才。

无数后人曾揣测卡夫卡烧掉自己作品的心理，各种说法，千奇百怪。其中最让我信服的是这样一种：卡夫卡之所以要烧掉自己的作品是一种自我贬抑的心态作祟，作家口中自称“一文不值”，而内心期盼的是无上的荣耀和夸赞——“你身价非凡”。

也许卡夫卡早就体会到，人们读一本书的唯一原因就是它们尚未完成，这让他们有发挥想象的空间。只有这样的书才配有永恒不朽的声誉，一如亚历山大图书馆付之一炬的珍贵藏书，因为这种残缺，在人们的想象中，书才尽善尽美。

之所以提及卡夫卡的故事，是因为想到了我们的阅读史其实就是一部残缺的文学史，有数不尽的书遭受了各种摧残，再也寻觅不见。正因为如此，才催生了藏书家和书话系列的勃兴。

我想有这种经验的绝对不只我一人：我们喜欢阅读一本小说，但是同类型的小说读多了让人厌倦；我们喜欢阅读一本书话，但是同样类型的书话，我们阅读时却乐此不疲。同样都是重复阅读，其中差别甚大。仔细想来，我们之所以喜欢书话，最重要的一点是，看似相同的搜寻好书的经历，在不同的人手中有着不同的韵味和惊喜。用阿尔维托·曼古埃尔在《阅读史》中的原话说：“事实的真相是，特别的书籍会赋予特别的读者某些特性。拥有一本书所隐含的意义就是，这本书先前的阅读史——也就是，每一个新读者都受到他所想象的这本书曾在前人手中的情形的影响。”书话看似是重复一个搜寻好书的过程，但是每本书与每个人的相遇都是独一无二的，他们的阅读体验自然也是独一无二的。

我收集了很多书话系列，从内心而言可能是想搜集更多读书人的阅读和收藏的经验。浙江大学出版社旗下的北京启真馆策划出版了新的书话系列，命名为“书之爱”，此名可谓深得我心。该系列最先出版的有美国藏书家爱德华·纽顿的《藏书之爱》系列三本，以及荷兰历史学家皮纳的《古典时期的图书世界》。

纽顿的《藏书之爱》原来由重庆出版社出过合订本，我们并不陌生。书中介绍时说“少年纽顿于中辍学业后自商贩学徒起家，酷爱文学之余困知勉行”，又说他“平生最爱兰姆、狄更斯、布莱克、特罗洛普、哈代等英国大家，亦心仪约翰生博士、鲍斯威尔当代英伦文艺气氛”。纽顿是个约翰生迷，搜集各种版本的《约翰生传》，“硬纸简装、书口未裁的首版最受我钟爱，特别郑重收藏；同样是首版但附配插图的本子用来陈列；至于伯克贝克·希尔编辑的本子和我三十年前头一回读的廉价伯恩版，则专供翻查之用，因为我对那个本子可说是了如指掌”。当年，就是因为对这段话印象深刻，我才特意找来鲍斯威尔的《约翰生传》来读。书的记忆因此得以延伸。

博尔赫斯写过一首诗《一本书》，诗中最后一段说："静寂的书架上，那静默的怒吼 / 沉睡在群书中的一册之内 / 它沉睡着，有所期待。"它期待什么？当然是有读者上前，翻开和阅读。书与其他工具的不同就在这里。人类制造的工具只是人手的延伸，只有书才是想象与记忆的扩大。书籍也许是我们借以了解过去的唯一凭借。所以一本书自然有所期待，期待后人去苦苦寻觅，在众里寻它千百度中，蓦然回首，灯火阑珊处发现它的存在，从而把历史与现代衔接了起来。

皮纳在《古典时期的图书世界》一书中就特意提到这种图书历史的困境：古代作家均不曾有完整的记录传诸后世，仅有只言片语，零星散落四方，通过口耳相承，得存片余，"如此一来，我们仅得一副拼图，由五花八门的残片连缀而成，却难言完整，不仅轮廓与细节无从判定，残片间的空白也让人头疼"。

古人都不相信书本，觉得书籍这玩意保存起来太过脆弱，而且一旦书写下来，思想顿时成形，无法继续传播。他们更乐意通过言传身教，口耳相传，在思想的传递中，也丰富了自身。所谓述而不作，是中西方哲人共同的选择方式。

但是对我们现如今的人来说，仿佛只有搜集更多的藏书才能保存历史的记忆。我们恐惧的反而是电子时代的到来，思想记忆的传播和储存的手段变得更为脆弱。很简单的一个道理，一个 500G 电脑硬盘可以保存一个图书馆的电子藏书，这是它无与伦比的优势，但是如果一个传播的小病毒，一次硬盘的破损都可能导致一个图书馆的书丧失掉，这样的损失我们担负不起的。我宁愿选择收藏实体书，通过一本本地搜集、收藏、记录、编写、整理，在不停的排列组合中，书写着自己图书的阅读史。

埃科的名著《玫瑰之名》是一本书的寓言，即是说，透过书的历史，我们可以重建文明的历史。书中自有教义，书不仅是容器，储藏所，更是“伟大的拐角”，从这个拐角出发，我们可以观察一切，讲述一切，乃至决定一切。书是起点和终点。书是世界的戏剧，乃至世界的终结。我们通过收藏书收藏了记忆和历史，也复活了我们与过去的联系。

每一本书话中，我们都能清晰地探知到找寻书的历史。所谓“书之爱”，说白了其实是一种对自身记忆的追溯。我们的爱通过书这个媒介找寻到了过往生活的痕迹，这颇有点寻根问祖的味道。书话的写作，某种程度上，就是为了满足自我探寻的心愿。

纽顿在《藏书之乐》中提到一手创建“龚古尔奖”的法国作家埃德蒙·德·龚古尔，说他去世前处理自己的藏书，特意注明了：“切莫移交博物馆冷藏，任由无心过客懵昧观览，务必托付卖场标售落槌”，只有如此，“余长年逐一搜罗各物过程所得之种种乐趣滋味、品味雅兴，方可再度一一施与同好中人矣”。琢磨这些话很有意思，藏书的过程最快乐的部分不是你占有了某本书，而是孜孜以求、苦苦寻觅的过程。如果你不能体会这个过程的酸甜苦辣咸，当然也就没有什么心得体会，更不会在意这本书对其重要性。捐给图书馆的藏书大都湮没无闻了，因为再也没有重新发现的快乐可以描述。只有通过不断的流通，我们方能察觉一本书在经不同人之手后留有的一丝微妙的痕迹。比如说，我们知道曾经有谁收藏了这本书，为什么他又卖掉这本书，这本书在流通中发生了什么故事。这才是活生生的书话啊！

你拥有一本真正的藏书，这是你长期努力建构的杰作，这份藏书显示了你的天性，就如同你为人的性格，为文的风格，是你独特的“灵韵”。如果你的藏书某一天被整齐划一地捐给图书馆，进入那个毫无生命气息的书架行列，这份藏书再也与你无关，它的生命只能在被动等待人翻阅的时候，才可能有些许苟延残喘的气息。但是如果重新进入流通市场，一本本书仿佛入水的鱼儿，在畅游海底的世界中，不知道会发生什么神奇的故事等待我们书写。

我为什么喜欢书话呢？想来想去，也许是因为书话带给我们一种幻想，读书人不孤独的幻想。在搜寻一本本图书的过程中，我们发现了共同的快乐和神奇，我们也深知这样的探寻无穷无尽。这也许是无底洞的深渊，也许是梦幻的天堂，但是如果我们能从中找寻到读书人共同的快乐，知道吾道不孤，这也就足够了吧！

加斯东·伽利玛的出版帝国

加斯东·伽利玛，这是一个既熟悉又有些陌生的名字。熟悉，那是因为如果你关注法国文学，如果你读过普鲁斯特、纪德、萨特、加缪，如果你稍微了解二十世纪法国历史上那些著名的思想论争，你总会在一扫而过的字里行间看到这个人的名字；陌生，也许，你在阅读那些法国名著的时候，你在对图书封面上那个大名鼎鼎的作家的名字顶礼膜拜的时候，从没有注意过在封面的下方，很不引人注意的地方，也会有一个人的名字出现。

加斯东·伽利玛，他通常不是我们读过的那些法国文学名著的主角，但假使没有他的存在，也许我们永远看不到那些书的出版。加斯东·伽利玛，以一种缺席的方式存在着，在那些出版的图书中间。

论及二十世纪法国文学史，加斯东·伽利玛是个绕不开的名字。某种程度上，他是法国文学的同义词，他的身影无处不在，他的一生无愧于他一手铸就的出版帝国。

《加斯东·伽利玛：半个世纪的法国出版史》，这本书也许是加斯东出版了数不清的图书之后第一次担当主角的书。你听着是不是觉得有些寒酸了？好吧，先不要急着下定论，让我们从头慢慢道来。

那还是1908年的时候，法国这样总是孕育文学和浪漫的国度，盛产了许多才华横溢的文艺青年。他们作风前卫，爱好文学，而且总觉得与前辈作家们格格不入，所以有时候只有操办自己的杂志，才能发表自我的主张。那一年年底，就有这样“六个寻找刊物的人”，寻找到一些评论家的支持，开始创办自己的刊物，他们给未来的杂志起了名字叫“新法兰西杂志”。

别小看这个不起眼的文学杂志，他们的组织中的灵魂人物可是安德烈·纪德。也许我们该庆幸，当年法国有那么多的文学小团体，各种小杂志。这些杂志大多是办过几期之后无疾而终，再无下文。《新法兰西杂志》虽然也是历经波折，但总算在纪德的精神感召下，得到了许多名人的支持，坚持了下来。

1910年的时候，杂志虽没盈利，但已经赢得了很高的声望，刊物质量和厚度也都有所提高，杂志的几位创办人，又开始动起了心思。他们打算创办一家出版社延续杂志的成功，他们需要一个合适的管理者。

按照当时的想法，这个所谓的“合适的管理者”，“他必须……足够有钱，能给杂志的财务添砖加瓦；足够无私，能不计较短期利益；足够谨慎，能把此事办好；足够爱好文学，能质量第一回报第二；足够能干，能树立自己的威信；足够听话，能执行创始人其实是纪德的指示”。就这样，年纪轻轻的花花公子加斯东·伽利玛进入了他们的视线，“尽管他才二十五岁，也没有文化方面的专长，但他有一种嗅觉，能正确地判断作品的质量，直奔最好的东西，不是理性方面的原因，而是由于喜欢”。于是，加斯东成了他们的出版商。

怎么才算一个合格而优秀的出版商？或者干脆这样问，加斯东·伽利玛是怎样炼成的？从一个整日无所事事的花花公子，成为一个优秀的出版商，这其中的转变岂是如此简单？

别忘了，最初的时候，创始人对出版人的要求是“听话”和“执行”指示就可以了。伽利玛不是傀儡，他把出版当成了自己的事业，毅然放弃了安逸的生活，向前辈们学习，主动去跟作者们沟通和交流。他身体力行，尤其是在出版普鲁斯特的《追忆似水年华》的事件上，他变得日渐成熟。

也许我们现在很难想象，《追忆似水年华》的出版也是一波三折，几经退稿。当时，在伽利玛出版社遭到了纪德的草率拒绝后，普鲁斯特自费与另一个出版商贝纳尔·格拉塞合作出版了这本书的第一部。结果已无悬念可言，出版后的小说受到的好评让纪德和伽利玛后悔不已。伽利玛想要弥补纪德犯下的错误，把普鲁斯特和《追忆似水年华》争取过来。正如皮埃尔·阿苏里在《加斯东·伽利玛》中所言：“普鲁斯特事件是加斯东·伽利玛从同行那儿挖作者方面的第一次真正的尝试，换句话说，这也可以说是一种潜在的竞争。他在一个十分棘手的领域初试身手。”也许，不仅仅如此，这次事件给了伽利玛更多的启示，让他意识到他要拥有出版社的权力，要有独立的发言权；而且更重要的是，不能把个人的意志任意凌驾于出版社和作者的利益之上。

1919 年，纪德和伽利玛的权力之争终于得到了裁决，伽利玛开始真正领导出版社，纪德更多隐居了幕后，成为了《新法兰西杂志》和伽利玛出版社的精神代言人。也正是在这之后，伽利玛出版社开始有了一个很独特的部门：审读委员会。这是个掌握着图书出版生杀大权的神秘部门。

别忘了，当初是纪德一人就毙了普鲁斯特的稿子，这样一个人的决定太过于主观和草率了。正是普鲁斯特的那次事件让伽利玛意识到审读书稿的严重性，他挑选的审读员无一例外都懂得阅读、研究、分析、解释、批评一部稿子。只有经过审读委员会的一致意见后，他才会考虑是否要出版这本书。

这样谨慎而负责的做法无疑保证了图书的质量，但是从另外一个角度来说，这种审读会占用很多时间，有时候会缺乏灵活性，从而错失很多作者和作品：普鲁斯特、塞利纳、莫利亚克、让·科克多、马尔罗、蒙泰郎……当然，还有当年名不见经传的萨特，也是经过两次退稿之后才被接纳。与这些伟大的作家擦身而过，注定是伽利玛的遗憾，但是这种遗憾却是以另外一种方式获得了弥补：自伽利玛出版社创办至伽利玛 1975 年去世，他麾下的图书作者有六次得过诺贝尔文学奖、二十七次龚古尔奖、十八次法兰西学院小说大奖、十二次联合奖、七次美第奇奖、十次雷诺多奖、十七次费米娜奖……

二十世纪上半叶，本来就是多事之秋，且不论那些数不清的小打小闹，单是两次世界大战已经让人民苦不堪言。伽利玛生平对战争深恶痛绝，他总觉得英雄主义是最虚伪的东西，他宁愿当一个活着的懦夫。为了逃避兵役，他什么都试过，装疯卖傻，装死，自贬为懦夫。他只承认自己是一个出版商，是一个爱好文学的商人，所以两次世界大战的经历无论对他的事业还是他本身都影响甚重。

尤其值得一提的是“二战”期间，法国沦陷时期，如何出正常版就成为了一个大问题。如果出版商不迎合德国人的主张，他们就会受到强迫。而德国人在审查图书方面显得十分灵活，他们从不自己动手审查图书，而是让法国出版商根据“欧洲新国家社会主义的原则”自己来审查，而自我审查的好处就是可以获得配额发放的纸张。

在这方面，伽利玛的老对手，格拉塞表现得比较直接，他选取了直接向德国人示好的方式：“待在自由区的法国人应该明白，占领者尊重所有值得尊重的东西。在巴黎做个完全的法国人，体面地从事自己的职业是得到允许的。”

伽利玛明白，如果想得到纸张，必须去找德国人，听从他们的要求，服从他们的愿望，甚至与他们合作，但是合作也有不同的方式，他采取的是阳奉阴违的那一种。他甚至向纪德解释必须把出版看作“是一种抵抗行为，而不是合作的表现”。

伽利玛在战争期间出版了一些从德国翻译过来的符合占领者意愿的作品，比如歌德的作品。他还是经常使用模糊的语言：为了避免书刊审查，他需要经常出入占领者的地方，参加聚会和宴会，与许多德国人示好；另一方面，他也允许出版社提供场地给地下抵抗组织开非法会议：“加斯东这个幻想主义者在办公室里牵着无数看得见或看不见的线，一边让对抗的双方能以文学的名义和平共处。”

这种模糊的态度在战后终于起到了作用。在战后清算运动中，许多作家都曾为他辩护，尤其是在战后威望很高的萨特和加缪。其中萨特的证词中有这样的句子：“我以个人的名义担保，我对加斯东·伽利玛充满了敬意，他对我来说是一个朋友……所以我认为，责备伽利玛出版社，也就是责备阿拉贡、保朗、加缪、瓦莱里和我本人，总之，是责备所有参加抵抗的知识分子和所有由他出书的人。”谴责加斯东·伽利玛就是谴责抵抗主义的精英作家，听了这样的忠告，谁还会去清算这家出版社？但是他的老对手格拉塞就没有这么幸运，几经审判和诉讼，元气大伤，几乎一蹶不振。

从这种不同的对比中能看出一个出版商的品质，当然了这种品质无关道德，关乎的只是一种对出版事业的忠贞。也许，该对本书表示一下敬意的时候了：这不是一本写给出版业人士的专业图书；事实上，对法国文学稍有兴趣的人都可阅读此书，书中不但书写了很多作家的八卦逸闻，同样涉猎了很多文学名著的伟大错失和相遇，更用翔实可信的资料揭秘了这个对法国文学乃至世界文学都影响甚重的加斯东·伽利玛的出版帝国的经验之路。当然，伽利玛的经验有很多，我唯独记下了这一条：在这个行业干了四十年之后，我只能告诉你一件事情，就是我们永远也无法预知一本书的命运……

菜鸟驾鸯
淘书记

美国藏书家爱德华·纽顿曾经感叹藏书界的风气每况愈下，许多珍贵的书籍已经无人问津。他觉得，这是因为当今扮演中坚角色的收藏家比起以往时代的那些人有很大差异——昔日的藏书家未必接受过多么丰富的正规教育，但是他们所具备的素养，比起现在拥有高等学历的人更有过之而无不及。

也难怪他会如此慨叹，他提及这些话的时候是二十世纪二三十年代吧，差不多一百年了，我们仍会深深认同他的论断。我们中的许多人终日卖力地工作，唯求更安逸地享受物质生活，书籍不过是我们日常娱乐消遣的调味剂而已。要是真有一些喜好阅读之辈已是难能可贵，更不用奢望他们会以此为志业，作为毕生的追求，更不要说成为一个藏书家。

纽顿曾言，他最不喜欢那些自诩喜欢阅读却又对书籍版本毫无所知，还兀自沾沾自喜的人。我想在这里对遥远的纽顿先生作一声无力虚荣的强辩：不要苛求我们这些喜欢阅读的人了，阅读是一种嗜好，藏书是一种境界，两者之间差别甚大，不能一概而论。

《旧书与珍本》的作者是两位成功的小说家，劳伦斯·戈德斯通和南希·戈德斯通夫妇。但是对于藏书这行当，身为作家的他们也还是门外汉，所以也不免遇到一些类似的尴尬事。比如去提特勒斯古旧书店那一次，跟店主聊天自我介绍时，说起夫妇两人都是作家，“接下来是一阵尴尬的沉默”，店主根本没听过他们的名字，劳伦斯只好宽慰自己和妻子“以前也遇到过这样的事情”。

要知道，在古旧书店，当代作家基本是无人问津的，他们关心的是已经成为历史一部分的作家。再说，对于藏书而言，他们确实是业余玩家，对于书籍版本的知识几乎一无所知。对于作家来说，买来的书是用来阅读的，他只关心书籍中文字蕴含的知识和意义；对于藏书家来说，买来的书用来收藏的，他关心的是书籍本身的知识，书中的内容不能说没有意义，只能说文字的意义暂时被悬置了起来，反而书籍本身的来源和流传中的历史成为这本书存在的最大价值。

戈德斯通夫妇曾花了五元淘到了一本约翰·斯坦贝克的《月落》，那次在提特勒斯书店看到了同样一本《月落》卖到了150元，他们第一次意识到同样的书的不同之处，差距在哪里呢？——“第一版出版样张。”他们带着疑问咨询了古旧书店的“专业人士”：“出版样张？它也是第一版的一部分，就是在印刷过程中发现错误之前已经印出来的那部分。”换句话说，藏书家不但收藏第一版的古旧图书，还会极力搜索那些第一版中有着极为罕见的错误、后世之中再也找不到同样一本书的古本和珍本。彼时的戈德斯通夫妇研究了大量“藏书入门”或者“藏书指南”之类的书后来了一句感叹：“要想买本书还真是不容易！”

我没有见过真正的藏书家，至少没有见过像爱德华·纽顿那样的藏书家。他拥有那种堪比学者的广博品味与学识，并自认为就连文学教授们也不如他这样的藏书家兼容并蓄："他们或许各有擅长，但若要论及对于英文文学的热情，我敢说，绝对找不出哪位文学教授能比我强。我的知识虽然支离破碎、七零八散，但是'情'能补拙。"纽顿有资本如此傲然于世。

但是，我认识的许多爱书的朋友，论及藏书，谈得最多的是册数、毛边本、签名本、禁书，如此等等。好像董桥在哪篇文章说过，如果你没有五千册以上的书，根本就不好意思说是藏书。呜呼，现在看来，就算有了几万册也不会厚着脸皮称自己藏书家，真正的藏书家不在乎多少书，而是在乎藏了多少原装本、献呈本、签赠本、关联本、硬板简装本、配补插图本、摇篮本、第一对开本……天哪，我头都大了，根本搞不清还有什么本，甚至根本不知道有些版本是什么意思。

《旧书与珍本》中的戈德斯通夫妇这对儿成功的小说家、业余的藏书家，四处搜寻旧书店查找一些感兴趣的图书，于是，我们跟随这对儿藏书界的菜鸟鸳鸯四处奔走。

说实话，这一趟下来，还真长了不少见识，了解了书背后的许多知识甚至八卦趣闻。比如，马尔克斯在美国出的第一版《百年孤独》，当时的马尔克斯在美国还默默无闻，第一版销量惨淡，出版商一气之下甚至把库存的书都销毁了。谁能预料到马尔克斯随后就获得诺贝尔奖呢?《百年孤独》的销量自然也水涨船高，那些被销毁之前发行的第一版成为了珍本和稀本收藏物。我们还从中看到赫尔曼·麦尔维尔的藏书，他在一本威廉·戴夫南特爵士的《作品集》上密密麻麻写满了笔记，这些就是以后创作《白鲸》的来源。戈德斯通夫妇看到这样的书，立刻意识到"这本破旧的书卷是无价之宝。自从我们进入收藏书的这个世界，这是我们遇到的第一本真正的、完全彻底的和不可替代的东西，像托马斯·杰斐逊的书信原稿一样，是美国历史的一部分”。

读到这里，我一边为他们高兴，一边还有些感叹，这就是我们这些菜鸟和藏书家真正的区别——见到一本十九世纪的作家留下的笔记原稿就已经激动万分了。

记得写《玫瑰的名字》的大作家艾柯在访谈中说，他有五万册藏书，其中有三十来本“印刷初期的珍本”。还记得这个概念吗？就是我刚刚在前面提到众多版本中的“摇篮本”：“所有在印刷术发明之日到 1500 年 12 月 31 日这一期间印刷的书都叫‘印刷初期珍本’。它们是印刷书籍史的‘摇篮’，包含所有十六世纪印刷的书籍。一般认为，古登堡的四十二本圣经（可惜没有任何年份说明，也就是古本最后几页都会有的相关信息）印刷年份为 1452-1455 年。”要是戈德斯通夫妇看到了古登堡圣经那样书，不知道会有什么样的表情。

晚上跟朋友聊起戈德斯通夫妇书店漫游记的趣事，朋友告诫我说，千万不要藏书，沉浸其中很容易上瘾不说，而且是一种无底洞的投资。说得我大窘，余生晚辈，读书已是不易，哪有学养资格和金钱资本奢谈“藏书”二字。与其说藏书，还不如说看别人的藏书记，书店漫游记，从别人的收藏中得到自己的快乐。至于说，我们为什么喜欢读别人的藏书记，我琢磨来琢磨去，觉得可能是因为无论藏书还是读书，从中收获的愉悦是相同的。就如同爱德华·纽顿琢磨买珍本书的理由，想来想去最好的理由只有一个：他觉得买了会比没买开心。心同此理，我读了就比没读更开心。

流动的盛宴，书店的传奇

很多人都是从海明威的《流动的盛宴》中知道西尔薇娅·毕奇和莎士比亚书店的。

海明威说的对，假如你有幸年轻时在巴黎生活过，此后一生都会记得那些美好而清贫的日子。我们跟随海明威在二十世纪二十年代生活过的足迹漫步在塞纳河畔，从穆勒瓦纳红衣主教路的住所出发，沿着布满书摊的塞纳河岸漫步，那里有一些著名的咖啡馆——利普、圆顶、罗桐多和精英，在这些咖啡馆中他总会遇到一些熟悉的人，然后他就会走到西尔薇娅·毕奇在剧院路 12 号开设的莎士比亚书店。

海明威在回忆中写到，在那些日子，他没有钱买书，就从莎士比亚书店借书看，“在一条刮着寒风的街上，这是个温暖而惬意的去处，冬天生着一只大火炉，桌子上和书架上都摆满了书，橱窗里摆的是新书，墙上挂着是已经去世的和当今健在的著名作家的照片。那些照片看起来全是快照，连那些去世的作家看上去也像还活着似的”。

毕奇在回忆录《莎士比亚书店》中对海明威的回忆不算多，但是有几点很有意思，其中一个是说海明威曾经自封是她书店的“最佳顾客”。“像我这样的小本经营的书店主人，最感谢的就是他这种顾客——不但常来光顾，而且还花钱买书”。

莎士比亚书店是1919年11月19日开张的，最初的店面并不是在剧院街，而是在杜皮特行街。海明威到达巴黎之前的那个夏天，毕奇才把书店搬迁到剧院街12号。莎士比亚书店与塞纳河畔的其他书店不同，它专门卖美国书，而且对外出租图书。西尔薇娅意识到，在巴黎，书籍出租的业务比卖书更容易推广。由于文化上的隔阂，法国人对英美当代作家的书籍缺乏了解，她正好有条件可以通过各种渠道订阅当代作家的书籍：莎士比亚书店此后成为了那些英美作家的聚集地，成为了他们的精神圣地。

毕奇的回忆录《莎士比亚书店》中写到最多的作家当然不是海明威，很多作家把莎士比亚书店当成了精神圣地，但是在毕奇看来，能够受得起这一声誉的只有乔伊斯。某种程度上，毕奇的回忆录是乔伊斯和《尤利西斯》的诞生记。

文学史上，一个书店的老板，而不是书商，出版一本名著的传奇颇为少见。毕奇是一位乔伊斯迷，他们在1920年相识后就经常在书店见面。乔伊斯的《尤利西斯》因为那些众所周知的淫秽尺度，在其他国家出版无望。毕奇伸出援手时，只是想帮助老朋友一把，并未意识到她接手后出版的这本书将成为文学史上的极具争议的一次出版事件。

当时的毕奇在卖书这一行也只是个学徒，书店也只是刚刚起步，而且是个借阅型的图书馆，她并未想过有朝一日会成为一本书的出版商。但是一旦接手《尤利西斯》后，她开始意识到了这其中蕴含的重大意义。

经过慎重地考虑，谨慎地抉择，她选择了一种相对稳妥的出版方式。她没有想过通过出版这样的一本奇书去盈利，只是想帮助自己的偶像和老朋友圆他有生之年的一个出版梦想，所以她采取了保守的预订出版方式。通过在朋友的圈子中间传播消息，世界上很多作家都预订了这本书。根据这些预订的数目控制印刷数量和成本。但是，尽管如此，这本书的出版过程仍然是一波三折。

乔伊斯是出了名的难缠，他的书稿不到最后一分钟绝不会定稿，很多文字在印刷前夕仍然在不断地修改。小说并没有按照预定的日期出版，直到 1922 年 2 月 2 日，乔伊斯生日那天。为了给乔伊斯一个惊喜，制作方提前印刷了两本：一本送给了乔伊斯，一本留在了莎士比亚书店展示。这本书出版后，更大的麻烦在于如何送给美国的预订者。也是多亏了海明威，通过他的朋友从加拿大走私进入美国：美国把《尤利西斯》列为禁书，直到 1933 年 12 月由法官约翰·伍尔希宣判这本伟大的作品并非淫秽小说后，次年一月兰登书屋出版了第一个美国版本。

关于西尔薇娅与乔伊斯之间的故事还有很多。因为《尤利西斯》的美国版，毕奇默认放弃了版权，很多人都认为乔伊斯有些忘恩负义，但是毕奇在回忆录中还是对她的偶像有着宽厚的理解，并未过多责怪。她最终只是一个经营书店的人，而非一个职业的出版商。毕奇对乔伊斯的热爱还体现在了，在“二战”期间，因为不想把最后一本《芬尼根的守灵夜》卖给德国军官，毕奇被关进了集中营半年，莎士比亚书店从此步入历史。

现如今，巴黎的塞纳河畔依然有着莎士比亚书店，不过店主已经换成了另外一个美国人乔治·惠特曼。我们能意识到这个书店身上有着一种不灭的精神蔓延着、传承着——不但是给历史，还是给当下那些苦苦坚守在贫困边缘的众多实体书店的店主们。

独立书店，
你的未来在哪里

去年，青岛的薛原兄说要编一本关于独立书店的书，邀我写写郑州的独立书店。犹豫再三，我还是未敢承接。现在回想起来，去年的那个时候，整个人都比较迷茫。在这个城市生活了将近六年，却没感觉到多少亲近，反而愈加疏离。

郑州这个城市跟之前我读书的那个商业之城比起来，文化底蕴算是深厚，但是这里的文化是陈旧的，还大多埋在地下，发掘出来的也只是搁置在博物馆，供人瞻仰和膜拜，生活中并没有多少文化的因子。这里的民风尚好，人大多老实厚道，人情也不冷漠，倒是适合生活居住，但是如果想要在文化上有所作为却难了。志同道合者少之又少，只有蜷缩在自己的精神世界里，与古希腊哲人神游。

或许是我太封闭，与郑州的文化圈隔膜太深，媒体圈也无甚交往，平时的知己者大多不读书，我只好隔三岔五自己去附近的书店闲逛，甘心做个本雅明笔下的都市漫游者。

刚到这个城市时，自己经常骑车在大街小巷寻找这个城市的独立书店，最早发现的就是三联书店。西太康路新华书店购书中心旁边原来有一家分店，我曾在那里买了一本新出版的北岛的《时间的玫瑰》，隔段时间再去，早已人去楼空。农业路上也有一家三联书店，之后搬迁到文化路农业路交叉口处的全国商厦的四楼，一楼到三楼都是苏宁电器。这也是我最常去的一家书店，每周都要去个两三次。翻书，看书，买书，是我过往生活的常态。但是一旦熟悉网络购书的流程后，三联书店我就很少再去，偶尔路过也只是短暂停留，闲逛一下而已，很少再购。再后来，看到媒体的报道，说就连这家已经支撑二十二年之久的书店也要公开转让了。一时默然。

郑州还有一家有名的书店是城市之光，远在大学路。刚到郑州时，我慕名已久，却一直未去。我印象中第一次去已经是我在这个城市生活了三两年后，因为一个同好读书的朋友路过郑州，非要让我陪他去看看这家书店。我们在郑州大学附近转了两圈，打听了很多郑大的学生，一个个竟然都以摇头示意，大都懵然不觉，让我大是惊讶。原本以为这么有名的一家书店，而且就设在郑大旁边，应该知者甚众，现在才知道万般皆上品，唯有读书低了。

我们在大学路桃源街转了很久，才发现这座郑州很有名的书香之店。但是那次去城市之光，并未留下多好的印象，也不记得买了什么书，印象最深的倒是一个个年龄不大的女服务员，态度盛气凌人，神情傲慢，爱答不理，也因此书店所有的书仿佛也都附在额间那不耐烦的表情里，让人心生不快。不过平心而论，城市之光对这个城市文化氛围的营造还是做出了很多贡献，外地的很多朋友经常向我打听它，知道郑州这个城市还有这么一家书店的存在，这就足够了。

不久，经媒体朋友介绍，我入住了本地的一家杂志社，开始恢复朝九晚五的正常时态生活。那时正赶上杂志社老总想要做一个郑州独立书店的专题，我们专门驱车去了趟洛阳参观“阅开心”书社。

“阅开心”书社在郑州有几家店，我最早去过一家，印象不深，店面太小不说，最主要的是书太少。也许是我太苛求了，按照我朋友的说法，如果书店都卖我喜欢的书，这家书店一定是以“七十码”的速度奔跑在死亡的大道上。

不管怎样，在洛阳的“阅开心”旗舰店，我发现这家书店已经不再是一家书店的模样：偌大的两千平方米的区域，售书区最多占据四分之一，其余划分为咖啡屋、私人书房、私人会客室、多功能演讲厅、茶叶和礼品销售区，如此等等。对一家书店而言，探索多元化的经营模式，拓展各种渠道去维持书店的生存，这些措施无疑值得鼓励和推广。但是观摩归来，我越发狐疑不定。如果这是一家书店，那么他们主打的是什么牌？书没有多少书，极力称赞的是一种细致入微的服务理念——微笑服务、及时服务、贴心服务；这样的理念对一个书店而言当然可以有效树立更多的自信，赢得许多读者的芳心，但我总觉得这里面有些东西不对劲。

回到郑州后，我特意对“阅开心”的几家店进行了观察，其中在经三路和农科路附近的江山商界公寓的五楼的“阅开心”分店给我印象最深。我很奇怪，一家书店开到如此隐秘的公寓内，依靠什么来支撑昂贵的租金。在这家分店内，我惊讶地发现，其实这已经不是一家书店，而完全成为了一间私人会所，供朋友喝茶、闲聊以及商务会谈之用。不大的店面，被分成不同风格的会客房，最多几百本的书籍只是一种装饰和点缀。换句话说，书店成了附庸风雅的装饰品，这里不卖书，只卖高雅和品位。

首先声明，我绝不是反对独立书店的多元化经营。这些日子，关于独立书店生存堪忧的消息层出不穷，之前北京的风入松停业整顿的消息还没凉，上海季风书园的分店又面临租约到期，租金上涨，无以为继的窘况。2008年的那些事还没走远，本以为危机早已过去，谁知道才刚刚到来。全国乃至全世界的独立书店都面临着生存的危机。电子图书时代到来，纸质书灭亡论、飞速发展的房产经济、行业本身的微薄盈利，这些都和独立书店的生存联系到了一起。现在，全国仅存的独立书店大多是依靠一种经营者对书籍纯粹的热爱和理想主义精神维持着。如何在这种危机中，开拓出新的经营模式，让更多的独立书店维持下去才是重中之重。但话是如此，我依然无法赞同某些书店用一种“杀鸡取卵”的方式自取灭亡。别人还没有逼迫你，你已经逼迫自己放弃。

我之所以觉得“阅开心”的这种模式不妥，不是因为它发展多元化经营——很多书店都早已是多元化经营，比如万圣书园也有咖啡屋之类——问题是，这种多元化的模式是为了支撑书店发展，还是缩减和压缩书店的生存空间？多元化经营后，书店已经不是书店，变成了各种商品的大卖场，那还不如去直接去开商场。

台湾的诚品书店之所以名闻天下，不是因为它的商圈文化。用房产和商业模式支撑文化发展，当然值得借鉴，但诚品书店的成功恰恰在于用商业“支持”书店发展，而不是“侵蚀”，更不是“替代”。在那里，书店的最亮丽的风景还是书，独立书店更为在意的是那些具有特色的小众的甚至是偏向学术的书籍。

这里不得不提万圣书园。印象最深的是我第一次去北京的万圣，刚走到二楼，层层叠叠、一眼望不到边的书架和书墙压迫得我有点喘不过气来。开玩笑地说，看着万圣书园的那些书，我甚至陷入了一种绝望，觉得自己读了这么多年书其实是白读了，原来还有这么多没有读过。这才是独立书店的风范，我知道万圣书园经营醒客咖啡，但是对我根本没有吸引力，因为书店的咖啡厅对我不重要，在那里只有书才是唯一和真正的王者。而在某些书店内，你发现的书越来越少，发现越来越多的却是与书无关的东西，这样的书店，不逛也罢。

用某官方人士的说法，独立书店一般是指那些在新华书店系统以外，以经营学术文化特色图书为主的民营书店。其实，新华书店也罢，独立书店也罢，都是一桩生意。但是唯一的不同在于：新华书店的生意盈亏由财大气粗的国营者负责，因为是纳税人的钱，他们根本不在乎盈亏；而独立书店的生意很多时候落在了一两个经营者身上，这些人一般都是因为爱书才开的书店，正如薛原兄所说："我就是想开一家书店。这是多少读书人的梦。但也是多少读书人不能承受之重的梦。"读书人开书店的目的已经超出了盈利的范畴，书店寄托了读书人太多的梦想和童话。但是我们也听到了太多的告诫：读书人是不能开书店的。

这真是一个悖论。但仔细琢磨又是至理名言。如果按照我的爱好开个书店，估计光顾者寥寥不说，还容易被人看作是白痴——你读的那些书谁看？小众，学术，艰涩，不懂，理论，大部头……所有与书的"非主流性"相关的词汇就会脱口而出。大众喜欢看什么书？养生、美食、美容、旅游、营销、青春……是我们与这个时代脱节了，还是时代根本不需要我们？但是，也许是我太悲观了，至少现如今还有这么多由爱书人创办的独立书店分散和坚守在全国各大城市的角落里——地铁通道里，繁华的商场里，喧闹的集市中，钢筋混凝土的高楼大厦间。去北京看万圣，去南京找先锋，去上海看季风，去杭州找枫林晚，去广州看学而优，去深圳的尚书吧，去台北逛诚品……

读书人开书店的梦想一直在延续。

书是生意

他是文学教授，他是布克奖评审，他是多部传记的作者，当然这些身份早已是过去式了，他现在是珍本书的书商，是《托尔金的袍子》一书的作者里克·杰寇斯基。看里克的这些履历会觉得很有意思，爱书有很多种方式，但是把书做成生意总觉得不是其中之一。书是书，生意是生意；爱书人最在意的方式是拥有它，生意人最在意的方式是利益最大化。而书商的工作仿佛是在说，不在乎天长地久，只在乎曾经拥有。

读过不少书话，印象深的不多，大多是泛泛之论，乏善可陈。现在回想起来，尽管爱书人的遭遇不同，收集的图书种类不同，但是那种喜上眉梢的感觉基本都是类似的。每次看到别人写得惊喜若狂，我自己反而觉得平淡。

好的书话看似容易，其实很难，不是说你找到了独一无二的珍本书就能写出好的经验，好的书话都在书外，与书本身往往关系不大。好的书话要求藏书家本身的素养和学识，对收藏图书的来龙去脉有专门的研究，更要求文字的语感和掌控能力。

里克的《托尔金的袍子》之所以令人眼前一亮，不是因为他是个珍本书的藏家和书商，而是因为他之前的多重身份，仿佛都是为了他那一年下定决心辞去大学教职，做个干干脆脆的生意人，一个全职的珍本书生意人，一个专攻二十世纪首版书与作家手稿买卖的生意人。

常言说，生意归生意。生意中要求没有感情，只有利益，但也许书商是个例外。如果对书的搜集与寻觅没有热情，你就找不到那些极其珍贵的图书，但是如果你对书本的感情太重，你就不会把它当作生意。这种矛盾的心态最终会影响你一念之间做出的选择，所以里克在书中一再告诫说："作为一名珍本书商，你承受不起多愁善感的代价，决不能和经手的书有太多感情纠葛，发生太过深刻的联系。"所以对一个珍本书商来说，经常会做出类似的蠢事，卖出去一本收藏的珍本图书，然后心甘情愿花原来几倍的价钱重新购置。

里克在《托尔金的袍子》一书中，第一篇就写到了这种经历，他从格雷厄姆·格林手中买到了纳博科夫签名赠与格林的奥林匹亚版的《洛丽塔》，花了四千英镑，第二天转手就卖了九千英镑，就此还后悔不已，"那本书在我手里太过薄命"。别着急，故事到此还没有结束，时隔多年后，他以一万三千英镑的价格又一次买到了这本书，并再次转手其他藏家。等到 2002 年这本书最终现身时，其售价早已飙升至两万六千四百美元。

在商言商的话，我们会觉得里克亏了，如果他是个耐住心的藏家，也许现在就能有更大的盈利。但换个角度想，也许这就是书商与藏书家的真正区别吧，有利可图即可，多次周转的频率所带来的附加价值胜过纯粹的金钱价值：收藏不是目的，买卖才是价值。

某种程度上说，里克的《托尔金的袍子》就是一部二十世纪大作家的作品八卦传播史。所谓八卦不是张爱玲的流言，不是毫无根据的臆测和编造，是正儿八经的文学传播史，八卦即文学。

里克在《托尔金的袍子》一书中写到众多的作家和作品，其中值得我敬重之处就在于，里克不但有一种学者的严谨，还有一种历史参与者的鲜活感。我总觉得，正是因为里克有着在大学教授文学的经验，所以才能对二十世纪大作家的各种经历和传闻去伪存真，加以甄别；也正是他有着写作多部作家传记的经验，让他对各种类型作家的历史以及作品来龙去脉的传播史如数家珍。这些都是那些半路出家的书商和藏书家无法具备的优势。

现在想起来，如果说一开始读他的介绍对他所说的“专攻二十世纪首版书与作家手稿买卖”只是稍加留意，那现在看这句普通的介绍也是颇有深意。因为他就是历史中人，接触到那些活生生的人物，甚至与他们之间有着数不清的纠葛甚至恩怨——一个好的作家不一定就是好人。里克可以跟格雷厄姆·格林成为朋友，为威廉·戈尔丁编订著作年表，与托尔金同住一栋楼，他也能被塞林和戈尔丁格告上法庭，被列入一项原本针对萨尔曼·拉什迪的追杀令名单……正如里克自己所言，一般来说，买书、卖书人的生活都是幸福和平静的，所有的历险都只局限在生意场上，相对缺乏刺激这一点则“由生活的安逸，跟书籍打交道时的惬意，以及与其他买书、卖书、藏书的同道们友好相伴所补偿”。而对我们这些读者来说，相对缺乏刺激则由阅读这本书的快感所补偿。

对里克而言，书是生意，但书又不仅仅是生意。每本珍本书的买卖过程就是一个故事的源头，一本书的买进卖出总会留下痕迹，总会在记忆中发酵成形。你能在这些文字中感受到一个写作者对文字纯粹的热爱。书商对书的爱很容易被遮蔽，我们只会把他当作纯粹的商人，只有在写作这些大作家与珍本书的故事时，他才是一个纯粹的爱书人。

我们甚至可以这样想，里克所有的工作都是为了最终写成这些独一无二的珍本书的故事。生意是过眼云烟，留下的只有文字，以及文字中散发出来的对一本本书的热情。

爱上图书馆

公元641年左右，阿拉伯军队征服了埃及，进入了亚历山大城。阿拉伯军队的军事首领安鲁此时遇到一个难题，不知该如何处置在亚历山大图书馆找到的大量纸莎手稿和书籍。对于军队来说，携带着这些无用的书籍只会增加负累，战士们需要的是利刃和强壮的身体，而不是精神和审美上的愉悦；况且，对于一介莽夫来说，阅读更可能是一件残忍的事情。因此，征询过上司的意见，安鲁接到了一种为后来人视作狂热、简单和粗暴的方式的回复：销毁它们。

根据阿勒颇主教阿布·法吉尔后来的记录，安鲁把大量的纸莎手稿送到亚历山大的众多浴室烧洗澡水。据一种现在不是很可靠的说法，焚烧这些手稿和书籍的大火整整持续了半年才烧完，之后的亚历山大图书馆成为了人类文明记忆中的一个巨大的废墟静默地矗立着。后来的伏尔泰称这次的焚烧事件是“人类知识和谬误的纪念碑”。

已有的资料显示，这并不是亚历山大图书馆第一次遭受焚烧。公元前47年，大名鼎鼎的凯撒大帝率领舰队攻破了亚历山大城，用狂怒之火狞笑着点燃了亚历山大图书馆。其后还有一次，发生在公元391年，时值罗马帝国分裂前的最后一位暴君狄奥多西统治时期。据说，阿拉伯军队之后的亚历山大图书馆基本已经名存实亡了，大火让这个闻名于世的图书馆遭受了灭顶之灾。现在透过时光的微尘看这段亚历山大图书馆的历史，似乎无法想象出那种熊熊火光之下众多物事化为灰尘的隐痛。当我们坐在窗明几净的图书馆内阅读这些古旧的史料的时候，那些远古的杀伐隐约在火光中，恍如隔世。

对于这段图书馆的灾难史，我真正的兴趣在于，为什么要一次次焚烧图书馆？图书馆在人类的历史和记忆中占据何种地位？图书馆会灭亡吗？我其实和《图书馆之恋》的作者法国作家让·马里·古勒莫的目的是一样的，想迫切地寻求这些疑问的答案。我们之间唯一不同的是，古勒莫是通过写下他自己一篇篇随笔给自己答疑解惑的；而我是通过阅读和思考，渴望能寻求到那个神性的解答。

萧伯纳曾经在一部喜剧中写到亚历山大图书馆遭受大火的威胁。其中有人惊呼说，人类的记忆将要焚毁，而恺撒说，让它烧掉吧，那是恶行的记忆。这当然是文学家言，不能作为史论。但是已有的资料显示，阿拉伯军队烧毁亚历山大图书馆是因为希腊人传播的思想与伊斯兰教的信仰相背："如果这些希腊人的著作与安拉的经典一致，它们就没有保存的必要了，因为现有的经典已经足够了；倘若它们不一致，则是有害的，应该被摧毁。总之，毁灭它们是合理的。"

因为与宗教信仰相冲突导致古代的图书馆一次次的陷入雄伟的火焰中，这似乎很正当。图书馆的存在不但是一种人类的记忆，而且还是人类反抗神灵的证明。图书馆的存在突破了时间的无限性和不可能性。原本无法储存的记忆以文字的形式记载传播。按照中古时代的说法，只有神才拥有永恒的记忆，才能散播自己的言语和恩典。但是图书馆的存在让神感到一种失控的恐慌。人类也可以有记忆，人与神之间的距离在缩短。为了重新夺回对人类的支配权，神指示其信徒，焚烧了图书馆，手稿，书籍以及记忆。

博尔赫斯有篇小说名为《巴别塔图书馆》。在小说中，图书馆就是宇宙的代名词。它虽然神秘，但是却并非不可理解。它收集齐全了所有的书籍，人类是这个秘密宝库的主人。任何人都能在这个图书馆中找到想要的答案。宇宙的一切未可知的都变成了可知的，而且很合理。宇宙突然有了无穷无尽的希望了。博尔赫斯在小说的结尾处说:“图书馆是无限的，周而复始的。假如一个永恒的旅人从任何方向传过来，几世纪后他将发现同样的书籍会以同样的无序进行重复（重复后便成了有序：宇宙秩序）。有了那么美妙的希望，我的孤寂得到了一些宽慰。”在博尔赫斯看来，有书籍，有图书馆的生活就是幸福的生活。

我们总能从图书馆千挑万选的书中找到自己的影子，也许那些文字来自千年之前的某人，也许来自未来的某个时间里。人类虽然不能让肉身永恒，但是那些存放在图书馆里的书籍，那些逐渐发黄的文字却默默地诉说着人类记忆和精神的生命力是何等的坚韧恒久。

在《图书馆之恋》中，古勒莫写到了他一生中遇到的让他印象深刻的图书馆。其实说是“图书馆之恋”，不如说是“阅读之恋”。去图书馆是为了阅读，而不是其他。而且，这种阅读行为的选择不是私人意义上的阅读，用古勒莫的话说，是一种“聚生性的阅读”。

去图书馆阅读首先是一种公共行为，“在常去的图书馆里，我们在他人的目光注视下阅读。阅读常常让我们置身于一种缺席的状态，一种精神上的别处，比周围的世界更加真实。阅读时我们忘记了投射在自己身上的或愉悦或不以为然的目光，也逐渐忘却了身体的束缚”。在公共图书馆里阅读虽然是一种公共行为，但是因为图书馆本身的避世性质，让图书馆的存在成为了人们精神的乌托邦。我们通过阅读获得集体的认同，通过阅读避免了内心的孤独，通过阅读让自我的情感得到提纯。其实，在公共图书馆里的阅读行为本质上是一种私人性质的公共建构事件。图书馆的存在使个体渴求交流，寻找客体得到了印证。古希腊哲人有言，吾爱无师，吾更爱真理。图书馆该是真理的储存室吧，看来我们更应该好好热爱图书馆。

其实，阅读古勒莫的《图书馆之恋》并非都是一些美好的感想。它总让我联想到当下。在我的记忆中，现代社会的图书馆已经是一个权力体制的一部分，一个社会威权的象征，尤其是各种大学中的图书馆，是一个学校师资雄厚的见证。这种意义上的图书馆不是为了让你更舒服地阅读，而是为了向你炫耀积累的资本。而且更要命的是，想到这些总让我想到一句关于图书馆日益声名狼藉的名言：图书馆是滋生廉价爱情的场所。我已经记不清这是从图书馆的哪本书上看到的话，总之是印象深刻。也许这句话才真的道出了现今许多高校中图书馆天天人满为患的原因吧。

出版人：在文化人与生意人之间

2011年，网上有一篇名为《我为什么离开磨铁？》的文章流传甚广。文章描述了民营图书公司的一位执行总裁，从他进入磨铁图书开始，如何大张旗鼓地进行改革，引入现代企业管理制度，把磨铁从一家“作坊”成功转型为一家“企业”的励志故事。那篇文章引起很大的争议的部分在于，这位志得意满的职业经理人，把图书出版变成了一桩赤裸裸的生意。

书是一种特殊的商品，主要表现在，图书出版确是一桩生意，但是，做书又不仅仅是做生意。我们消费图书与其他商品最大的一个区别在于，书的文化附加值是其他一次性消费商品无可比拟的。如果撇开这种书的精神性指向，撇开一本书所隐含的文化意蕴，只将它看作是一种商品，那么这本书就算再畅销，也没有任何意义。

从这个方面来说，这位职业经理人就算卖出了几个亿的销售额，也不是一个合格的出版人，充其量是一个成功的市场销售员而已。图书出版人的特殊性在于，你首先是一个文化人，然后才能是一个生意人。只有在这两者之间求得一种微妙的平衡，才能在这个千变万化、日益萎缩的图书市场中生存下去。

用这个标准来衡量中国大多数出版人都不太合格。要么是过于看重文化的附加值，对市场化的道路不屑一顾，要么就是像上面提到的这位职业经理人一样，把图书看作了一单单生意，只顾着炮制各种粗制滥造的畅销书。

近几年，随着民营书业的崛起，进入图书出版业的门槛降低了很多。这一方面打破了传统老牌出版社的垄断性；另一方面也因为民营出版业接纳了很多年轻人，多少有些急功近利，某种程度上助长了出版业进一步的混乱。

俞晓群在《那一张旧书单》中提到了很多值得敬重和学习的传统与现代的出版人，比如张元济、王云五、沈昌文、陈昕、林道群，当然还包括俞晓群自己。他们之所以能够在这个愈加"高危"的行业中坚守下来，很大程度上源于他们对图书出版业的痴迷。因为这种偏爱，他们才更乐意接受和认同时代的变革，认清形势，努力在这个纸质书没落的时代里，延续一脉书香。

俞晓群在《大师的纠结》中写到出版史上著名的张元济："论出身：清末进士；论资历："百日维新"中的核心人物；论开拓性：创立商务印书馆百年伟业；论学识：版本学研究的第一人；论志向：昌明教育，扶正天下；论文化交流：引介西学，开辟新域……"不要说对比同时代，就是放眼近代到现在也无人能比。这大概是每个有志于图书事业的出版人高山仰止的人物。

同时代人里，俞晓群写到了沈昌文，这是俞晓群的出版笔记里出现得最多的一个人物。这是个好玩的老头，也是个门清似的人物。扬之水在《〈读书〉十年》里写到了这位执掌三联书店和《读书》杂志很多年的灵魂人物的很多趣事。在从三联书店退休后，他也没有闲着。俞晓群当时担任辽宁教育出版社社长，邀请他合作编书。两人一拍即合，一来一往竟然合作了二十多年，至今还常见他的新著结集出版，精力旺盛暂且不说，对出版事业的这份痴迷可见一斑。

俞晓群在《身段最低的出版家》中总结沈公成就：自学日、俄等多种语言，翻译出版多种著作；做出版做到三联书店总经理，《读书》杂志主编；组织出版过《宽容》《第三次浪潮》《情爱论》等畅销学术书籍；策划《万象》杂志、“书趣文丛”、“新世纪万有文库”；最早引进金庸、蔡志忠、几米等作品。现如今，沈昌文仍然活跃在文化圈。2009年俞晓群进京担任海豚出版社社长，沈昌文又参与策划“海豚书馆”。当年红极一时的“董桥热”也是得力于沈昌文的大力举荐。

沈昌文偏爱董桥，在担任《读书》主编时，推荐发表过《你一定要读董桥》（柳苏），出版过《这一代的事》和《乡愁的理念》。俞晓群回忆说，董桥的文章妙文连连，但言语不合时宜之处更多，沈先生爱之深切，亲自动手“修修掩掩，只求平安上市”。出版人都会有过这种审查与删改的窘境。这种妥协并不值得炫耀，但是无奈之中，只好自嘲自乐，就像俞晓群评价沈昌文的做法，说这是一种“删改的艺术”。

沈昌文担任三联书店总经理期间，许多名噪一时的著作都是经由他手才出版的。这些书能够在不同的历史时期“正常出版”，要感谢沈先生的“曲线出书”。有人问他诀窍何在，他说了四个字“跪着造反”。具体而言就是，要考虑时局，不能大刀阔斧，不能滋惹是非，不能图一时之快，失去话语权。

俞晓群在《删改的艺术》中还提到沈先生修改的一个有趣例子。沈先生在修改《人有病，天知否》和《花忆前身》时写道："我希望作点修改，提出这意见，实在是因为很喜欢这两文，怕全文被枪毙。可否删去副题：'回忆张爱玲与胡兰成'。我喜欢胡兰成，但怕犯忌讳，在题中不去张扬其人。一旦有人告状，我们就说自己实在水平低，不知胡兰成其人，以后一定要加强学习，努力提高水平云云。(顺便说说，我一直认为，文人不必'有行'。'文人无行'才好看。且'无行'的文人必有歪才，甚至奇才，把这些人的'才'和'行'都写出来，文章才好看。)"

第四辑

书之典

博尔赫斯的格言

诗人庞德有句名言，陈述的基本准确性是写作的唯一道德。这句话被美国作家雷蒙德·卡佛奉为了至理名言。卡佛是以写短篇小说和诗歌而著称的作家，是著名的简约派小说的代表人物。他最为评论家津津乐道的就是在他的小说中发展了一种所谓“极简主义”的文体写作，就是对自己的文字吝啬之极，削减到了瘦骨嶙峋的地步，几乎剔掉文字中所有的修辞和不必要的东西，成就了小说中的简洁美学。美国文学一直以此传统为傲，但是其实就在卡佛之前，已经有作家涉及到了简洁美学的写作，这就是享誉世界的阿根廷作家博尔赫斯。

博尔赫斯于1899年出生于阿根廷的首都布宜诺斯艾利斯城中的一个古老的家族。也许是上天恩赐专为驾驭语言和写作而制造出的一块特殊材料，博尔赫斯早在童年时期就已经先于自己的母语学会了英语，而后的人生岁月中，他又学会了法语和德语，这种得天独厚的禀赋让他从小对文学，尤其英美的文学具有浓厚的兴趣。

博尔赫斯利用语言的优势穿越于不同的文学传统之间，阅书无数，渊博的知识令人惊叹。他无疑是一位百科全书式的作家，还有人称他为图书馆式的作家，博闻强识，俯拾皆书。但正是这种海纳百川的强势，反而让他的写作走到了反面：他的一生中最为钟情的是短篇小说和诗歌。另外不得不提及到的是，博尔赫斯中年之后逐渐双目失明，这样的生理缺陷同样影响到了他的写作：口述方式的写作需要的正是“陈述的基本准确性”。所以毫无疑问，博尔赫斯是一位钟情于简洁美学的作家。

是意大利的著名作家卡尔维诺首先发现了博尔赫斯写作中存在着一种简洁美学。卡尔维诺声称他在阅读博尔赫斯的时候，发现了某种简洁写作的诗学，比冗赘优越，比精炼更精炼。

的确，读博尔赫斯的时候，你很难发现他有写得很长的文字，基本都是很少的字数和篇幅，但是读下来却往往让人回味良久，咀嚼再三。他最擅长把极其丰富的意念和诗歌魅力浓缩在通常只有几页长的篇幅里，用一种密不透风、玲珑剔透、不事雕琢和开放自由的句子传达出来，并且不让人感到拥挤。

博尔赫斯在遣词造句上花费了很多的功夫，能尽量用很经济的语言词汇来说明问题。所以在他的笔下，看似很普通的一个句子或者一个很普通的词汇都能承受很大的重量，对此我有一个很有趣的说法就是“文字的重量”。

这么说吧，一段文字中，本来可以用一句话就可以简要阐明问题的，我们平时写作的时候总是担心表述不清，所以就会用多出一倍或两倍的字数来说明。换句话说，本来可以一句话承受的重量变成了一段文字承受的重量。这样被分担开来的文字读起来拖沓不说，而且缺乏铿锵的力度和简明的风格。而读博尔赫斯的文字的时候，他的文字让你感觉到集中的力量、简洁的速度，能让你感觉到他用的一个词汇是承受了一个段落才能分担的重量。这样有重量级的文字读起来当然分外劲道，而且清晰有力。

比如，由王永年先生所译的《诗人》一文中博尔赫斯写到他双目失明之时的那种绝望之情，文中就有“他心想，我再也看不到充满神话般恐惧的天空，也看不到自己将被岁月催老的脸庞”这样精美的句子，让人顿觉惊艳。尤其那句“神话般恐惧的天空”的意象让人难忘，颇有陌生化的新鲜美感。再比如，他在谈论但丁的《神曲》的时候说：“当我们阅读或者读完他的作品之后，就会感到，他写出了自己的想象。要命的是，我们总觉得但丁死过一次，到过倒立的地狱之山或炼狱的小径或天堂的中心，还和影子说过话。”通过一段话，但丁的伟大意义不言而喻了。这就是说，在用一种简洁的方式写作的时候，一种方式是用新鲜的词汇和搭配，从而可以具备“陌生化”的效果美，另外一种就是用最简单普通的语言准确地描述事物即可。

博尔赫斯的简洁美学还有其他的体现。比如我们平时都称博尔赫斯为“作家中的作家”，这不仅仅是一个简单的渊博知识的代名词，还指博尔赫斯总是在他的书中不断提到他曾经阅读过的作家——无论是知名的，还是不知名的，或许应该说大多是我们不知道的作家。他最擅长用“说”的形式概括那些作家。我们一直以引用博尔赫斯的话为荣，用一种“博尔赫斯说”的形式，但是实际上，通过博尔赫斯说，我们了解到了他所接触过的几乎所有文学。某种意义上来说，博尔赫斯就是一个宇宙中浩瀚无极的图书馆，尽管他实际上只是一个普通的图书管理员。

从 1937 年，博尔赫斯成为了布宜诺斯艾利斯市图书馆的一个微不足道的图书管理员开始，他终生都从事图书馆工作，历任城市内几个公共图书馆的馆员。1955 年，当他开始失明时，他被任命为国立图书馆的馆长。在他后来的自传，中他说："上帝赐给我八十万书，同时也使我失去光明，这真是妙不可言的嘲弄。"但就是与书籍结下不解之缘的时候，他的广泛涉猎的读书生活也让他的写作变得妙不可言起来。

博尔赫斯一生评论过浩如烟海的书籍，用简介和书评的方式，这些是他简洁美学的代表之作，也就是他后来结集出版的《私人藏书》。他曾说，让别人去夸耀写出的书好了，我则要为我读过的书而自诩。他说他不知道自己是不是一个好的作家，但是他会是一个好的读者，是一个"敏感而心怀感激的读者"。

对于这些评论过的书籍，卡尔维诺声称从中发现了博尔赫斯为了写得简洁短小，发明了一项决定性的东西，就是"假装他想写的那本书已经写成了，由某个人写成了，这个人是一位被发明的无名作者，一位来自另一种语言、另一种文化的作者；接着，他描述、概括或评论那本假想中的书"。"他的每一个文本，都通过援引来自某个想象或真实的图书馆的书籍，而加倍扩大或多倍扩大其空间。这些被援引的书籍，要么是古典的，要么是不为人知的，要么根本就是杜撰的"。

每次读到这段话的时候，我甚至怀疑这是不是卡尔维诺自己杜撰的博尔赫斯的传奇部分，尤其那句"描述、概括或评论那本假想中的书"，让我意识到博尔赫斯让文学的本质有了一个飞跃，把想象的空间提升到了另外一个层次。毫无疑问，博尔赫斯是个简洁的大师。我觉得，集中表现这种简洁诗学的作品都集中在了以《私人藏书》为代表的各种书籍的序言写作或者关于书的简评中间。

比如在《私人藏书》中，博尔赫斯写到了伏尔泰“是巴黎一个普通公证人的儿子，曾受耶稣会的监护，演过戏，博览群书，粗通法律，信奉自然神论，得到过许多女人的爱情，写过危险的谤书，蹲过监狱，并被逐出法国，编过悲剧，不断得到并失去‘麦塞纳斯’们的庇护，不知疲倦地挥舞论证之剑，走过鸿运，取得过显赫名声，最后戴上荣耀的光环”。这是一种风格的简洁，一气呵成的短小精悍句子书写下伏尔泰的一生。其余的可以粗略归为另外一种风格的简洁。比如：博尔赫斯评价卡夫卡的小说，“他用清澈的风格来写污浊的梦魇”；评价陀思妥耶夫斯基，“读陀思妥耶夫斯基的一本书就像走进一座从未到过的城市或置身于一场搏斗的阴影之中”；评价施沃布的《假想人生》，“为写此书，他发明了一种奇特的方法。主人公是真的，而事情却可能是虚构的甚至是神奇的”，（博尔赫斯的作品中无疑吸收了这种神奇的写法，才让我对这个句子如此深刻），评价萧伯纳，“世人无不熟知他的生平”（还有谁能让如此平凡无奇的句子在这里如此大放异彩）；评价鲁尔福，“鲁尔福喜欢读书、孤独和写作”（这是我最喜欢的一个句子，一个评价）；评价科克托的一部小说，“读本书犹如同他亲切的幽灵交谈”；评价莱内斯“凡是浩瀚的作品总会有秘密的角落”；评价鲁伊斯，“粗俗中的美丽闪光”——尽管这话是王尔德说的。

写过《伊甸园之门》的莫里斯·迪克斯坦曾说，卡夫卡对生造格言警句有着令人恐怖的天才。我不希望通过以上不厌其烦地抽出博尔赫斯文中的句子来给人卡夫卡式的印象。我抽出博尔赫斯式的句子只是想说明博尔赫斯简洁诗学，简洁的写作方式。我得承认，读博尔赫斯的时候，我非常迷恋他创造的句子和风格。或许，“博尔赫斯是一位简洁的大师”正是这种简洁美学的最佳陈述。

米沃什的记忆

《被禁锢的头脑》是一本妥协之书。这种妥协不单单是切斯瓦夫·米沃什在书写这些文字时，有意识对书中那些熟悉的作家进行了修饰与遮掩，更多的是因为他的书完成时身处的尴尬语境。

这本书最早出版于1953年，由巴黎最负盛名的伽利玛出版社出版。这样的写作是一种妥协，因为从1951年米沃什在巴黎避难开始，也就意味着他完全与家乡断绝了关系，此后他的写作变得岌岌可危。在巴黎用波兰语写作，这种生存境况艰巨性可想而知，他后来回忆到那段生活，将其比喻成“穷得像教堂里的仓鼠”。多亏加缪的推荐，加上米沃什当时获得了欧洲文学奖，他才得以在伽利玛出版社出版他的作品。

但是《被禁锢的头脑》的出版之路并不顺利，米沃什回忆说，这本书根本就没有上过书店的书架，他怀疑是负责图书发行的人由于政治原因联合抵制了这本书。也许最重要的是这样的一个事实，在当时的巴黎，欧洲的中心，没人关心另外一个欧洲的存在，也没人在意在这个异乡人身上发生过什么。

在本书的序言中，米沃什这样介绍：“我写这本书，目的在引导读者走入波兰、捷克、罗马尼亚和匈牙利知识分子的内心世界去。这个世界对我非常熟悉，但对读者可能非常陌生，甚至匪夷所思。我想报道和解释的是：人民民主国家中人民的思想改变过程。”

我们首先应该明白，在当时的欧洲文化版图上，第二个欧洲意味着什么。在这方面，米沃什和昆德拉有着几乎相同的经验。他们一个来自波兰，一个来自捷克，先后都在巴黎避难，但是他们之间还有一个相同之处，就是不得不向那些巴黎的朋友解释他们自己国家的历史与遥远的俄罗斯没有关系。很尴尬的是，周围的人都是以共产主义化作为衡量他们国家的标准，很少用地理概念的归属地来判定他们的家乡。事实也是如此，这些国家从来都不是它们命运和边界的主人，昆德拉就此写道：“它们绝少是主体，几乎总是历史的客体。它们的整体性是非意向性的。它们互相临近，既非出于意愿，也非出于好感，也非出于语言上的相近，而是由于相似的经历，由于不同的时代将他们汇集在一起，形成不同的形状，有着变动的、从来都没有确定下来的边界的共同的历史处境。”（《帷幕》）这就是另一个欧洲的奇特命运。

《被禁锢的头脑》这个名字已经很好地诠释出了他们复杂的命运之路。1911 年，米沃什出生于立陶宛——米沃什亲切地称之为“诗与谜的国家”——距离维尔诺不远的一个贵族家庭。他在这块土地上度过了动荡不安的童年，在维尔诺读书，接受的大学教育。

维尔诺是一座古老的城市，“历史镌刻在每一块石头上”，遍布巴洛克式的建筑，拥有许多教堂，被犹太人称为“北方的耶路撒冷”。米沃什回忆到他的童年说，能在这样一座拥有历史的城市中接受教育是一种莫大的福气：“在这样一个世界长大的诗人，应该是一名透过冥思来探求现实的人。古老的秩序对他而言应该是熟悉的：教堂的钟声远离他人的压力与永不厌倦的需求、修道院密室的宁静。摆在书桌上的书，必定是在探讨事物最难解的特征——也就是说：存在。可是突然之间，一切都被摧毁了。被那已经具有嗜血之神特性的历史的凶狂作为所摧毁。”

历史改写了诗人的足迹。1941 年至 1944 年之间，立陶宛被纳粹占据，之后又被苏联吞噬，直到 1991 年才重新获得独立。这段历史夹杂着阴谋与背叛，废墟与希望，杀戮与集中营，流放与妥协，最终又得以重见天日。《被禁锢的头脑》正是一份可贵的记忆之书，当我们只知道奥斯维辛，选择性遗忘卡廷惨案时；当我们忙于对苏联的斯大林主义大唱赞歌，忽略他们对东欧的蛮横入侵时；当我们忙于用社会主义与资本主义阵营区分敌我之时——正如当时的萨特回应加缪：“是的，加缪，我和你一样，觉得这些集中营是不可接受的；但是，资产阶级报纸利用集中营大肆宣传，这同样也是不可接受的。”阿隆对萨特的说法进行了驳斥：“一条界线将知识分子一分为二，一些知识分子只承认集中营的存在，而另一些知识分子则谴责集中营的存在。正是这两种态度，区分了知识分子的两大阵营。”

米沃什的这本书完成了某种存在者忠实记录。他选取了几位代表性的人物，他们或是永远挣扎在道德边缘的小说家，或是彻底虚无主义的诗人，或是变身为一个彻底的斯大林主义者，或是放浪形骸的视一切为虚妄的行吟诗人。通过他们各自不同的经历与命运，我们能看到斯大林为首的苏联如何改造一个国家。这是当时东欧大部分小国的集体命运，而且这种命运的恐怖具有一种致命的传染性。哈维尔就曾在他的文章中说，可以把东欧国家的命运看作是西欧的记事本，可以帮助后者揭示其潜在的趋势。

米沃什在《被禁锢的头脑》中说到，就像我们日常的认识一样，诗歌可以定义为突破社会常规的个人气质表现。而在东欧，在斯大林主义的统治的国度下，新信仰的诗歌则定义为通过贬损个人气质来变现社会常规。他最终发现无法服从这种信仰所带来的任何转变。

也许他可以很好地生活，暂时拥有自由，但每天都担心重新失去自由。这种恐惧是一种最好的提醒，提醒他不能再做“东方暴政的同谋犯”。虽然他有着一份不错的外交官的工作，但最终还是选择放弃一切，选择流亡生涯。他在后来获得诺贝尔奖的致奖词中说，当今诗人之所以会流亡，起因于一种发现：谁掌握了权力，谁就可以控制语言——不单是靠检查制度的恐吓，同时还靠改变文字的内涵。所以唯一能够忠实于自己的记忆与诗歌的，只能是选择带着语言一起流亡。这是那些暴虐的统治者唯一不能剥夺的东西，我们依靠忠实的记忆，朴实的语言，完成自我意识的书写。这是他的历史和记忆，是任何权力都不能攫取的，正如在他的诗歌《礼物》中所言：“这世上没有一样东西我想占有 / 我知道没有一个人值得我羡慕 / 任何我曾遭受的不幸，我都已忘记 / 想到故我今我同为一个并不使人难为情 / 在我身上没有痛苦。”

曼德施塔姆的诗与死

诗人安娜·阿赫玛托娃认为，在二十世纪的俄国诗人所写的自传中，有两本最为出色：一本是帕斯捷尔纳克的《安全证书》，另外一本是曼德施塔姆的《时代的喧嚣》。阿赫玛托娃原本想自己也写一本自传，但是已有的两本自传如此优秀，竟然使其有些担心自己这部“未完成自传”，会显得像个“脏孩子、老实巴交的女人、灰姑娘”。女诗人因此放弃了写作的计划，只留下片段的回忆性文字。

其实说《时代的喧嚣》是曼德施塔姆的自传多少有些牵强，1925 年诗人写下这些文字的时候不过才三十四岁，而且这些篇幅短小、思维跳跃、结构灵活，缺乏普通传记连贯性的文字，更近于“诗人的散文”。如果非要说诗人曼德施塔姆有一部传记，那就是由他的遗孀娜杰日达·曼德施塔姆完成的回忆录。

很难想象文学会以这样的面目出现。由去世诗人的遗孀完成的“遗孀文学”——很显然，这不是一个正统的文学分类，与其说这个特殊的称呼源自对回忆录文学的敬意，倒不如说源自对过往的那个多灾多难的世纪的反讽。

文学家的遗孀听着更像是一种职业，而且是一项高危职业。

用诗人布罗茨基给娜杰日达写的悼词里面的话说，在她八十一年的岁月里，娜杰日达有十九年是当代最伟大俄国诗人奥西普·曼德施塔姆的妻子，有四十二年是他的遗孀，剩下的岁月，孤苦无依，居无定所，在漂泊与驱逐的惊吓中度过余生。支撑她活下去的只有去世丈夫的诗歌，她选择了保存诗歌最为安全的方式，那就是在无数个寒冷的夜晚，默默背诵一切，无论是散文还是诗歌，因为“一切落在纸上的东西都是危险的”，只有自己的记忆才是可靠的。

娜杰日达与诗人曼德施塔姆 1919 年相识时，后者已经是一位俄国著名诗人，与古米廖夫、阿赫玛托娃一起并列为阿克梅诗派的三驾马车。娜杰日达当时还是一位年轻的女画家，他们随后相爱结婚，对时代的风云变幻缺乏感知。婚姻给她带来的只有短暂的欢悦，在他们十几年的婚姻生涯里，他们大部分时间都在流亡途中，先是两个人，诗人去世后又变成一个孤独而瘦小的身影。

曼德施塔姆的一生是不幸的：他在苏联内战时期先后被红白两方当俘虏关押，三十年代时又两次被捕，长期流放，他生性敏感脆弱，几次自杀。给他带来一系列祸端的应该是他在 1933 年写下的一首诗，因为那首诗中描述了“克里姆林宫的山民”。“他粗壮的手指，像蛆虫一样肥”，“螳螂般的大眼睛”等，被认为是影射斯大林，诗人遭到流放。此次事件轰动一时，还因为在诗人流亡期间，斯大林主动给另外一位作家帕斯捷尔纳克打电话，询问曼德施塔姆是不是一位大师，还责怪帕斯捷尔纳克为何不去找作家组织：“如果我是一位诗人，我的一位诗人朋友落难了，我会拼了老命去帮他。”娜杰日达在回忆录中写到了这个细节，但是并无责怪之意，对她而言，诗人的命运早已注定，就算没有那首诗，还会有其他的诗歌。也许不在于诗歌的缘故，而在于诗人和时代的格格不入。

开篇提到这本回忆录时，我一直都在说，现如今我们很难想象文学会以这样的一种面目出现，这已经不是一本回忆录所能承载的重量，她书写下的记忆已经成了一个生活在二十世纪俄国艺术家生存状况的纪实报告。

除了对诗人曼德施塔姆命运多舛的人生以回顾和梳理，娜杰日达已经从诗人的遗孀变成了一个时代的见证人。她看到了艺术在残暴统治下如何苟延残喘地延续，也看到了更多艺术家在这种高压的氛围中噤若寒蝉。而那些敢于用艺术和写作对抗时代暴政的人几乎都消失了，自杀或流放，他们掐住了诗歌的脖子。

娜杰日达在回忆录中提到，曼德施塔姆跟阿赫玛托娃说过一句话："诗歌就是权力。"这是诗人的逻辑。在别人眼里，权力就是特权、房屋、荣誉等，可是在曼德施塔姆的世界里，他顽固地坚持自我，他的逻辑是这样的："既然他们因为诗而杀人，这就意味着他们对诗还有一份尊重和热爱，这就意味着他们怕诗，这也就意味着诗是一种权力。"娜杰日达在回忆录中几次提到这个细节，就是因为在这种自杀式的行为中，她从偶然中看到一种必然。无论是阿赫玛托娃，还是曼德施塔姆，他们早就做好了自杀的准备。死亡是一种练习，而这种练习就如同诗歌写作一样的自然，而且具有一种紧迫性。娜杰日达写道："身边的一切都在逼人自杀，如孤独、隔绝和与我们对立的时代。孤独并非你缺少朋友，我们始终有很多朋友，而是指你生活在这样的社会中，这个社会听不见各种警告，闭着眼睛继续行走在可怕的自相残杀的道路上，并裹挟着每一个人和所有的人。"没有人是可以幸免的，每个人都能感觉到自己的舌头被割掉了一样，说话变得越来越艰难。

那是一个失语的时代，所有的写作都变得面目模糊，所有的话语也都变成了时代的隐喻，更不要说诗人的诗歌。而诗人的死亡事件促使他的遗孀，一个原本的画家，成为了诗人的代言者。用布罗茨基的话说，一位诗人的遗孀，因为诗人之死最终成为了一位作家，“并非因为本世纪俄国所发生的一切，更像是对本世纪俄国所发生一切的抗拒”。

书写最终代替了黑暗中默默的吟诵，而且这种书写完成了一种写作的转变：从诗歌转向了散文，从回忆录写作转向了历史写作。这本回忆录当然不只是阅读曼德施塔姆的诗歌指南，更多的意义指向了一个黑暗时代里，艺术家们如何才能保持自己的独立意识，并不惜用记忆对抗时代的愚昧与虚妄。

文学异类
布鲁诺·舒尔茨

阅读波兰作家布鲁诺·舒尔茨是一种难以描述的体验，他与我读过的所有作家都大不相同。我敢肯定，以后很长时间没人能够替代他留给我的那种伟大、战栗和震惊，连卡夫卡也不能。但是我根本无法详细描述他那个独树一帜的非理性世界，也许只能用他的文字形容他的书："我直截了当称它为书，不加任何修饰语或限定词。面对那个超验世界的恢宏，这种间接里带有一丝微妙的无奈和默默的妥协，因为没有任何词语，没有任何暗示可以恰如其分地传达出那种令人恐惧的战栗，那种对一件叫不出名字、超出我们对奇迹把握能力的事物的不祥预感。当你面对那个辉煌的事物时，形容词的堆砌或者修饰语的富丽堂皇又有什么用呢？"

这是舒尔茨的短篇小说《书》的开头部分。小说中，在冬季一个漆黑的早晨，他很早醒来，被一个突如其来的念头折磨得痛苦难耐，想入非非：他想找回童年时候读过的那本书。他的父母对孩子的突然发作显得茫然无措，试图拿出各种各样的书塞到他的手中，全被他气愤地推掉了。而后的几个星期，那本失落的书仍然踪迹全无，他的兴奋感逐渐淡了下去，"然而那本书的影子仍然不懈地在我的记忆中燃烧，吐着明亮的火焰。那是一部沙沙作响的巨大法典，一部暴风雨般的圣经，风掠过它的册页，犹如洗劫一枝花瓣凋零的巨大的玫瑰”。

那是一本记载了基本原理，终极目标之书，原型之书，世间再无其他书本可以替代那本书。但最终颇为残酷性的一幕出现了，他发现了那本书的时候，已经所剩无几，“正文一页不存，仅余若干广告和私人声明”，因为家里的女仆每天从上面撕下几页拿去屠宰店包他爸爸午餐时吃的肉。就是这样一本已经寥寥无几的书，让他在无言的狂喜中燃烧着，陷入如痴如醉的阅读中。

在他看来，这就是那本书，那本原作，神圣的原作，无论它现在多么失尊和蒙辱，“每一本这样的书都只会闪耀一时，那一瞬间就像凤凰呼啸着翱翔而过，它的每一页都会燃烧起来。因为那一瞬间，此后我就永远热爱它们了，虽然它们很快化为灰烬”。

我们每人心中都有一本这样的神圣之书，无论时光荏苒多少秋，书页变化多少旧，哪怕它所剩无几，哪怕我只找到其中一页，书中整个故事，关于这个书的全部印象都会复活如初。也许，下次打开这本书时，我们可能再也找不到原来的故事，那些人物似乎在那本书销声匿迹的漫长日子里，同样缓慢地成长、游走和生活，书写着新的传奇。从某种意义上说，这本失落的书，从来没有被抛弃过，“在此我们必须强调这部原作的特异之处，现在读者无疑已经很清楚了：它在阅读过程中逐渐呈现和展开，它的疆界向一切激流和波浪敞开”。

也许，舒尔茨写这篇小说的时候根本没想到他写下的其实是自己的真实寓言：找寻失落的书，成为了他自己作品的命运折射。

很长时间里，我们对这位文学史上默默无闻的作家都知之甚少。舒尔茨于1892年7月12日出生于波兰德罗戈贝奇小镇，学过建筑和绘画，后在中学担任美术老师。他生前大部分时间都待在这个波兰小镇上，生活平淡无奇。他从二十世纪二十年代开始进行小说创作，还曾和朋友一起尝试过诗歌写作，后因为挚友逝世而郁郁放弃。他的朋友死于肺结核，负责给寓所消毒的卫生人员为了防止传染，烧掉了舒尔茨和他朋友之间的所有手稿，包括来往信件。

除了绘画和小说创作，他还曾帮助他喜欢的女人约瑟菲娜·赛琳丝嘉将卡夫卡的《审判》翻译成了波兰语。其后他曾向约瑟菲娜求婚，被拒绝。这又是一个颇具戏剧性的隐喻事件，卡夫卡曾说，受难是他与这个世界唯一真实的联系，对舒尔茨来说，这次受难事件中，他失去了心爱的女人，却收获了卡夫卡。自此，文学史上，他们成为了精神上的同类，文学上的异类，互相映衬，相互指涉，用不一样的伟大书写着同样的经典。

时值1942年，纳粹占领这个波兰小镇期间，作为犹太人的舒尔茨能够安稳度过很长时期，得力于当地一位盖世太保菲利克斯对他绘画才能的欣赏。然而，菲利克斯并非辛德勒，以援助犹太人为己任，他曾枪杀一名犹太理发师。而这位理发师同样是另外一个盖世太保的庇护对象。于是，又一起戏剧性的隐喻事件发生了，那位盖世太保对菲利克斯叫嚣着，枪杀了舒尔茨："你杀了我的犹太人，我也要杀了你的。"那一天是1942年11月9日，舒尔茨五十岁。据说那天原本是他打算离开的日子，好心的朋友已经为他搞来了旅行的假文件和非犹太身份证明。这个场景很容易联想到他们另一个精神上的同类，1940年在流亡途中自杀身亡的本雅明，他们都受尽了无常命运的折磨，偶然事件的嘲弄，一如卡夫卡。

舒尔茨总被拿来与卡夫卡相比，不仅仅是他曾翻译过卡夫卡，更多的是他们都在写作中专注于内心里那个沉默无底的深渊，创造出了一个独特的非理性的异化世界。但他们之间仍然存有很大的不同，卡夫卡善于用清澈的风格书写污浊的梦魇，并且对生造格言警句有着病态的迷恋。舒尔茨则是更善于用丰富的语言描述繁复的场景，他对简洁诗学没有任何兴趣，每一个句子都力求反其道而行之，繁复到极致。他喜欢用长长的前缀和修饰语，仿佛要穷尽与句子有关的所有形容词，都堆积到一个场景中。复杂的意象目不暇接，诡异的场景接连不断，阅读中经常有种无法喘息的窒息之感。

舒尔茨的写作令人惊奇之处在于，你会感觉他写的每个句子都承受了过多的重量，总是担心一个句子会因不堪重负而猝然断裂或者死亡。这种令人惊奇的恐惧会一直伴随你的阅读体验，千钧一发的感觉时刻调动和催生了读者所有的感官，令其变得灵活敏锐。舒尔茨的这种写作非常敏感，他的身体仿佛一个全能的接收器，与外界任何细致入微的动静发生碰撞后，身体的所有感官仿佛发生了化学反应，视觉、听觉、嗅觉和触觉，有条不紊地接受着外界的信息并转换成各式各样的语言，层层叠叠，接连不断地传输到大脑中。

他似乎从不考虑是否要过滤掉某些看似冗余累赘的词汇，一股脑儿地全部倾泻到稿纸上。看他描述姨妈说话时候的样子：“声音从那个洁白、丰腴的肉体发出来，仿佛游离于她本人之外，只是松散地束缚在个体身上。即便受到各种束缚，那声音也随时准备繁殖、粉碎、扩张开来，然后又分化出另外一束集群。那几乎是一片自我繁殖的沃土，弥漫着一种放纵的病态的女人气。”（《八月》）写父亲的愤怒：“那些密密麻麻的眼睛和耳朵从夜色中不断涌现，以随时翻新、幽灵般恐怖的抽芽和发芽速度，在黑暗的子宫中不断壮大、不断繁衍、不断弥漫。”（《圣显》）写下完雪的冬天：“昏黄的冬日来临了，四处弥漫着无聊。铁锈色的大地上铺着一层白雪，犹如一条磨得露出织纹的寒碜的桌布，上面满是窟窿。”（《鸟》）这样的段落并非是我精心挑选，实际上，在这本小说集《鳄鱼街》中，随便每一篇都有类似的句子，令人惊悸、恐怖甚至恶心，但对读者而言，舒尔茨笔下那个怪异的世界中却有着致命的吸引力，一点点地消解了我们的抵抗力，让我们沉浸其中。

当然，如果需要精心挑选舒尔茨代表性的部分，我会选择小说《死季》中的描写：“已经太晚了。父亲四处疯狂怒奔，我们眼睁睁地看着他的脸迅速开始腐烂，分崩离析，好像被一种来历不明的沉重灾难击垮了。我们还来不及明白发生了什么，他就剧烈地颤抖起来，发出嗡嗡的声音，在我们眼前飞起来，变成一匹穷凶极恶、满身毛发的钢蓝色的飞马，疯狂地兜着圈子旋转，盲目地撞着店铺的墙壁。”“我们震惊得目瞪口呆”，这是书中的原话，说出的却是我们的感觉。这富有冲击力的场景只是父亲其中一次变形，还有蟑螂和螃蟹。还需要追问舒尔茨为什么这样写吗？——除非你从没读过卡夫卡。我们或者可以换一种问法，卡夫卡已经写过类似的场景，为什么舒尔茨笔下出现的时候，我们仍然会觉得震惊？这难道不是一种无聊的重复和无耻的篡改？

卡夫卡的伟大也许正在于他的那种独一无二无法模仿的文学特质，不仅仅是他的文学世界，还有他的现实生活。卡夫卡曾说，对于生活的世界他感到三倍的疏离：对捷克的大多数人而言他是德国人，对德国人而言他是犹太人，甚至在犹太人中他也是一个沉思和孤僻的人。他从来没有超越他天生的矛盾心态，以及他对日常生活的疏离感。而且卡夫卡的疏离感远比民族忠诚乃至政治迫害的羞辱还要深刻。他感到自己被流放，但却想象不出在哪里被流放，因为他不知道哪里才是自己真正的家园。作为一个最终的现代主义者，他是被生活本身所流放。这种深刻的孤独感在舒尔茨身上重现，从他的挚友去世到求婚被拒，从他画中那些奇形怪状的矮胖男人到他笔下怪异奇特的想象世界，舒尔茨无不给人一种与他的现实生活格格不入的感觉，他从他的日常生活中割裂了出来。和卡夫卡一样，流放对舒尔茨而言，不是失去了自己的土地，而是没有开始的地方。于是他只能终生囿于那个波兰小镇，沉浸在那个充满神秘与象征、自我与想象、瑰丽与奇特的文学世界中。

当阿伦特遇到海德格尔

二十世纪的两位哲学家海德格尔和阿伦特之间的恋情，在哲学界早已不是什么秘密，但是引起大众的注意还是不久之前的事情。1995年，埃尔贝塔·埃廷格关于两人的研究《汉娜·阿伦特和马丁·海德格尔》出版，旋即引起了争议性的轰动。

也难怪，埃廷格在创作这本传记时，得到了阅读两人来往信件的许可，这些信件在以前的研究中都是无法取得的珍贵资料。但是埃廷格在发表这一爱情故事时，显然做了许多主观的臆测，把两人的关系处理成了一件丑闻。

在她的笔下，海德格尔与阿伦特之间的故事是一位富有心机的已婚老师处心积虑地引诱自己少不谙事的女学生，然后又残酷无情地抛弃了她，让她陷入四处流亡的困境；等到阿伦特在美国站稳了脚跟，赢得了声誉的时候，海德格尔又重新联系和利用他们的关系，让阿伦特帮助传播他的思想和扩大其影响力。在埃廷格看来，海德格尔是个无情的掠夺者，而阿伦特是个无知的受害者。

这种颇为不靠谱的简化做法自然会引起许多追随者的抗议，同样也引起了海德格尔和阿伦特的文稿管理人的不满，他们为了还事实以真相，干脆公开发表那些来往的信件，让公众自行判断孰是孰非。这个决定无疑是明智的，无论是对两位哲学家的思想还是传记生平的研究都大有裨益，自此，关于两人早年交往、恋爱、分别、战后的重聚等事件一一得到了很大程度上的澄清和还原。而一本由德国学者，研究阿伦特的专家安东尼娅·格鲁嫩贝格撰写的《阿伦特与海德格尔》，在这些翔实资料的基础上，融合了作者自己深刻分析和洞见，极力撇开八卦的浮云，做出了相对公允和深思熟虑的评价，不失为一本研究两人爱情和思想交锋的好传记。

当阿伦特第一次见到海德格尔的时候，她 18 岁，是个年轻漂亮且求知欲旺盛的女大学生；而海德格尔是一位内敛沉静的学者，35 岁的哲学教授。1924 年，阿伦特来到马堡这个小城市，只是因为听说这里有一位年轻的教授，他能让思想复活，他能唤起我们思想的能力。她不虚此行，和其他同学一样，她选了海德格尔的课，一见倾心，深陷其中，完全被这位“思想王国里的神秘国王”的魅力俘获了。

我们已经无法确知他们最初相爱是什么时候，但随后的两年中，他们之间来往的信件不断。我们如何判定这两人之间的爱情的意味呢？很显然，他们之间的恋爱是无法对等的，海德格尔的哲学抱负远远高于对爱情的痴迷和追求，对他而言，女人是他思想上的倾听者、孤独时慰藉的伴侣，甚至是性方面的兴奋剂。尤其这段时间内，他正在全心投入到撰写《存在与时间》的工作中，难免会冷落那个陷入爱情的甜蜜中无所畏惧的女学生。为了逃离这种很多时间里都是一个人的爱情，阿伦特在 1926 年课程结束时，离开了马堡大学，去了海德堡，师从另外一位哲学大师雅斯贝尔斯攻读博士学位。

1927年，《存在与时间》出版，引起了轰动，成为二十世纪哲学史上重大事件，海德格尔也名利双收，奠定了他在世界哲学史上的地位。海德格尔多次向阿伦特吐露，在他从事这本书的写作中，她的爱是多么频繁地在他的心头掠过。但阿伦特似乎并不领情，她反对在他的写作中扮演什么角色，并且这个时候她也尽力尝试把她感情上的伤害转化成一种心智上的劳作，转化成写博士论文的动力。1928年，她完成了博士论文的写作，在这篇名为《奥古斯丁爱的概念——一种哲学的阐释的尝试》的附言部分中，她这样写道："在这里，我想对我的老师雅斯贝尔斯教授先生、海德格尔教授先生表达我的感谢。"写下这段话时，阿伦特22岁。

以后发生的事情我们早已熟知，纳粹上台后，1933年4月21日，海德格尔当选弗赖堡大学的校长，5月3日，他加入了纳粹党。虽然不到一年的时间里他又辞去了弗赖堡大学校长的职位，退守到他的哲学之思的世界里，但在他的学生卡尔·洛维特的记忆里，1936年在罗马见到他的时候，海德格尔还是戴着纳粹党的党徽，在罗马街道上招摇过市，毫不避讳，洛维特甚至没有从老师的口中听到要与纳粹保持距离的一个字。而此刻他的学生，身为犹太人的阿伦特已经踏上了流亡之路，先辗转到巴黎，后在巴黎沦陷时从集中营逃脱，并于1941年5月和她的丈夫海因里希·布吕歇尔到达纽约。两人从此天各一方。

也许不仅仅是在感情上的疏离，甚至在学术路径上，此时的两人已经分道扬镳，这种差别就是哲学与政治的差异。1964年，阿伦特在接受德国的一个电台节目的采访，当主持人提到她的身份是一个"哲学家"的时候，她突然打断了谈话提出自己的异议。她不承认自己是哲学家，“我确实不属于哲学家的圈子。我的专业领域，如果必须得澄清的话，是政治理论”。这个时候的阿伦特心中所想到的恐怕就是他的老师海德格尔吧，她已经明了这两者之间、哲学和政治领域之间存在着不可调和的紧张，正如她所说，她希望“用不曾被哲学蒙蔽的眼睛”去打量政治。在她看来，知识分子一般难以清晰地思考政治，这很大程度上是因为他们在万物中都看到了抽象的理念，看不到具体的事物。她对采访者说，二十世纪三十年代的德国知识分子，“虚构了关于希特勒的理念，这在部分意义上是可怕的、值得深思的事情”。在她随后提到思想家难免会“陷入自己的理念”时，她心中所想到的思想家应该是她曾经的老师和恋人海德格尔吧。

从世界各地流亡到美国的知识分子都会面对这种选择：要么是完全放弃原来的精神立场，重新开始；要么就是保留旧有的思想，做一个彻底的精神上的流亡者；要么就是尝试把新经验与老传统结合起来。阿伦特无疑选择了第三种，她学习英语，四处找工作，结交新的朋友，很快在纽约站稳了脚跟，并建立了新的朋友圈子，但是在她的朋友圈子里“一个是美国朋友圈子，一个是欧洲朋友圈子。她需要欧洲人，因为她在欧洲的文化和语言中思考。在他的欧洲朋友当中，她能自如地言说自己的各种经验和欧洲的未来。她也需要美国朋友，为了认识这个国家和这个国家的人们，为了了解这国家的历史和他们观察世界的视角，她很需要一个美国朋友的圈子。两个朋友圈子在观念上的冲击以及从中激发出来的思想活力，在美国思想和欧洲思想之间穿梭的紧张感成为阿伦特后续几十年的思想资源，她的知识分子特性在很大程度上有赖于这笔思想财富”。

“第二次世界大战”后的海德格尔经历了长时间的审判。海德格尔极力为自己战时的行为辩护，强调他自己对大学与政治保持一致是基于扭转大学精神的需要，他是想通过改革大学精神来扭转大学被纳粹政治的同化；他说自己的初衷是好的，等他发现这一切不过是一个幻想的时候，他就退回了精神领域，“在精神上进行消极抵抗”。

与此同时，被他抛弃的老朋友雅斯贝尔斯也为他进行辩护，他说海德格尔拥有“巨大的哲学潜能”和“天生的哲学官能”，“他的思想姿态，有时候好像是混合着魔术师玄虚气息的虔诚的虚无主义。在他的语言的潜流中，他时而会以一种隐然而又了不起的方式触碰到哲学的要害”。此时还有一方的声音对海德格尔的辩护有利，在战胜国法国的知识分子圈中，以萨特为代表的存在主义的崛起，俨然把海德格尔尊崇为存在主义哲学的源流和宗师，甚至在战争刚结束不久的时候，海德格尔就受邀去法国演讲，并与法国的存在主义哲学家萨特见面。这些事情的出现无疑对海德格尔是有利的。

而远在美国的阿伦特在为美国民众书写的介绍存在主义的文章中，对战后的海德格尔也作出了自己的评价。她先是把他定位为一个不合时宜的浪漫主义者，“责任感的完全缺失造成玩火的后果，这部分得因于天才的狂想，部分得因于他们的绝望”。这种评价虽说公允，一针见血，但是从两人的私人感情来说颇显冷酷无情。留给人的印象，阿伦特仿佛已经弃绝了海德格尔之思，用一种现实主义的、入世的、政治哲学的标准去衡量一个生活在自我营造的洞穴中的哲学家的形象。

从二十世纪五十年代起，阿伦特和海德格尔重新取得了联系，此刻的两人都已是名满天下的人物，对哲学和人生的态度自然早已成型，无可更改。虽然从私人感情上来说，阿伦特已经逐渐原谅了昔日情人和老师的不光彩行为，她甚至帮助他在美国传播他的存在主义哲学，翻译他的著作，这种融洽的关系一直持续到两人去世。但是这种私人感情上的融洽是否代表着两人之间的隔阂已经消失了呢?

从 1964 年的那个采访中，我们已经探知到这两者之间的差别，格鲁嫩贝格在《阿伦特与海德格尔》一书中也对此做出了精彩分析:“他们有不同的思想成因：汉娜是在现实世界中察觉到传统的断裂，是在极权统治的集中营屠杀营的极端代表中发现这种断裂的，她的现代性危机的思想就源于对这种现实发生的传统断裂的深深震惊中。而海德格尔则是基于对古典的认知来判断现代性的传统断裂的。为此，他必须从活生生的世界中抽离出来，这阻挡了他基于具体的历史境遇加以分析的道路。”这种对现代性思想上的差异比起他们之间若隐若现的爱情来，应该是更为深刻的根深蒂固的差异所在吧。

特朗斯特罗姆的“玻璃之书”

2011年的诺贝尔文学奖的获得者、瑞典诗人托马斯·特朗斯特罗姆，是一位诗歌上的禁欲主义者。从实际意义上来说，这是因为特朗斯特罗姆从二十世纪九十年代中叶后，诗歌写作已经变成了一种更具象征意味的沉默的言辞；从隐喻意义上来说，诗人的失语可以看作整个时代的写作语境中，诗歌写作已经逐渐被逼迫到了狭路相逢岌岌可危的境遇。

特朗斯特罗姆获奖之前，诺贝尔奖上一次对诗人抛出橄榄枝还是在1996年，颁给了波兰女诗人辛波斯卡。这十几年中，诺贝尔奖评委更青睐的还是小说家，因为小说这种形式的写作似乎更能反映我们时代瞬息万变的全貌。

译者李笠1987年第一次拜访特朗斯特罗姆时，提到了这样一个小插曲。他问到了一位瑞典的知名小说家。特朗斯特罗姆回答说：“他去中国三个礼拜，回来写了一部长篇；假如我去中国三年，我会写一首短诗！”这个段子的含义当然是说明诗人是语言的炼金术师，他为了锤炼诗歌的意象可以浓缩所有的时间：“我站在一间容纳所有瞬间的屋里。”（《途中的秘密》）但是从另外一个角度审视，我们会用实用主义的眼光说，诗歌的重量显然不及小说的影响。小说的作用不但可以是文学的审美的，还可以是政治的国际的。这些年的诺贝尔奖总有争议之处，究其原因，很多人总觉得它已经脱离了一个文学奖项的存在意义，仿佛一个政治风向标。

我们的时代变化太快，这种迅疾的速度需要一种更为贴近现实的表述方式，那种不假思索、信手拈来、洋洋洒洒就能下笔千言的情绪性书写更为符合这个时代的精神质地。诗人注定会落后于时代的步伐——当然，从另外一个角度看，其实是超越时代更为合适。诗人在他的诗歌写作中发出的声音，虽然单调、刺耳，甚至伴随咆哮般的呐喊，但往往更能穿透人的心灵。那些简短的言辞所具有的力量，直指人心，拷问人的灵魂，走到了时代的前沿："风暴推着风车疯狂旋转 / 在夜的黑暗里碾磨虚无——你 / 因同样的法则失眠。"(《激愤的冥思》)

我们生活中不需要诗人，他不合时宜的声响，总会让人觉得是个异类存在。在我们的国度中，当各种文化的虚假繁荣蒸蒸日上的时候，诗歌写作反而走向了地下，变成了一种单纯的自我呢喃。帕斯所言的诗歌是介于宗教与革命之间的另一种声音，在我们耳边响起的时候仿佛是一个遥远的神话。诗歌的作用仅存于小圈子，小团体，成了一种专业化写作方式。但在瑞典，特朗斯特罗姆的诗歌家喻户晓，足球运动员、工程师、家庭妇女、走在街上的普通人都能复述他的诗歌。特朗斯特罗姆全部的诗歌只有二百多首，但如果每首都能被人吟诵，这才是对一个诗人最大的荣耀吧。特朗斯特罗姆的诗歌永远大于诺贝尔奖。

"我听见我们扔出的石头 / 跌落，玻璃般透明地穿过岁月。山谷里 / 瞬息迷惘的举动 / 叫喊着从树梢飞向树梢。"(《石头》)这样的石头，是言辞的石头，衡量它的重量需要的是时间的秤砣。小说家穆齐尔在他的诗人札记中，把诗人定义为“最强烈地意识到自我在世界上以及在人与人之间是个无可救药的孤独者”。这种存在的孤独感如此强烈，以至于“他在友谊和爱情中都能感觉到厌恶的气息，这一气息使每一个生物与其他生物疏离，构成了个体的那种痛苦虚无的秘密”。诗人与这个浮躁的时代格格不入的原因就在于，他没法与人们交流和沟通，失语似乎是诗人的常态，而特朗斯特罗姆的病症只不过凑巧迎合了这种时代失语的精神隐喻。

诗人总会感觉到孤独：“我长时间在／冰冻的东哥特原野上行走／半天不见人影／而在世界其他地方／人在拥挤中／出生，活着死去。”所以诗人只能生活在精神的荒原中：“我必须孤独／早晨十分钟／晚上十分钟／——无所作为。”（《孤独》）我们似乎能从最后的句子中察觉到一种自我嘲讽，当孤独成为了一种姿态，而不是必须，它的存在也就失去了意义。

特朗斯特罗姆似乎有一种特质，总能从自我中观照自我，像照一面有些变形的镜子。换句话说，他似乎有种抽身而退的“特异功能”，当自我感觉到孤独时，又能从这种精神中抽离出来一个自我观看那个孤独的身影。当孤独与对孤独的审视合为一体时，对这种孤独进行的诗歌写作才不会凝练成一种抒情性的表达，反而具有了一种冰冷的意味。正如他在《自 1947 年冬》中写的：“我读玻璃之书，看到的却是别的／穿过墙纸的污点／那是活着的死人／他们想要自己的肖像！”

特朗斯特罗姆在他的自传性文本中提到过一次自我的迷失，记忆中的精神创伤。小时候的很多记忆都消散了，但是那次在斯德哥尔摩不小心与母亲的走散，成了他难以忘怀的记忆。一个四五岁的孩子在参加学校的音乐会过程中，与母亲走散了。因为太小没有被发现，直到黑暗降临。他站在音乐厅外的草垛广场，失去了所有安全感，“我周围有人，但是都在忙自己的事。我无依无靠，那是我第一次的死亡体验”。

他暗示自己，走回家是可能，绝对可能。他上了公共汽车，像往常一样跪在座位上看窗外的风景，一条条街道从眼前飘过。他说他要做的事情很简单，顺着原路一站一站走回去。我们能从中察觉到孩子的心理，他要像往常一样，就像自己没有跟妈妈走失一样，他需要这种秩序的安全感指引他寻找到原有的秩序。他的生活没有破裂，没有出轨，没有迷失，一切都像原来一样。他走回了家，一切都那样安全自然。

迷失与孤独，秩序与安全，黑暗与太阳，死亡与囚徒构成了特朗斯特罗姆写作中特有的诗歌意象。瑞典的文学批评家爱莎·贝克曼曾列举了阅读特朗斯特罗姆作品的十大理由，主要有大自然、太阳、梦境、世界、死亡、音乐，等等。其中的太阳常常出现在特朗斯特罗姆的作品中，黑暗和夜晚可能看似更常见，但如果你细细品味，那金色的太阳正照耀着人们的生活。他的太阳是温暖而仁慈的，但有时也令人恐惧，它发热、发光、发亮。“我不写上帝，而写太阳。”特朗斯特罗姆曾这样说道。在他的笔端，有“一只非鸟在星星的空虚里叫喊／患白化病的太阳站在翻滚的黑暗湖上”；有“一道立正的闪电看见散发兽味的太阳”；有“冰像天一样蓝，在阳光下破裂／而阳光也在冰被下的一只麦克风里低语”；还有“阳光里的鹿／苍蝇不停地缝着／地上的影子”……

在中译本《特朗斯特罗姆诗歌全集》中，按照年份收录他的诗集与散文的一个好处，就是我们能从中窥探出一种悄然的变化。比如他早期的作品，尤其是他在 1954 年，23 岁时出版的第一部诗集《十七首》中，梦境是一种强烈的意象："醒，是梦中往外跳伞 / 摆脱令人窒息的漩涡 / 漫游者向早晨绿色的地带降落。"（《序曲》）我们中的大多数人都会宣称自己最难忘的经历是在清醒时发生的，特朗斯特罗姆则不然。对他而言，梦境是同样丰富而重要的。他打破常规，使得我们从梦中跳下，跌落到醒来的生活中，我们的生活似乎是颠倒过来！年复一年，他把梦境融入到所有诗集中。而随着年龄见长，他诗歌中的黑暗与死亡的意象似乎越来越多，正如爱莎所言，在特朗斯特罗姆的作品中，死亡常常是鬼鬼祟祟、令人不快的。我们人类在生活，而死亡却在吞噬生命的时间。就像在诗作《黑色明信片》中，他所写的句子："生活中，死亡有时会登门 / 丈量人体。拜访被遗忘 / 生活依然在继续。但尸衣在无声中做成。"《音响》中开篇的诗句，十分惊艳："乌鸫用自己的歌声吹奏私人的骨头 / 我们站在树下，感到时间在下沉，下沉。"

还有《自 1990 年 7 月》："这是一次葬礼 / 我感到死者 / 比我更好地 / 在读我的思想。"我们会注意到这个特殊的日期，特朗斯特罗姆正是在这一年因为中风而半身不遂，从此陷入了失语症，写作停滞，他积聚着沉默的言辞。这个时期更多的死亡意象的出现绝不是偶然，而且也正是在这个沉思代替写作的变化中，他开始关注词语的本质。

当然，诗歌写作离不开对词语的关注，某种程度上说，诗歌即词语。诗人会关注词语的变形、陌生、新异的变化和搭配。但是词语并非诗人关注的根本。如果没有经验的所指意义，词语的能指只是一种空壳。他后期的诗歌很多都是俳句，用词更加简单，意象也很常见，入诗的都是一些日常事物。但是所描绘的意境却与日本的俳句大相径庭，就连那些平素温暖的物体在他的笔端也是带有几分的冰冷。冷冷的海，冷冷的月光，就像那些用餐时的刀叉一样泛着冰冷的光。“死神弯腰，在/海面上书写。教堂/呼吸着黄金。”(《俳句》)“剧场空空。这是午夜/文字在墙上焚烧/未回复的书信之谜/沉入冰冷的月光。”(《表层》)这已经不是冰冷了，仿佛在看一部恐怖电影的场景。

特朗斯特罗姆的诗歌最早是由北岛翻译成中文。1983年，汉学家马悦然叫北岛把特朗斯特罗姆的新诗集《野蛮的广场》翻译成中文。北岛成了他的第一个中译者。后来的北岛回忆起与特朗斯特罗姆的诗歌相遇的情景：“我译的九首诗来自他1983年刚出版的诗集《野蛮的广场》，当然是从英文转译的。当时我的英文很差，主要靠字典，我被那些奇特的意象和深层的神秘感震住了。当时我们也读了不少当代外国诗歌，而他的风格是独一无二的。我意识到我正和一位大师相遇。”

北岛并非翻译家，特朗斯特罗姆的中文译者主要有两位：李笠和董继平，前者译自从瑞典文，后者转译自英文版本。分析比较两位译者的译文，撇开准确性不谈，从语感的角度来看，李笠的译文要比董继平的好太多了。当然从翻译的角度来说，尽管译文上有参差不齐的水平，但是我们希望有更多的译本出现，对诗人来说，译本丰富，方能更好地从多方面诠释诗人的情感与诗歌的语感。

为什么要读卡尔维诺，或经典？

1974年，伊塔尔·卡尔维诺接受了瑞士一家电视台的访问，同年以《巴黎隐士》之名限量出版了文字实录。当时的卡尔维诺已经是意大利文化的标志性人物，经过文学评论家戈尔·维达在《纽约图书评论》上介绍过他的全部作品后，他也是少数拥有国际声望的小说家之一。但在那次电视访谈中，他谈的最多的还是"作家的无名"。

卡尔维诺觉得对一个作家而言，理想的境界应该是，接近无名，如此，作家的至高威信才能得以传播。"这个作家不露面，不现身，但他呈现的那个世界占满了整个画面。像莎士比亚，关于他，没有留下任何画面让我们窥其相貌，也没有任何史料能真正说明他的二三事迹。今天作家愈想越俎代庖，他所呈现的那个世界就越空洞，作者亦被掏空，最后落个两败俱伤。"

卡尔维诺说："有一个匿名的盲点，那才是写作的出发点。"但这里存在的一个悖论：只有你的声望日趋隆重时，才会凸显出无名的意义；匿名的盲点之所以能够成为写作的出发点，是因为我们需要为自己的写作寻找一个参照，一旦这个参照形成，匿名的盲点再也没有匿名的必要。

卡尔维诺总喜欢说起这样有些奇妙带有哲学意味的悖论，也正因为如此，每次想起他，我总想起博尔赫斯。我的阅读谱系中，这两位作家同样重要，因为他们的写作全部的指向都在于提升写作本身，提升写作的形而上意义。他们两位都是我心目中无限文学的化身。

卡尔维诺于 1923 年 10 月生于古巴哈瓦那附近的一个小镇。父亲是园艺师，母亲是植物学家，为了使出生在异国他乡的儿子不忘故土，母亲取名为“伊塔尔”，意思是“意大利”。卡尔维诺两岁时，父母才迁回到了意大利老家圣雷莫。

文学史上为大作家作传总不免追溯的一个问题是，追问作者的祖宗八代也要找到作家“天才”的蛛丝马迹。所以，当 1969 年《命运交叉的城堡》发表时，应出版方提供一份简历的要求，卡尔维诺用一种幽默的笔法写了“我是一九二三年正值光芒四射的太阳及阴郁的土星进入性好和谐的天秤座上作为嘉宾时出生的”。

卡尔维诺生前并没有撰写一份自传，据他自己的说法，如果一个人人生没有完整，撰写自传是一种虚妄的虚荣。不过，话又说回来，如果你某天发现自己的人生已经完整，也就意味着知道了自己的时日无多，哪还有过多的精力回顾一生？既然身为“巴黎隐士”，倒不如学习夏多布里昂，在有生之年完成一部《墓畔回忆录》，或者学习雷蒙·阿隆也行，撰写一部《政治回忆录》，也不枉此生。也许，只存在于想象中的文字才能接近完美，我们只有用这样的方式安慰自己，然后从那些零散的访谈和对话中寻找卡尔维诺写作与生命的踪迹。

卡尔维诺回忆到他的父母时，反复提到的一个说法是：“我父亲代表实践的生命力，我母亲是严谨的学者，在他们的专业领域中都是佼佼者，这一点使我对他们敬畏有加，同时形成了一种心理障碍，为此我没能从他们那里学到半点东西，至今引为憾事。”他说他后半生的文学志趣与父母无关，只是少年时借助儿童画报、民间传说、收音机播放的喜剧和电影培养出一种对幻想世界的敏感能力。

1985 年，卡尔维诺在接受意大利作家玛丽亚的访谈时提到，从六岁到二十三岁这段时间是他作家性格形成的第一阶段，其中如果寻找一种可辨的连续性，那就是从“《木偶奇遇记》到卡夫卡的《亚美利加》”。前者所代表的童年故事书形象是一种“叙事文学的典范”，它们之间存在一种共通性，那就是：迷失在无垠世界中的某个人的冒险与孤独，寻找启发和内心的自我建设。

从《通向蜘蛛巢的小径》（1947）到《分成两半的子爵》（1952），卡尔维诺与其说通过这种回溯完成了从写实小说到寓言小说的奇特转型，倒不如说是一种对童年世界的回归——这种回归已经不是单纯的童话，而是一种带有浓厚的哲学意味的探究。

《分成两半的子爵》这个不遵循叙事文学逻辑的故事的成功也引发了意大利文学界的一场讨论。有评论家以“寓言色彩的现实主义”评价他带有奇幻色彩的作品，自此卡尔维诺进入了意大利“官方”文学界，奠定了他在意大利文坛的地位。稍后，他相继完成了《书上的男爵》（1957）和《不存在的骑士》（1959），统称为“我们的祖先”三部曲。1956 年时，他花费两年之久收集整理的两百多篇童话合成《意大利童话》出版。在序言中，他声称“童话是真实的”，这是对他一系列寓言故事的最好注解。

卡尔维诺说他没有从父母身上学到任何东西是错误的。我们的习常观念中，文学家与科学家似乎处于一种对立地位，文学的想象与科学的精准是风马牛不相及的事情，但是卡尔维诺的存在仿佛打破了这种对立。他用一种科学家的醒目写作，他用科学家的精准观察生活，这是一种典型的卡尔维诺式的沉思方式。对卡尔维诺的作品有过精湛研究的戈尔·维达曾经评述说："他看，他描述，他有一种科学家似的对数据的崇敬（超现实主义者和幻想小说家就绝不会这样）。他要我们不仅看到他所看到的，还要我们看到不用足够的注意力就会忽略的部分。"我们还记得在他去世前未完成的《美国讲稿》（1988）中，提到的一种百科全书式的"繁复"文学："一种高于一切，一种具备对精神秩序和精确的爱好、具备诗歌的智力但同时也具备科学和哲学的智力的文学。"

当然，他在其中举出了最好的例子就是博尔赫斯，一位"最完美体现瓦莱里关于幻想与语言的精确性这一美学思想，并写出了符合结晶体的几何结构与演绎推理的抽象性这类作品的人"。他说他对博尔赫斯的偏爱还不止于此，"他的每一篇文章都有一个宇宙模式或宇宙的某一特性的模式，如无限、无数、永恒、同时、循环，等等；他的文章都很短小，是语言简练的典范；他写的故事都采用民间文学的某种形式，这些形式经受过实践的长期考验，勘与生活故事的形式相媲美"。

卡尔维诺对博尔赫斯的总结其实完全适用于他自己，这是两位精神上伟大的同类，所以我们在阅读他们某一方的作品时，总顺其自然地想到了另外一方，遥相呼应。就算他们在文学史上的位置稍有差别，但在我的心目中，我的阅读谱系中，他们都是文学的化身。对他们的每次阅读都等同于一次新的滋养，每次阅读都是一次重读，每次阅读都像是在聆听整个宇宙发出声响……

以上其实是卡尔维诺《我为什么读经典》(1991)中句子。这个在作者死后出版的集子收录了卡尔维诺生前写过的对他有所影响和钦佩的作家，从荷马到格诺，当然也包括博尔赫斯。之所以提到这本评论集，是因为它与那本《美国讲稿》(又名《未来千年文学备忘录》)应该是中文译本中销售最好的两本书。很有意思的是，作为小说家的卡尔维诺只停留在一种肤浅的层面，比如童话作品的整理者、童话故事的讲述者。他那些真正讲述的故事反而很少人能耐心聆听。这种奇特的误读也说明了一个国度中理想读者的滋养还需要更多时间沉淀。

译林出版社的编辑任姚在新版的卡尔维诺全集再版之际接受媒体访谈中，建议我们从阅读《我们为什么读经典》开始卡尔维诺的阅读之旅，这是因为“阅读经典作家，需要更多思考，而不是把它当消遣，这是一个漫长而痛苦的过程，但只有经历了这些折磨，你才能真正认识到生活的本质。相反，读穿越小说很轻松，但给你的都是假象，人是可以轻易满足并获得快感的，但你离生活的核心会越来越远。总之，多读多想，就会有收获”。这是很切实中肯的意见，值得推广。

1985年9月，卡尔维诺逝世时还在撰写他应邀到哈佛大学的文学讲稿。他准备了八讲，但只完成了五篇讲稿，剩下的还有一些零散的笔记，收录在了《美国讲稿》的最后一篇《论小说的开头与结尾》中。对于即将到来的死亡，他似乎没有做好准备，至少从这些未完成的作品中可以看到伟大的遗憾。也许我们现在只能通过《帕洛马尔》(1983)这部他生前最后一本小说窥得一部分的缘由。

除了后人整理的《巴黎隐士》(1994),也许只有《帕洛马尔》更接近他心灵的自传,尤其这部小说的最后一部分“如何学会做死者”甚至可以看作是他提前完成的讣告:帕洛马尔决定装作他已经死了,想看看世界没有他时会是什么样。但事实上,没有他的世界依然会旋转,生活依然会有条不紊地进行,这种死亡的失落和焦虑是任何人都会有的。

这里还是一种卡尔维诺式的悖论——如果他死了当然不会考虑到“如何学会做死者”,但人活着就能够体验到死亡那一刻的思想么?他假设的意义只在于,死亡只是人与世界的关系的中断,而想要继续维持这种联系,就只能保留自己的记忆、历史和智慧,即是说通过书写。所以帕洛马尔思考的结果是:“他决定开始着手描述自己一生中的每个时刻,只要不描述完这些时刻,他便不再去想死亡。”但恰恰在这个时刻,他死了。当然,卡尔维诺也死了。帕洛马尔的死有了一种反讽的味道,卡尔维诺的死让我们察觉到了另外一种形式的反讽,那就是作家的死亡与文学流传、脆弱的肉体与不变的精神之间,后者总因为死亡的形式而永恒。

你还喜欢
读鲁迅吗？

近些年的鲁迅研究似乎不太热了。

想起当年研究鲁迅的四位大牌学者——

钱理群退休后，他的愿望是回到中学教书，跟青年学子们有所接触，这个小心愿似乎也没能达成。最近关注到他的行踪，是五月份在一次大学研讨会上语惊四座，说我们的一些大学，包括北京大学，正在培养一些“精致的利己主义者”，他们高智商，世俗，老到，善于表演，这种人一旦掌握权力，比一般的贪官污吏危害更大。他更为关注的是青年学子的教育问题。

还有大名鼎鼎的汪晖，正是因为那本让他一举成名的著作《反抗绝望：鲁迅及其文学世界》，在前两年爆出抄袭的丑闻。其实这个时候的汪晖已经不研究鲁迅了，他以研究现代性之名，关注更为宏大的视野，以新左派的领袖之名闻名寰宇，距离鲁迅的道路越来越远。

还有最让我有好感的上海大学教授王晓明先生，他著的《无法直面的人生：鲁迅传》是我读过最有人情味的鲁迅传记。与众多研究鲁迅的学者不同，王晓明对鲁迅的研究多作同情的了解，经常以自我的情绪观照鲁迅的文字，虽有借他人酒杯浇胸中块垒的嫌疑，但是这样富有情感的文字在众多枯燥晦涩的研究鲁迅的文字中，十分显眼。近些年，王晓明也已经转行做了都市文化研究，对鲁迅的情怀，不知是否还在？

剩下的还有一位巨头，我不知道是王富仁还是王乾坤，我总把这两位研究鲁迅的学者和教授弄混，究其原因，他们的鲁迅研究并没有给我留下多么深刻的印象。不过查看他们的近况，王富仁似乎在搞什么新国学，而王乾坤在做的也与鲁迅研究无关。

这些当年靠鲁迅研究出名的学者们，似乎早已对鲁迅研究丧失了兴趣。也许鲁迅研究在张学、钱学大红大紫的今天已经显得落伍了吧；也许鲁迅研究该做的已经做过了，实难做出新意了吧；也许研究鲁迅已经开始过时了吧……

幸好还有孙郁。

很早就知道孙郁，他在鲁迅研究中的名气虽然比不了以上的几位，但是会显得很独特。从我的阅读印象来看，很多学者的著作之所以冠以研究之名，却空有研究之实。鲁迅对他们而言只是一种解读的对象，而不是内化的生命与自然。他们的研究著作缺乏一种生命力的观照，缺乏一种文学的美感，这种生涩的风格与鲁迅的文字其实是格格不入的。但是孙郁的文字则不同，他虽然没有专著，但是每篇文字的渲染成文，都有着自己内在的思考，有着内化的生命，有着与鲁迅对话的阅读和沉淀。也许缺乏一种系统的条理使他在体制内不占优势，但是这种缺乏恰恰成就了他一篇篇富有人情味的解读鲁迅的文字。他很注重文字的审美需求，没有美感的文字绝不书写，他不仅仅是研究鲁迅，更是观照自我，想通过鲁迅的文字人生解答自我与时代的困惑。

在《鲁迅忧思录》的后记中，他提到了这种困惑，让我深以为然："我的鲁迅研究，是与自己的困惑有关，或者说，研究这位作家，是想解决自己内心的问题。而为了自己去研究所关心的对象，有时可能过于褊狭，或因自我的情调而使格局变小。但学术总是有针对性的，当我们知道那些存在属于我们生命的一部分的时候，真的不能不小心翼翼的，否则，与良心有违，至于思想的攀援则更谈不上了。"在上面提到的四位学者中，孙郁与王晓明的气质应该是最为接近的，所以他们的文字能够超脱出鲁迅研究格局的局促，成就一种新的气象与格局。也许更是一种新的方向。

与几十年前的火热不同，现在已经很少人读鲁迅了，倒是有更多的人喜欢周作人的文字。看似盛世的年代里，那些温吞吞的文字总能吸引不少闲雅人士的关注。金刚怒目的激愤，不读中国书的偏激，冷眼旁观看透人世的悲悯，肩住黑暗闸门的悲壮，都逐渐远离了我们的时代语境。

鲁迅在我们的教科书里曾经是一个战士，一个伟大的革命家。伟大领袖说，鲁迅的骨头是最硬的，鲁迅的方向就是中华民族的方向。鲁迅开始定格为我们学习的神话。

专业研究鲁迅当然无可非议，但是在我看来，我更欣赏孙郁这样的方式，通过在大学课堂面向学生和公众，直接讲授和解读鲁迅，面对面地交流。而且，孙郁在《鲁迅忧思录》中采取了更为贴近生活的方式，把鲁迅从一个思想家变成一个诗人，一个孜孜不倦追求诗性的表达，追求语言之美，追求思想的诗意，在生存的间隙里渴望发现一丝生机的写作者。

孙郁在《凝视生存隐秘》中就提到了现在鲁迅研究陷入的困境

在于，我们不太注意鲁迅的表达方式，鲁迅的有趣的一面经过人们的叙述反而变得无比乏味，“或者不妨说，我们可能用先生最厌恶的方式纪念他，比如八股调，比如伪道学等。漠视鲁迅审美的特点和精神哲学的特点而谈论鲁迅，是很有问题的”。

在《奴性的国度》中，谈到的仍是语言的变革，“在他看来，中国的语言是被污染过了的，即我们都在使用一种奴性的语言”，要想改变它，一种是回到汉唐时代的某些语境，恢复阳刚之美；另外一种是吸收民间语言的精髓，“采野风而用之”；第三种是从外国文学里得到参照，“加进逻辑的因素”。第一种当然不可能，穿越那时候还不流行；第二种还值得考量，毕竟白话文就是借鉴了很多民间口语的因素，但是在鲁迅看来“到民间去，那里早就被皇权化了，所获也不多”，只有多读外国书，才能找到参照，找到新鲜的感觉。只有明白鲁迅的用意，才会体谅他说的多读外国书的良苦用心。

鲁迅研究中有很多好的学者，他们能把鲁迅的思想挖掘很深，化为我用。但是鲁迅研究的很多著作都缺乏一种同等的高度，即是说，你能诠释鲁迅的思想，但是没法用鲁迅的方式表述出来，于是很多著作的书写显得晦涩难懂，读起来令人昏昏欲睡。某种意义上说，很多学者都没有领悟鲁迅对语言的诗意与审美的锤炼，对文体的重视。唯一能找到的只有思想，思想，思想。从未想过，就算是思想也需要交流，需要鲜活的表达方式，需要别人的理解，才能有新鲜的生命力。我个人认为，正是这种文体意识的忽视和欠缺，导致现在的鲁迅研究停滞不前。年轻人对鲁迅不再感兴趣，不是因为他们读了鲁迅的文字，恰恰是他们没有读过鲁迅的文字，只是读过鲁迅的研究，从那些转述的只言片语、残片断章中拼凑出一个愤激如火、金刚怒目版的鲁迅。

孙郁在《凝视生存隐秘》中对此有很深的体悟：“除了批判理念、智性之光外，鲁迅一生对事物判断的那种诗意的表达，后人一直没能很好地继承下来。现代汉语越来越粗鄙，单意性代替了繁复性，文艺腔置换了诗意。其中的问题是丧失了汉语表达的维度，把语言仅当成工具，而非精神攀援的载体，不仅古意寥寥，连衔接域外艺术的冲动也失去了。”

每个时代都有属于自己的语言。叫嚣着恢复传统的其实已经丧失了对现代的清醒认知，而完全欧化的翻译腔同样脱离我们的现实语境。孙郁认为，我们的语言中缺少的是一种“个人的意志”，“那意志不仅含有智慧，还有人性的暖意”。那种语言既是当下的，又是超脱的，既是属于时代的，又能具有一种纯粹静观的伟岸。总而言之，是属于一种具有自己独特视角，又对生命有着深刻体悟的语言书写。

去阅读鲁迅吧，撇开这篇文字，撇开研究鲁迅的各种著作，直接去感受和亲近鲁迅的文字，与他对话。你会发现他的美，他灵魂的高扬，他处世的悲悯，他的人间情怀；他针砭时弊的背后，是一个伟大作家哀其不幸怒其不争的隐痛。

昆德拉的流亡

前些日子读美国作家菲利普·罗斯与其他名作家的对谈录，其中对关于米兰·昆德拉的文字印象很深。罗斯的对谈中涉及昆德拉的文字有两篇，一篇是对其本人，另外一篇是与同为捷克作家的伊凡·克里玛的对谈。说来奇怪，我对昆德拉的兴趣反而是源于克里玛谈起的印象和对照。在我的阅读视野中，昆德拉一向都是那种很聪明的作家，这种聪明不仅表现在小说创作中四两拨千斤化重若轻的写作手法，更表现在对现实和政治形势审时度势的态度上。

1968年，苏联入侵捷克不久，昆德拉刚发行不久的第一部长篇小说《玩笑》被禁，随后他也失去了电影学院的教学工作。他立刻意识到在捷克以后的生活和写作都可能无法为继，于是干脆选择流亡，远去法国定居。用罗斯的话形容昆德拉，他这样的作家，一旦发现自己生活在国外，就会很现实地决定，最好不要装着生活在国内，于是会为自己设计出一个“不是与旧的复杂情形相一致，而是与新的复杂情形相一致的文学策略”。刚刚读过他的随笔集《相遇》，其中收录的评论大多是用法文书就，这可能就是所谓的现实文学策略之一种。

当然，这样说法绝无讽喻之意。事实上，在面对极权统治和审查制度时，我们有权选择离开或留下，这两种态度都无可非议。昆德拉选择离开，克里玛选择了留下。流亡在外的苦难和留守国家遭受的迫害，本质上并无区别。他们都是被放逐的作家，内心的流亡无可避免。

1970年之后，克里玛因为反对当权者已经没有希望在国内出版作品，他们的工作和生活也变得岌岌可危，几乎所有的作家都做着与写作无关的工作，昆德拉在《生命中不能承受之轻》中写到了托马斯去清扫玻璃，克里玛在他的《爱情与垃圾》中去清扫街道，这些都是当时最为普遍的状况。

当然，在面对严厉的审查制度时，身在国内的作家只能选择地下的方式写作和流传，而且随时有查封的危险，这种压抑和绝望啃噬着那些作家的良心，克里玛曾经动过这样的念头："我有时都感到犹豫，我们的余生将生活在悲伤中是否理智。"从这个角度来讲，还得说到昆德拉的聪明之处，至少在一个自由国度中，他不用面对可恶的审查制度和岌岌可危的生活。但是对于昆德拉来说，他真的能够心安理得地面对这种生活状态么？

随笔集《相遇》中收录了一篇很不起眼的短文《解放的流亡，薇拉·林哈托瓦的说法》，薇拉·林哈托瓦与昆德拉一样同为捷克作家，她在1968年苏联入侵之后就离开了家乡，前往巴黎，比昆德拉1975年踏上流亡之路还要早。在这篇短文中，颇为奇特之处在于，昆德拉一改往日书写的习惯，基本是摘抄林哈托瓦在一个流亡主题研讨会上宣读的报告，只是稍微加以点评。

对这位几乎有着相同流亡经历的作家评价，很显然也代表了昆德拉自己的想法。某种程度上，昆德拉在法国一直经受着一种内心的煎熬，他能够通过创作去控诉和揭露捷克被苏联侵略占领的真相，用这种方式化解他内心无法与他的同胞和同事同甘共苦的负罪感，但是内心的原罪还是无法消失。他的心虚源于他对虚无的坚守，他并不相信那个大写的历史和祖国的意义，但是想到他的同胞，他的同事，他的好友仍在自己的国度中饱受煎熬，他的虚无也无法解除这种对具体的人物的渴念。

在罗斯和克里玛的对谈中，克里玛提到了在捷克国内很多人对昆德拉存有一种很深的憎恶和指责。因为生活在极权制度下的人民处在水深火热之中，昆德拉对此有清醒的认识，但是他的写作展现出的往往有种化重为轻的“轻逸”特质，把生命的沉重化为文字之轻盈。国内的批评家对其不满还表现在，他们以为昆德拉的写作只是为了满足西方作家对捷克国家的异域情调和想象而已，对于他们真实的残酷境况并无过多和深层的挖掘，“他们需要更综合的、更复杂的描写，像昆德拉这样高度的作家应该对我们的生活有更深入的洞见。昆德拉在创作中当然还有其他方面的抱负，而不仅仅是描写捷克斯洛伐克的现实，但他的作品这些特征与我们所谈论的捷克斯洛伐克的读者群可能毫不相干”。另外，对昆德拉憎恶的原因是：“当昆德拉获得最高世界声誉的时候，捷克斯洛伐克的文化正处于和极权体系作艰苦斗争之中。国内的知识分子和流亡的知识分子在这场斗争中协同作战。他们经历了各种各样的艰辛：他们失去了自己的自由，自己的职位，自己的时间，自己的舒适生活”。而昆德拉远在巴黎，过着安逸富足的生活，与法国的哲学家和文学家们大谈小说的艺术、绘画的艺术、结构主义、超现实主义……

明白这些事态和背景，我们可以从一个全新的角度来解读林哈托瓦的这段小文，某种程度上，昆德拉是想通过摘抄和评价林哈托瓦的一些话语给自己的流亡生涯寻找到一种合法性的诉求，自然权利的正当性，来应对别人对他的非议："依照薇拉·林哈托瓦的说法，流亡生活经常可以将放逐变成一次解放的开始，'走向他方，走向就定义而言陌生的他方，走向对一切可能性开放的他方'。确实如此，她说非常有道理！若非如此，我们如何理解如此令人不快的事实——共产主义政权之后，几乎没有任何一位移居国外的伟大艺术家迫不及待地返国？共产主义的终结竟然没有激励他们返乡庆祝伟大的回归？而且，在公众的失望之下，就算回归并非他们所欲，难道这不该是他们的道德义务吗？薇拉·林哈托瓦说：'作家首先是一个自由人，他有义务不让任何限制破坏自身的独立，这样的义务高过其他任何考量。我此刻说的不是一个滥权的政府试图强加在人们身上的那些荒谬限制，而是以人们对于国家的责任感为后盾的一些约束——正因为这些约束是出自善意的，我们反而更难将之击退。'事实上，人们反复将人权挂在嘴边，同时也持续地将个人视为国家的财产。"

所以作家可以选择想要生活的地方，也可以选择说话的语言，因为"作家并非单一语言的囚徒"。所以他们可以选择法语写作，正如我们读到的昆德拉的《相遇》。但是，换个角度来说，就算我们可以选择写作的语言，这种选择也并非说说话这么简单，对异域文化的隔膜是天生的，所谓选择其实更多表现为一种"被选择"。难道他真的可以做到在两种语言之间游刃有余吗？

流亡在外的作家，总有一个很深刻的印象，他们能带在身上的唯一行李只有自己的语言，他们中的大多数人都无法用第二种语言写作。像流亡在美国的波兰诗人米沃什一直就声称无法用母语之外的语言进行写作："说波兰语在某种程度上意味着和死者交谈，我对波兰语的执著仅仅出于作为幸存者的罪疚感。"语言在这里并不仅仅是语言，是一种与过去的联系和记忆，一旦我们放弃了这种语言，我们很可能就成为了一个无根之人。聪明如昆德拉，自然知晓其中的道理。

我们现在读到昆德拉的作品中有法语，也有捷克语的作品，换句话说，昆德拉在写作的时候选用了两种语言。姑且不论孰优孰劣，但是其中彰显出的还是一种聪明现实的文学策略，双语写作，面向不同的读者和大众。而且，他仍然不停地为自己的写作寻找一种合法性的支撑。

熟悉昆德拉作品的人都能从《相遇》中读到很多熟悉的主题，小说的艺术，欧洲的文学，世界的文学，欧洲各国经典作家的群像轮番出现，一一成为他笔下的话题。这些熟悉的面目重复出现在《小说的艺术》《被背叛的遗嘱》《帷幕》和《相遇》这几部谈论小说艺术的随笔集中。这种重复意味着昆德拉的写作谱系已经构成，而且这种系统的形成也意味着他为自己创作寻找到了合法性的支撑。

稍有印象的人都会留意到，昆德拉不断地谈论到歌德提到的"世界文学"的概念，对他来说，虽然欧洲的文学是由各个国家和民族的文学构成，但是这种多样化的文学发展反而让欧洲文学形成一个松散但有章可循的谱系："所有欧洲民族都经历过同样的、共同的命运，但每个民族都从自己特殊情况出发，以不同的方式经历。”有小民族的文学，有大民族的文学，小民族文学总会汇流到大民族的文学中，他们相互影响，构成欧洲文学，“难道还需要提醒吗，卡夫卡只用德语写作，而且毫不含糊地将自己视为德语作家。然而，我们可以想象一下，假如他是用捷克语写作，今天，有谁还会知道他的那些书？”小民族的文学容易产生自豪感，因为它不单单是作家个人的荣耀，还是“人民的事”，因此小民族的文学容易把文学和政治捆绑起来。大民族的文学容易产生短视和自足的傲慢，因为觉得自己的文学足够丰富多彩，无暇顾及其他民族的文学。

昆德拉在《相遇》中提到了一个讽刺的例子，大作家纪德编选诗选，没有收录米沃什的作品，因为他觉得从诗的质地来说，米沃什的诗歌不值一提。这点惹恼了昆德拉，他颇有讽刺意味地说，米沃什的诗确实不属于法国，他保留了波兰语的根基，“逃到法文里，宛如躲入僻静的修道院里。就让我们把纪德的拒绝当成某种高贵的做法，为的是保护一个异乡人不容侵犯的孤独：一个永远的异乡人”。

一个永远的异乡人。昆德拉说这句话的时候一定想到了自己，要不然也不会有如此同仇敌忾的口气。换个角度说，这岂不是恰好证明就算你用法文写作，你也不会成为完全而彻底的法语作家，法国文学依然会把你拒之门外。

昆德拉似乎已经感受到了这种挫败，至少在《相遇》中收录的法语写作的作品给了我这样的印象，很多文字都是一些零碎的断章，好像作者在一种颇为不耐烦和焦躁不安的氛围中完成的，缺乏以往作品中一气呵成的精神质地。这是昆德拉的尴尬，一个流亡者的尴尬，他已不是捷克作家，也不会是法国作家，他只能在他方生活，永远的他方。

赫塔·米勒的
战栗与恐惧

某种程度上说，每一位作家的作品都可以看作是他的自传，差别只表现在书写形式上，即是说你是直接选择自传体写作，还是选择一种虚构创作。

德国女作家赫塔·米勒在 2009 年荣获诺贝尔文学奖的时候，最大的争议就在于很多批评家认为她的作品政治说教意味太浓，与文学奖的宗旨有所背离。也许，在一个消费文化占据主导地位的全球化社会中，书写政治意味的作品被认为不合潮流，但是对于一个大半生都活在专制统治阴影下的作家来说，她除了用后半生书写前半生的恐惧和真相，还能写什么？

“自传，亲身的经历。是的，这很重要。写作的时候，头脑中的那根食指也在从经历中寻找自身的感知。外部的环境会烙上印记。”米勒在《镜中恶魔》中谈起了她的写作，“就这个方面来说，我的一个写作层面是那个巴纳特施瓦本的村落和我的童年。我搬到城市以后的那些来访也是非常重要的。后来，是那个极权主义国家罗马尼亚。这个国家让一切经历都保留着自己的本身，因为权力的视线可以超越一切。”

米勒的中文版作品集中，有涉及家乡那个不知名小镇的作品

《呼吸秋千》，有涉及她童年经历的《低地》，有涉及“来访”的《今天我不愿面对自己》和《心兽》，当然还有那些写极权主义的散文随笔《国王鞠躬，国王杀人》和《镜中恶魔》。这些作品无不与她的记忆深处的某些经历有关。但是千万不要以为用政治性的标签就可以衡量米勒的作品，我们习惯性的阅读偏见很容易遮蔽我们对其作品更为清晰完整的判断。

事实上，我也是带着那种先入为主的积习翻阅她的作品，但是米勒最终给我的印象不是政治意味的说教，反而是一种发自内心和自我意识的强烈诗性。我很惊讶，因为我很难想象有着如此恐惧经历满身伤痕的人会催生出内心的诗意——如果你的前半生大多生活在毫无生气、单调乏味、恐惧如影随形的环境中，也许内心的防护堤早已崩溃，更不要奢谈什么诗意。

在这方面有一个明显的对照就是二十世纪斯大林时期的俄罗斯文学，那种沉闷和生硬的风格令人乏味。但是对米勒来说，诗意反而成为了她最为有利的抗争手段，这种抗争不仅是对抗政治和意识形态的单调，更大程度上是对抗自身的堕落和恐惧：“习诗使我们更加渴望生命。不加掩饰的幽默笑话是对现政权解体的一种想象，同时也给自己打气，因为我们嘲讽的对象随时可能终结我们的生命。”（《国王鞠躬，国王杀人》）

用生感对抗死感，用诗意消解恐惧，这种诗意不是我们日常悠闲无聊的书写，不是凭空的抒情，而是一种“货真价实的抒情”；因为恐惧是一种可靠的标准，恐惧完全能够感觉到每个词是如何被说出来的，恐惧把她驱入了语言的深层。当她陷入一种恐惧中的绝望的时候，反而找到了对抗恐惧的方法，催生出了一种异样残酷的血淋淋的诗意。

比如，在米勒的处女作《低地》中，她写到天黑下来，孩子们提着自制的南瓜灯穿过村子的时候，用了这样一个句子："孩子们摇晃着这被割下的头颅穿过黑暗。"在《国王鞠躬，国王杀人》中她说："山谷中开放的百合是死亡形式的陈列馆。"在《一颗土豆是一张温馨的床》中她看到了一个鹳："翅膀因黑暗而腐烂，腿因池塘而发臭，"但是它的脖颈依然雪白，"如果它飞，它会在空气中死去。它所做的一切都将是哀诉。"在《心兽》的开篇中："今天我无法想象一座坟墓。只能想象一根腰带，一扇窗，一个瘤子和一条绳子。我觉得，每一次死亡都是一只袋子。"

在米勒的作品中，这样恐怖的诗歌意象和黑暗的句子随处可见，仿佛昭示着一种存在的真理：你可以剥夺我的自由，侮辱我的肉体，但你无法夺去我内心盎然的诗意，哪怕这句诗是描写恐惧本身——"我们的心仍旧战栗"——它仍然是一句诗，具有你无法夺走的诗意特征。

"今天我无法想象一座坟墓"，因为坟墓是一种整体性观照，出自想象，无法触摸。而我们需要更为切实具体的触感，来自真实和具体的感觉，来自细节的生活。因为只有生活在细节中才能感觉到真实的生活，细节是整体的敌人，细节是对乌托邦的抵制，细节是对幸福最为可靠的想象，细节是最为准确而精细的感受。只有生活在细节中的时候，我们的自我意识才能迸发出强烈的力量。

米勒的作品中除了诗意的语言和想象，还有一个特点让我难以割舍忘怀，那就是强烈的自我意识。这种自我意识的触感源于一种环境的畸变，最开始是那种恐惧的生活，经常性被秘密警察骚扰、恐吓和询问，乃至身边的朋友一个个莫名其妙地死去。其后是被放逐到德国，一个看似说着同样却是异质的语言，内心感觉无比疏离的国度。在这样一种谎言和恐惧的生活状态中，人的意识不会展开，只会愈加缩进内心。她判断事物不会选用一种公开性和社会性的标准，只会依靠自我意识的严格审核，换句话说，米勒的所有对外界事物的判断都是经过内心的过滤和反射。比如，她会本能拒绝国家所传递的任何意识形态谎言，她会厌恶乌托邦，她会讨厌集体颂歌，因为这些东西让她无法信任。与此相反，她只能选择信任具体的可以感觉到的东西，比如谨慎的友谊，母亲的爱，一根腰带，一扇窗，一条绳子。

因此，我们恐怕只能得出这样的结论："一个国家越不自由，人民被监控得越严，早晚会遇到不愉快的事情就越多，就越不大可能忽略自我。在被观察与被评判中，自我感知系统自动打开，人们不得不开始观察自己"，"与那些生活在自由中因而会常常无视自我的人相比，我们对自身和环境的了解会更多。事实上，此时的多也意味着少。不是因为我们的记忆力更好，而是我们逼不得已，有些事情的发生，让你不可能忽视自己。"正是这种经历才使得米勒作品显得如此独特，不要用政治性的说教来衡量她，我们没有资格，或者说我们能感同身受的时候才知道，她只是在写她的经历，写她几乎虚度的前半生，写她的曾经生活过的残酷现实，现实如此，我们才如此。

米勒的现实："人们轻松地称作历史的东西，从纳粹时期到五十年代，在我的家族也体现为喉咙的阴暗面。每个人都被历史传唤过，作为被告，或是受害人。历史将他们释放后，没有一个依旧完好。父亲在酒精里麻醉他在党卫军的那段历史，母亲与她流放时半饥半饱剃光头的日子纠缠不清，外婆礼拜着阵亡儿子的手风琴盒子，外公沉浸在自己的发票表格里。原本不该相遇的东西在他们脑子里碰到一起。这些缺失给亲人们带来的伤痛，在我陷入同样绝境时才理解到。神经被摧毁后无法复原，它在以后的岁月中会永远处于紧张状态，甚至会追溯到从前。它改变着后面的，也改变着前面的事物。”

在这段难得温情的描述中，我们能感受到米勒对乡愁的理解，真实而残酷，与文学性无关，无论她走多远，被放逐到何时何地，她内心的伤痛一如既往，内心的恐惧如影随形。这样的作家能写出如此诗意的小说总会让人惊诧，但这种诗意永远不会变成幸福，在她的自我意识中幸福只会和死亡相连。借用普希金的一句诗——没有幸福，唯有自由与平静。

明星作家
杜鲁门·卡波特

2005年上映的传记影片《卡波特》中，为了凸显这位作家的性格设置了很多细节。令我印象深刻的一条是开篇六分钟里，杜鲁门·卡波特为了他的新书写作邀请他儿时的朋友和玩伴、《杀死一只知更鸟》的作者哈珀·李共同前往堪萨斯城调查一家人的遇害事件。在火车上的包厢里，当菲利普·霍夫曼饰演的卡波特开门进入时，哈珀·李似乎对他的缓缓来迟早习以为常。随后跟进来的随从，放下手中行李箱，郑重地恭维起了这位当红的明星作家："很荣幸您能搭乘这趟列车，我觉得您的上一本书比第一本好太多了，您的每本书都是青出于蓝而胜于蓝。"哈珀·李随即戳穿了这个谎言：卡波特付钱让他这样说的。一个时刻沉浸在虚荣与名利，沉浸在吹捧与赞誉中的卡波特形象跃然而出。

卡波特在堪萨斯州的调查最终成就了《冷血》(1966)一书的成功。在这本书中，卡波特把虚构文学的想象力与纪实性的新闻写作融为了一体，形成了一种新的"非虚构文体"的写作，后人模仿良多。《冷血》也成为了卡波特生平最受欢迎和赞誉的作品，也满足了他作为一个明星作家的虚荣感。自此，他沉浸在社交名流的圈子里，频繁出没于各种达官显贵的聚会场，以他的同性恋身份、精致的品味、辛辣幽默的妙语点评活跃在名声的功利场中。直到 1984 年因酗酒吸毒骤然辞世前，除了两三本给他惹来祸端的小说散文集，他再也没有轰动的作品问世。

其实，这位 1924 年出生在新奥尔良的作家很早的时候已经声名鹊起。在他的自述中，十四岁开始创作短篇，十五岁辍学，十六岁去《纽约客》打工——“无意中冒犯了罗伯特·弗罗斯特而被解雇”，二十二岁凭借短篇小说《米利亚姆》获得欧·亨利小说奖成为美国文坛新秀。1948 年，年仅二十四岁的卡波特出版了第一部长篇小说《别的声音，别的房间》，随即登上了《纽约时报》畅销书榜单，有评论家称这部具有南方哥特式风格的小说“是明确的证据，证明了一个才华横溢的新作家已经到来”。当然，卡波特广受人知的作品除了《冷血》，还有一部 1958 年发表的《蒂凡尼的早餐》。该小说 1961 年被改编成为了好莱坞的电影，由奥黛丽·赫本饰演了一个放荡不羁的交际花和拜金女周旋于纽约上流社会之间，追逐名利、追求幸福的故事。

之所以对卡波特的重要作品做出如此的梳理，主要是为了衬托卡波特在他的第一部长篇作品《别的声音，别的房间》大胆的新异性。我们甚至可以从卡波特的写作历程中感受到这种变化，不是像电影中那个随从所言的“青出于蓝”，而是一种丧失：一种制造梦幻的力量和纯真力量的丧失。某种程度上说，人的成长和成熟正是以这种天性中的单纯和天真的丧失为代价的。

写作风格成熟后的卡波特，在他的作品中展露了日益纯熟的从想象到纪实风格的写作技巧。也许在他看来，早年的作品只是他沉浸在奇思异想的自我世界中的一个镜像，他越发不想看到那种略显怪异、精致、华美、阴柔的模样，仿佛是成长中自我的一个倒影，他想逃避这种自传性质的写作。从内在的自我到外在的世界，从自恋到成长，从梦幻的建构到冷静的描摹，从童真的丧失到成年后对名利欲望的延伸，在他看来是一种成长，而在我看来只是一种丧失。

《别的声音，别的房间》中，伦道夫说了一句这样的话："所有的孩子都爱胡思乱想：这是他们唯一可取的一点。"这个故事就是始于这种孩子气的胡思乱想。

十三岁的乔尔·诺克斯原本生活在新奥尔良，母亲去世后，接到父亲的来信来到南方乡下荒凉的中天城。在那个有些诡异和破败的斯卡利庄园中，乔尔见到了他的继母埃米，还有他继母的堂弟伦道夫，以及一个黑人女孩帮佣苏，却一直见不到他缺席的父亲。故事就是在这种有些神秘和诡异的气氛中展开。

斯卡利庄园的生活枯燥乏味，在这个南方之城中没有任何现代化设施，"这里没有收音机没有电影没有滑稽报纸，而且如果要想洗澡就得从井里一桶一桶地打水倒进澡盆"。小孩子的乐趣只能沉浸在孤独的遐想中。

在乔尔幻想的世界里，这个庄园正在一点点下沉，"经过印第安人的坟墓，经过最深的树根，最寒冷的溪流，下沉，下沉"。一个女孩为猫所害——"老斯卡利太太有一只漂亮的波斯猫，有一天托比正在睡觉，那只猫悄悄溜进来，把嘴贴着托比的嘴，吸走了她的气"。父亲在黑暗处偷窥着他的一举一动，"像这样的老房子里很可能暗道密布，画像上的眼睛则根本不是眼睛，而是一些窥孔"。

乔尔最终见到了他的父亲，他的父亲却已经瘫痪多年，只能通过一个个网球和眼神传递些许的信息——那封以父亲的名义写给他的信是谁写的？接他到这个荒败的庄园有何目的？这些疑惑在乔尔的心中翻滚，他嗅到了一些危险的气息，死亡仿佛随时都会降临……

难怪卡波特说他通过这部作品“试图降妖除魔”，这种孩子气的哥特式的幻想充斥其间，营造了一个别样的世界，这样的世界如此熟悉，我们在福克纳、卡森·麦卡勒斯、弗兰纳里·奥康纳的作品中一次次熟悉这个只属于南方文学谱系中的另类的世界：孤独、自我、潮湿、阴暗，恍然梦境。在小孩子的世界里，幻想与现实是没有界限的，这是写作《别的声音，别的房间》时的卡波特与写作《冷血》时的卡波特的最大区别。正如伦道夫谈到爱情时的言语，当我们陷入一段感情，“头脑可以接受劝告，但是心却不能，而爱，因为不懂地理，所以不识边界，随你怎么给它拴上石块，沉入水底，它总能浮出水面”。不识边界，才会受到伤害，爱情如此，生活亦如此。伦道夫借此说出了他们多年来隐居斯卡利庄园的故事。

小说中最精彩的部分其实是伦道夫讲述的那个爱情故事，尽管卡波特一贯否认这部作品具有自传性质，但是我们总能在那些感情最为强烈的段落中发现一些端倪。当伦道夫以为他是在嫉妒女友多洛雷斯与她的前男友佩佩在一起时，他才略带震惊地发现他爱上的其实是他女友的前男友佩佩。这段畸形的三角恋情最终以悲剧收场，佩佩卷走了他们的家产不告而走，伦道夫在恍惚中枪击了乔尔的父亲，导致他瘫痪在床。他们只能回到斯卡利庄园，带着自己的负疚感、无言的爱情伤痛，困守在庄园中，在边界中度过余生。伦道夫在对乔尔讲述这个故事时，无疑代表了卡波特内心的自我隐痛，他的控诉完全可以称作为同性恋文学中的经典段落："社会是如此耻笑我们，我们不能说出也不能表现出我们的柔情。对于我们来说，死亡要比生命更强大，它就像风一样闯过黑暗，毫无欢乐地大笑，嘲讽地模仿着我们的哭喊。孤独像垃圾一样将我们塞满，直到我们五内俱焚，肝肠寸断，我们嚎叫着走遍世界，在我们租赁的房间里、在鄙陋的旅店里、在飘零之心的亘古不变的家园死去。"

"孤独就像发烧一样，在夜晚最盛，但是有他在那儿，便有了光，光像鸟儿的歌声一样贯穿树木"。这样华美和耽美的句子无疑超越了性别的界限，代表了卡波特对爱情最为切身和美好的理解。

回想起电影《卡波特》中一个场景，卡波特去监狱探望杀人犯佩里，发现佩里正在读他的书《别的声音，别的房间》。卡波特问他对这部作品的评价。佩里说，你的书第一印象令人深刻，但是你的照片不够庄重。据说小说出版时护封上的照片引起了轰动，甚至一度遮蔽了这部作品的文学价值：照片上是一个男女难分、刚刚迈出青春期的卡波特，以一种撩人的姿态躺在沙发上，挑逗地看着镜头。这样的一个卡波特与那个沉浸在孤独的幻想以及对爱情敢于呐喊的卡波特总有着截然的不同。我们与其说照片遮蔽了小说，倒不如说是那个渴望成为明星的作家遮蔽了真正的自我。